U0039837

主廚的菜單
Chef's Menu
上
程雪森 著
飄緹亞 繪
BACHA

Chapter 01

程瑜替自己倒了酒，這是第八杯，還沒醉。

反正一個人的夜晚不差幾杯酒，再多黃湯下肚，也麻痺不了精神痛苦。

臺北的夜裡霓虹五彩斑斕，像個活潑的叛逆少女，渾身透著香甜迷人的氣息。而酒吧角落的陰影有如一道保護層，把受傷的人藏在懷裡撫慰。

程瑜抽出一根CASTER 5咬在嘴裡，雖然其實他早就戒菸了。

他試圖點菸，點了兩、三次，拇指都磨得痛了，卻連打火機也與他作對，依然無動於衷。

酒保湊過來，指節敲敲他桌前的菸灰缸，笑著問：「小寶寶要睡覺了嗎？」

酒吧內播放的音樂是流行RAP，歌手有著頹廢遺世的嗓音，令酒保的聲音似乎不由得跟著矯揉了些。程瑜抬起頭，眼前這個人就是所謂的「男大姊」吧，豔紅的唇與一頭柔美而捲翹的奶茶色假髮，掩蓋不了酒保那線條充滿男子氣概的下顎。

程瑜淡淡地笑，狀似微醺：「現在還早，睡什麼睡？」

「姊姊想陪你睡，小帥哥想不想跟姊姊睡？」酒保雙手環胸匍在他的桌前，低胸上衣之下是結實的胸肌。他抽出程瑜嘴裡的菸，充滿暗示地含上，拿起打火機一點就著，「不回家睡覺是想等人來撿嗎？那姊姊可不可以排第一個？包準小瑜弟弟隔天腿軟得不能上班。」

「眞剛好，我明天休假。」程瑜笑的時候露出潔白平整的牙，讓他那張冷淡的面相消融出生嫩的稚氣。

酒保挑挑眉，呼出嘴裡的菸洗過程瑜的臉，話語帶著露骨的慾望：「小處男想發情了？」

「想發情的人不是我。」程瑜伸手抽出酒保嘴裡的菸，指尖碰到柔唇染上一抹紅焰。他狠狠地抽了一口，讓毒素浸潤肺部，消弭心臟的疼痛，「怎麼可能會輪得到我。」

在酒吧裡獨自喝悶酒的，只有兩類人。一類是專門釣人調情，一夜過後拍拍屁股便走；另一類則是心裡受了傷，傷痛難癒，只能等人救贖。

酒保挺起胸膛，雙手插腰：「小瑜，你乖乖在這喝酒，不要亂跑，姊晚點送你回家。」

程瑜笑著再度豪飲一杯威士忌：「秋香哥人眞好。」

「叫什麼哥，叫我姊姊！」被稱作秋香的酒保捏著程瑜的臉頰，「乖，在這等姊姊下班。」

當程瑜吞下第十二杯酒時，秋香還正與年輕的小狼狗玩得歡樂，於是他趁機溜走了，悄悄地從後門離開。他步出巷口，走沒多遠就轉往附近那家知名的ＧＡＹ吧「Drambuie」。

像這種場所，程瑜還眞不常來，一方面是他有男朋友了，生活穩穩定定，不需要來這類地方尋求撫慰，另一方面是他自己其實不太敢來，怕生，也害臊。

GAY吧裡頭形形色色的人都有，有穿緊身皮衣的帥哥勾搭著西裝精英，雙方在暗處接吻，也有年輕敢玩的大學生，在舞池中跳著極爲豔色的舞蹈。

程瑜的男友說過，今天晚上是林蒼璿的生日，就辦在這間店的第八號包廂。他推開人群，酒精使他腳步略顯不穩。

第八號包廂，眞是個富貴的數字，數字本身就充滿了各種暗示，第八，四平八穩兼發發發，拿來當生日包廂眞不知是俗不可耐，或是法喜充滿。

還沒摸到包廂門，門便被由內推開，走出來的人讓程瑜心頭一跳。

「小瑜，你怎麼在這？」對方看起來稚氣得像個大學生，如果不說，誰都猜不出這人的年紀快奔三了，「我不是說了，今天晚上一定會早點回家。」

「齊劭。」程瑜被齊劭拉到走廊末端，手腕有點疼，步伐有點踉蹌，「等等……很痛，你等等。」

「今天是學長的生日，你不用擔心，幫他慶祝完以後我就回家了。」齊劭的神情焦灼，不斷地往後方探看，似乎怕被人瞧見，「你回去等我，先睡也沒關係，不然你明天上班會太累。」

「我明天請假了。」程瑜極少微笑，他平時太過認眞，經常板著一副冷臉，以至於老被誤會爲鐵面無情、難親近，但今天他喝了些酒，醉意令他失去了武裝，「我能參加生日Party嗎？」

齊劭流露出一點難色，他拉著程瑜的手腕，輕輕揉著：「對不起，小瑜，我有感覺到蒼璿學長他……他比較不喜歡外人。生日嘛，就幾個朋友幫他慶祝一下，你不用擔心，我很快就回去了。」

程瑜忍不住笑出聲：「你那個林學長明明知道你是我男朋友，邀請你卻不邀請我，這不是很弔詭嗎？我們跟你學長一起去吃過幾次飯了？」

齊劭憂愁地蹙起眉頭，滿懷愧疚：「寶貝，對不起，學長在職場上幫助我太多，我不能選擇得罪他。」

這句話彷彿醒酒液，太過猛烈，令程瑜連人生都快頓悟了。只要有心，什麼藉口都可以有。

程瑜的腦子像熱過頭當機了，好一會才逐漸冷卻。他拿開手，有些絕望。

齊劭發覺自己說錯了話，心頭一疼，又抓住程瑜的手放軟姿態地哄：「寶貝你忍一下，我們多賺點錢，以後就能一起變老、一起住在海濱的養老度假村，這樣不錯吧？我也不喜歡這種應酬場合，你不要難過，這只是暫時的，不好意思，讓你這麼難受。」

「不會。」程瑜搖搖頭，他總是對齊劭狠不下心，「其實我就是在家裡太閒。」

程瑜話還沒說完，便被一道喚著齊劭的嗓音打斷。

從廊道上走來的那個人，氣質天生似精雕細琢的藝術品，身材高眺、臉孔俊美，多少人都爲他傾倒，程瑜被他的光芒刺得自慚形穢。

「我走了，你慢慢玩。」程瑜匆匆想離去。他怎可能比得過林蒼璿？論地位、論容貌，程瑜只有自卑的份。

「程瑜，你怎麼在這？」林蒼璿彷若未察覺兩人之間的古怪氣氛，笑容甜得可以溺死一個人，「齊劭說你明天要上班，所以我才沒找你，怕害你上班沒精神就慘了。」

「抱歉，我明天確實要上班，先走了。」程瑜亟欲逃離，急著扯開齊劭如鐵箍的手。

但齊劭不曉得哪根筋不對，或許是突然想起自己身爲男朋友的本份，關心地說：「寶貝，你喝酒了，酒味好重，你騎車來的嗎？等等我跟你一起搭車回去好嗎？」

「我自己想辦法。」

「等、等一下，你、你這樣可以嗎？」齊劭一瞬間慌了。

他怕自己的男朋友爲這件事糾結，也怕酒醉的人會出什麼意外，可在眼神接觸到林蒼璿的那一刻，他膽怯了。齊劭鬆開手，不安地想從林蒼璿那雙漂亮的眼睛裡尋找譴責的意味。

程瑜二話不說轉頭就走，他與林蒼璿擦身而過，連句生日快樂也沒說。

「齊劭。」林蒼璿依然舉止合宜，一言一行帶著自信與優雅，「你還是送程瑜回去吧。」

這是程瑜離開前聽到的最後一句話，那口氣彷彿林蒼璿才是齊劭的男朋友。

他原本想搭捷運，但身上酒氣太濃，恐怕剛踏進捷運站就會被警察攔下。

於是他穿出酒吧後，過了馬路，把自己的銀色檔車扔在秋香的店前，緩慢地一路朝西走。他也沒打算搭計程車，畢竟一個月才賺幾萬塊，能省則省，他還想到了齊劭說的養老度假村。

就這樣一路走著走著，經過數不清有幾個的紅綠燈，只有手機陪伴孤獨的他，播著一首又一首的流行樂，最後鞠躬盡瘁地黑掉螢幕。

不敢搭捷運、不想搭計程車，說穿了只是用來掩飾那個不切實際的期盼——程瑜始終期待著後面會有人追上來，攬住他冰冷的手，溫暖他，和他牽著手一起回家。

秋末的夜晚有些冷，走了許久連酒也醒了，程瑜暗地嘲笑自己，都老大不小了，對愛情的期待還如此戲劇化。

幻想終究只是幻想，齊劭選擇了討好得罪不起的上司，重新回到應酬的懷抱。這段路程瑜走了兩個小時，回到家已經是凌晨三點，家裡空無一人。

他與齊劭交往了一年三個月，當初就是在Drambuie認識的。

位於鬧區精華地段，宛如天上明珠鑲在不夜之城，這間極負盛名的潮流ＧＡＹ吧朝聖者無數，即便只是瞧一眼，都能覺得自己在ＧＡＹ圈有了一個地位。

那天Drambuie有個七夕特別節目，說起來會讓所有成年人一陣尷尬、年輕小朋友笑倒在地——老掉牙的紙卡傳情，粉紅色的紙卡上甚至印著「月老祝福」四個字。

程瑜第一次來ＧＡＹ吧，就碰上這一等一雷人的活動。

只要在紙卡上寫下手機號碼，投入抽籤箱，便能得到一張寫著陌生人電話的紙卡。參加者可以選擇等待別人撥電話給你，也可以主動出擊，尋找手上號碼的主人。

一個打扮成邱比特造型的熱褲男孩笑得花枝亂顫，光裸的上身長出一對小羽翅，粉紅色乳尖掛著星型乳飾，一笑便跟著晃動，愛神儼然被曲解成性感之神。

男孩笑得臉色漲紅，尖聲說：「這不就約炮嗎？搞得這麼有噱頭！眞棒！我也想來個眞愛！我撥出去一通，再接到一通，最好能來個３Ｐ！」

說完，小弟弟立即接到電話，歡快地溜去找他的愛侶了。

這番剖析辛辣又直白，在場的ＧＡＹ眾們對此自然心知肚明，包括程瑜在內。事後回想起來，他還眞搞不清楚那天自己怎麼就鬼迷心竅地走入了Drambuie，簡直替自己的大膽感到害怕。

程瑜覷著自己手裡那張粉色紙卡，字跡工整漂亮，還畫了顆小愛心。這瞬間，罪惡感跟羞恥感一湧而上，他覺得這地方果然不是他該來的，他還是當個深櫃吧，不要做無謂的掙扎。

此時，程瑜的手機響了，螢幕上並未顯示來電號碼。

心跳跟著鈴聲加速躍動，有些驚慌的他猶豫了一下才接起來。電話那頭先是一陣沉默，然後是短促的一聲「你好」，四周太吵雜，聽不出對方大約的年紀與情緒。

怎麼會這麼有禮貌？程瑜略感訝異，也有點害臊，只是平板地回了句同樣的話。

他四下張望，想尋找電話那頭的人，但周圍全是拿著手機講話的人，根本分不出是哪位。

很快，電話突然被掐斷，斷訊的聲音讓程瑜不禁愕然，以爲是剛才的表現不符合對方的期望。他盯著手機看了許久，腦子裡一直想著自己哪裡做錯了，直到一個乾淨的大男孩撞進他的眼簾。

程瑜永遠忘不了第一次與齊劭見面的這一刻。

「嗨，你好，是我拿了你的電話。」齊劭喘著氣，露著牙笑得陽光又帥氣，頰邊浮現迷人的酒窩，「抱歉，剛剛從二樓包廂看到你以後就跑下來了，現在有點喘。」

程瑜還記得昏暗的酒吧內，只有齊劭的笑容彷彿點亮了宇宙。

那時播放的歌曲是MUSE的〈Hate This And I'll Love You〉，琴弦撥動心弦，混雜著菸酒的迷幻氣息。而這首歌的詮釋，彷彿注定了他與齊劭的關係終究只能如此。

程瑜打開冰箱，揀出兩顆雞蛋，再挑了木耳、青蔥與老薑。

喝了酒，又走了這麼久，胃部早已發出嚴重抗議。他把食材洗淨，軟嫩木耳切絲，碧翠青蔥切段，再添上少許老薑，他喜歡在接近冬天的時節補充屬於夏季的溫暖氣味，薑很適合，尤其是老的，切下一點點，隨著微辛香氣，彷彿渾身的血液又活了起來。

昨夜餐廳裡用來提味的大骨高湯尙餘一些，程瑜的上司脾氣雖差，卻不是個吝嗇的人，至少她還願意讓員工帶回店內的食物，一點都不浪費。聽說有的主廚爲了保護商業機密，會選擇將剩食毀屍滅跡，程瑜總是覺得這類不尊敬食物的人，怎可能對上天的賜予心存感激？

薑先爆香，用熱火逼出香氣，下蔥段的時候不要太猛烈，使熱氣賦予辛辣溫存的空間。接著是木耳，溫柔拌炒之下好似活了過來，由柔軟轉成嫩脆。雞蛋打散隨著下鍋，蛋香猶如交響樂中溫柔的豎琴，充分平衡了所有角色，達成一片和諧。然後是用大骨湯川燙的麵條，入鍋後溫順的香氣瞬間濃烈，伴隨著火辣的嗆醋，宛如少女情竇初開後，誘人的熟成韻味。

沒有花費太多時間，程瑜完成了一道簡易的炒麵。

他把料理端到小小的飯桌上，滿懷感激地開動。他喜歡這樣安靜吃著自己做的餐點，慢慢品嘗。

料理是種撫慰，他的工作是以此解救飢餓的蒼生，但現在的任務是解救他自己。飽足過後的短暫偷閒是他最喜歡的時候，全身放鬆，什麼都不用想。這一刻或許最接近佛說的涅槃，無欲無求、四大皆空，程瑜認爲這就是至高無上的人間極樂。眼皮慢慢沉重則是享樂過後的副作用，他努力打起精神，將桌上與廚房的鍋碗瓢盆洗得乾乾淨淨。

程瑜有個優點，一旦專心致志便精神飽滿——可惜此時不是發揮優點的好時機。

夜仍深沉，他打算洗個澡結束這一天的疲勞，在此之前先去陽臺抽了根菸，當作最後的慰勞。

晚風涼，城市高樓林立，在四樓很難遠眺，只能勉強看見對樓的人在夜裡留了盞燈，發著微微的暖光，像座遊子的燈塔，沒日沒夜祈禱遠方的人能看見港灣。

半夜四點，程瑜在陽臺抽了第二根菸，他比對樓的更悽慘，直接站上望夫崖。

這裡是齊劭的家，他們兩人的「愛巢」，這個詞肉麻至極，可齊劭總愛這麼說。這間套房是齊大少爺的父母買的，地段好、格局佳，程瑜住起來卻不太習慣，於是仍堅持自己再租一間房。

齊劭常說他浪費錢，不過程瑜心裡頭認爲，萬一有朝一日兩人吵架了，他總該有個退路。

八成是預設了這樣的未來，種下了因，導致齊劭老在這點上挑毛病，抱怨程瑜不夠信任他，慣用情緒勒索的手段把愛與不愛掛在嘴上。

但秋香曾以鄙視與嫉妒的心態分析，其實程瑜是太愛對方，害怕有朝一日受到傷害，才患得又患失。

程瑜抽完菸，準備洗澡睡覺，突然見到樓下停了輛計程車。他眉一挑，三更半夜的，該不會是對樓的遊子歸家了？

結果，從計程車出來的是齊劭，讓他有些意外。

齊劭腳步是穩的，衣服是整齊的，代表沒喝太醉。後座的車窗搖下，本欲離開的齊劭又彎著腰與後座的人說話，從程瑜的角度看不見車內是誰，齊劭說沒多久，樂得仰天一笑，也不怕驚擾左鄰右舍。

雙方談笑了一陣，最後後座車窗裡露出一隻白皙修長的手，深藍色袖口上掛著一只漂亮的錶，程瑜記得今晚林蒼璿正是一身深藍色西裝。

程瑜捻熄菸，轉身進入室內。他覺得秋末的未央天太冷，太冷了。

Chapter 02

事實上，齊劭叫的那聲林學長，只是硬要扯上兩人高中時同校的關係。

畢竟林蒼璿是CEO身邊的紅人，因此這聲稱呼雖然簡單，卻意義十足，讓齊劭能比一眾螻蟻更往上爬一步，好貼近神佛的存在。

對於齊劭常把林學長掛在嘴邊，程瑜已經從吃盡老醋變成哀莫大於心死。他只能欺騙自己，假裝齊劭心上的那道白月光，只是水泥牆上的一塊灰斑，誰留下了痕跡，他重新粉刷過就好。

程瑜洗完澡擦著頭髮出來，齊劭才在玄關脫著鞋。四目相接的瞬間，齊劭瞪大的雙眼中流露出慌張，彷彿小孩子做錯事被逮個正著。程瑜覺得好笑，他又不是老師，發現學生作業沒寫就要處罰。

大概是酒精作祟，齊劭的模樣透出點稚嫩的傻氣：「你怎麼還沒睡？」

程瑜隨口回答，卻也不假：「剛剛餓了，做了道炒麵。」

「你一直在等我回家？」

「想太多了。」

齊劭蹙著眉：「我說過你不用這樣，先睡也行。」

經過這些時日的相處，程瑜早已明白齊劭的個性，直接透徹，心思掩藏不住。對於齊劭的那一點慌張，他並不打算去細思對方是愧疚還是惱羞。

「我在沙發上小睡過了。」程瑜毫不猶豫地撒了謊，「剛好餓了起床炒頓麵，所以現在才洗澡。」

初戀之所以難捨難分，就是因爲自己作賤太深。

六點起床，程瑜替齊劭做了早飯、沖了咖啡，然後利用剩餘食材準備好豐盛的午餐便當，接著睡了回籠覺。

十點再次起床，他隨意打理好，雖然請假了，但其實沒有休假的理由，因此他還是直接去上班。

東區有家知名高檔餐廳，以灰白磚與透光玻璃打造出建築外觀，門口不起眼的招牌用燙金字體字體寫著「Hiver」，是年年皆被知名美食雜誌評爲「此生必去」的餐廳之一，程瑜已經在這裡工作了九年。

餐廳內，廚房的所有員工見程瑜來上班，都像看到上帝賜予的光芒，彷彿耶穌食指點在額上說「你得以復生」。

Hiver的女主廚是撒旦，是看誰不順眼就到處噴火的母夜叉，導致程瑜猶如Hiver中救星般的存在，每當母夜叉抓狂摔盤子的時候，便得靠他擺平。

也是這般毅力，讓程瑜從助理廚師慢慢茁壯成Hiver唯一的副主廚。俊帥溫柔、富有耐性，最重要的是能鎮壓瘋狂母夜叉，程瑜渾然不知自己已成爲女性員工票選最想嫁的男人第一名。

要不是他左手無名指上戴了戒指——程瑜總說他有女朋友了——否則女孩子們萌動的春心恐怕會一發不可收拾。

有些人認為，程瑜之所以能忍人之所不能忍，一定是身為母夜叉的小白臉才有這等能耐，不然誰有辦法在這種環境下忍耐九年？

對此程瑜感到無辜，他不是被虐狂，也沒有斯德哥爾摩症候群，他只是喜歡Hiver每一季極富創意的菜單。

在藍帶女主廚的巧思之下，春水縠雨、夏釀甘果、秋分豐收、冬至雪藏都能成為一道又一道令人驚嘆的料理，使他每每為此折服，程瑜是由衷地激賞她的才華。

「程哥……」實習服務生小茹淚流滿面地走過來，拉著程瑜的袖口，絕望地哀聲說，「我剛把Riedel玻璃杯打破了，一整組的玻璃杯全沒了……」

程瑜扣上衣領的最後一顆扣子：「沒事，再買就有，別擔心。」

「我、我把玻璃杯摔在工作臺上。」小茹搖搖頭，止不住地啜泣，「碎片、碎片掉進今天的湯品裡了。」

程瑜臉色一白，知道事情不妙了。服務生的工作通道與內廚房是不同的區域，但外場總是在和時間競賽，所以服務生有時會便宜行事抄捷徑走，結果終究鑄下大錯。

「程哥、程哥。」見程瑜悶不吭聲，小茹哭得更加悽慘，「我不能被解雇，我的實習學分如果毀了，獎學金就完蛋了。」

Hiver的名氣經常吸引明星學校或成績優良的孩子來此實習，可是以程瑜的立場實在無法替小茹求情。廚房講究的就是規矩，在嚴謹的高檔餐廳中更是如此，然而人心都是肉做的，就像法官審理案件時，也需要兼顧情、理、法。

小茹是隔代教養家庭，半盲的奶奶在市場賣菜維生，收入微薄，因此小茹也得賺錢養家，可以想像少了這筆獎學金對她的衝擊將會有多大。

程瑜拍拍小茹的肩，示意她放鬆心情，接著立即前往內廚房檢查今日該配妥的所有菜色，廚房內的員工們頓時戰戰兢兢。

今天的湯品是馬賽魚湯，一道充滿地中海陽光的料理，用最新鮮的時令魚片下鍋與番茄熬煮，配上洋蔥、月桂葉、百里香及番紅花，辛香襯托出肉質的甜與大海的鹹。這道普遍的料理最令人驚豔的享用方式，就是將血橙與龍蝦碾碎成半泥狀，沾上一點點湯一起食用，或是配上簡單的韃靼醬。

這鍋湯是毀了。

客人的安全不能開玩笑，程瑜無法冒這個風險。湯內有玻璃碎片，這種事足以毀了一間餐廳費盡千辛萬苦打造出來的名聲。

主廚還沒上班，要重新採買新鮮食材也來不及，程瑜莫可奈何，只得緊急把本日湯品換成黑松露鼠尾草搭配熱熬朝鮮薊與羚羊骨。清甜的湯與黑松露濃烈的麝香後韻，猶如與情人牽手的那夜綻放的煙花，柔美而撼動人心，殘存的餘韻刻入記憶裡，永不消逝。

很快，內廚房開始動起來，每個人都擁有自己的使命，機械般活絡運作，流暢無比。程瑜像交響樂團的指揮，舉手投足之間串連起一個個音符，他監督著每一種味覺、嗅覺，組織出富有情調的視覺饗宴。

由於Hiver的女主廚以嚴厲出名，快嘴毒舌，在她長期的「精神訓練」下，程瑜練就了高度的抗壓力，即便十一點半的開店時間在即，他也絲毫不顯懼色。

十一點十二分、十三分、十四分，員工們如臨大敵，一心一意只爲呈現給客人最完美無瑕的形象。

十一點二十分，女主廚毫無預警地駕臨Hiver。

她今年不過四十五，便已打造出全亞洲最負盛名的餐廳之一，歲月沒有在她臉上留下太多痕跡，說三十歲也有人信。她像個養尊處優的貴婦，美麗的臉龐上薄唇緊抿，嘴角微微撇向左邊，姿態高傲而充滿防備。

程瑜與她打招呼，開始匯報今日狀況。

女主廚緩緩巡視她的領地，從餐廳外場的桌巾細節，到廚房內場的地板清潔，全數被她的手摸過一遍。程瑜耐心地陪伴她，她問一句，他便答一句。

走了一圈，女主廚停在那鍋湯品前方——浮著朝鮮薊葉片與羚羊骨的湯。

她轉身，不由分說送給程瑜一巴掌。

巴掌聲響徹雲霄，嚇傻所有人。

女主廚怒道：「你改了我的菜單？」

一旁的小茹瞬間抖如篩糠，明白自己禍闖大了，她害怕連累程瑜，趕緊解釋：「若蘭姊，不、不是……」

「妳給我閉嘴！」李若蘭抓狂似的尖叫，轉眼從美貌貴婦化身爲母夜叉，「程瑜，你以爲你權力多大？你以爲你多厲害？敢改我的菜單？想搞垮我的店嗎！」

李若蘭連珠炮般狂吼，程瑜連解釋的機會都沒有。

他仍處在那一巴掌的震驚當中，臉頰熱燙疼痛，在Hiver的九年時光裡，甚至是他二十九年以來的人生裡，他可從來沒受過這等殊榮。

「有本事你就自己去外面開店！不要來我這！你這個性向有問題的廢物！」李若蘭發起瘋來六親不認，「從現在開始，這家餐廳不需要你，你以後都不用來了！去外面等人操你吧！」

程瑜腦中一片空白，他毫無預警地被解雇，還被強迫出櫃了。

全Hiver曉得他是同性戀這個祕密的，只有李若蘭，而原因有點難以啟齒。

程瑜五官深邃、身材挺拔，在求學時代就已不乏少女倒追，而李若蘭單身，沒有男朋友、沒有家庭，自然對這位脾氣溫和善解人意、廚房裡最帥的一道風景深深動心，頻頻暗示好感。程瑜完全招架不住，在猛禽女多次的求愛攻勢之下，差點沒嚇壞的他只好坦白性向。

李若蘭敢愛敢恨，喜歡就要，要不到也罷，不會因此由愛生恨。被拒絕的當下，她只是推翻了一只熱鍋，手掌還冒著熱煙，嚇得程瑜一輩子都無法忘記那一幕。

李若蘭吼完，程瑜便換回自己的衣服默默下班，沒人敢在李若蘭的氣頭上安慰他。不過，隨後他收到了一封接一封來自Hiver員工趁空檔偷傳的訊息，內容全是慰留及爲他打抱不平。

惡龍必須要有騎士來鬥，如今唯一的騎士壯烈犧牲，員工們的噩夢可要來臨了。

回到家，程瑜累了，累慘了，他點開訊息，統一只回謝謝。不知道回覆到了第幾封訊息，等他點開以後，才發現不是來自同事。

傳訊者的名稱是邱泰湘，也就是那位男大姊酒保，秋香。然而在通訊軟體上，邱泰湘的頭像是個肌肉猛男，跟他晚上的打扮截然不同，不僅略顯粗獷，還帶著一點雅痞氣息。

邱泰湘的訊息寫著：「這是你男朋友嗎？」

配圖是一張照片，地點在CBD經貿大樓十七樓的露天廣場用餐區，齊劭端著程瑜極爲熟悉的午餐便當盒，用筷子親暱地餵對桌人吃飯。

而對桌的人是程瑜最過不去的那關，林蒼璿。

畫面略顯模糊，像是偷拍的，這張照片比李若蘭搧的那巴掌更疼，痛得程瑜喘不過氣。

程瑜記起來了，邱泰湘的正職是AI研發公司的股東，地點剛好在CBD經貿大樓，與齊劭是同一棟。

眞不知道自己爲什麼要這麼犯賤，爲什麼要自討苦吃。

程瑜整個人癱在沙發上，感覺渾身逐漸失了力氣。

他很清楚自己的確踩了李若蘭的地雷，沒有一個主廚能忍受自己的心血遭到侵犯。不過李若蘭脾氣雖壞，只要給她一點時間冷靜，並且再向她解釋，給她一個臺階下，李若蘭通常不會繼續刁難他。

但程瑜累了。

身體機能隨著焦慮煩躁呈現錯亂，胃部抽痛，太陽穴一跳一跳地疼。

工作再找就有，該換就換，那情人呢？

他實在想不透，如果林蒼璿這麼喜歡齊劭……不，應該說如果齊劭這麼喜歡林學長，爲何還要揪著他不放，放他自由不是很好嗎？

大概人都是貪心的吧，手裡握著一個，又覬覦得不到的那個。

林蒼璿是天上那道柔軟的月光，讓齊劭憐愛地捧在手上，也是點在齊劭心口的硃砂，想捨也捨不了，可惜他的手掌心卻有一抹紅蚊血，平庸得刺眼。

程瑜攤開掌心，冷眼瞧著左手無名指上的銀戒。

他們交往的第五個月，齊劭就忍不住買了戒指，用承諾把程瑜緊緊箍在身邊。程瑜內向寡言，朋友極少，更別說認識圈內人了，然而在交換戒指後的隔天，樂昏頭的齊劭臨時舉行了一場小小的派對，邀請的都是圈內朋友。

那天，林蒼璿很賞臉地來了，一身輕便的打扮，還拎了只禮物。

交際並非程瑜的強項，炒熱場子的任務只好交給活潑的齊劭，他自己則躲在廚房忙著張羅一道又一道的美味佳餚——花卷壽司搭配綠橄欖、紅酒浸潤的伊比利火腿夾著蓮子與花生粉、清爽的山羊起司佐檸檬堅果、炸天婦羅配上微酸清淡的夏布利白酒，簡單又不昂貴，且十分絕配。

當菜餚一一上桌後，程瑜仍鮮少加入話題，只偶爾舉杯感謝道賀的人。而齊劭像花蝴蝶一樣四處流連，程瑜完美的料理猶如光環披在他身上，替幸福潤色不少。

程瑜注意到角落的林蒼璿，對方彷彿是走錯場合的王子，安安靜靜地品著酒，與喝醉酒的眾人格格不入，連捧著酒杯的手都散發出慵懶高雅。

林蒼璿搖著酒杯，輕輕說：「他一定很幸福吧。」

程瑜一不留神便讓這句話溜進耳裡，話裡聽不出真心，反倒嗅出一股不甘不願。程瑜與這位齊劭口中的林學長並不熟，可這句話就像鉤子，把程瑜的心吊了好長一段時間。

像林蒼璿這種身分的人，身旁總是會聚集一票自願服從的僕人，而僕從當然要迎合主人的喜好，旁邊一個跟班立刻附和地說：「程瑜運氣真的很好呢。」

運氣好不好，甫和齊劭交往五個月的程瑜還不清楚。

此後，無論是一起去峇里島旅遊，或是社交應酬，愛熱鬧的齊劭都免不了邀請林蒼璿。這根刺越扎越深，刺得程瑜渾身不舒服，而林蒼璿八成同樣不快，因爲他開始忽視程瑜，且態度越發明顯，最後連聚會都只邀請齊劭一人，對程瑜視而不見。

朋友圈不同，程瑜也不勉強。

何況，每每碰上林蒼璿，程瑜都覺得沒有自信能贏得過這個勁敵。

程瑜只是普通職業學校畢業，雖然在Hiver工作，畢竟只是一名副廚，薪水並不特別高，唯一幸運的就是依循自己的喜好成爲了廚師。

林蒼璿則是人們口中的天之驕子，一流大學金融經濟學碩士，傳說中最強的股市操盤手，坐擁高樓豪宅，出入名貴跑車，年薪數也數不清。

銜著金湯匙出生的齊劭很適合被高貴所環抱，也剛剛好適合林蒼璿，兩人是天作之合。

程瑜把無名指上的戒指推出一點點，卡在骨節上，彷彿跟愛情一樣，進退兩難。他想著齊劭，他們的第一次約會，第一次接吻，第一次爭吵，第一次做愛，以及第一次見到齊劭時，那張笑起來帶著酒窩的面容。這個大男孩出身優渥，浸在蜜罐子養大，一派天真單純，沒什麼心思，相處起來十分愉快，他很喜歡齊劭。

但承諾對程瑜來說太難，對齊劭來說卻太簡單。

程瑜把邱泰湘傳來的那張照片轉傳給齊劭，接著關機。沒有了外界的侵擾，他閉上眼，不知不覺在沙發上睡著。

他之所以醒過來，是因爲胃餓疼了。

他的頭有點痛，頸肩僵硬，渾身不舒服。沙發太窄小，橫躺一個大男人實在勉強。抬眼一看，晚間六點，生理時鐘準時提醒放飯時間。

程瑜在沙發坐了一會，今天的種種惡耗在腦海裡重播，令他更加厭煩。他拿起手機，開機，大量訊息瞬間蜂擁灌入，除了餐廳同事之外，齊劭也傳了不少。

「你怎麼會有這張照片？」

「寶貝，不要想太多，這是角度問題。」

「寶貝，你今天沒上班去哪裡了？有沒有出去玩？」

「你生氣了？怎都不回我？」

「我要哭了！[cry][cry][cry]」

「我和學長的互動就是這樣，很平常，這不是曖昧什麼的，你不要亂想，不要誤會啊！」

最後一句話有如導火線，引爆程瑜腦中最後一點理智。

他氣笑了，簡直無奈。什麼叫做平常的互動？意思是他們平常就像情侶一樣，每天在大庭廣眾之下秀恩愛？親手做的午飯都餵給情敵也眞他媽絕了，難怪齊劭會要求午餐不要魚。

因爲林蒼璿說過，他討厭魚。

這個「魚」究竟是程瑜的瑜，或是鮮魚的魚，無從考證，他還曾經因爲林蒼璿這句話不爽過好一陣子。

尊嚴被賤踏得無以復加，齊劭還辯稱這只是種無傷大雅的親暱，彷彿程瑜的吃醋與氣憤是幼稚的表現，懂得忍耐才是成熟。

程瑜只回了句「我們分手吧」。

他以爲分手是一道斬斷七情六慾的咒語，讓魂魄回歸，不再掛心紅塵。卻沒想到，送出訊息的那一刻，他卻好似被推上死刑臺的罪犯，提心吊膽地等待審判。

程瑜再度關閉手機，沒用地選擇逃避，然後在沙發上深呼吸一口氣，強迫自己冷靜。

齊劭的屋內有不少他的東西，他趁齊劭還沒下班返家，只拿了自己的一套刀具組便離開。慣用的刀具是廚師的命，其餘物品再買就有。

走出門口時，程瑜才想到自己的愛駒還停在邱泰湘的店門口，可帶著刀具是絕不可能搭捷運的。

考量到租金，他只能選在市區邊陲租屋，從齊劭的家到他自己的租屋處，若是用走的恐怕會跟昨夜一樣走到手機沒電。不過邱泰湘就不一樣了，有錢人奉行物以類聚這一套，除了就讀的學校以外，連私宅都愛聚在一塊，程瑜只需要花十分鐘就能找到救星。

他透過社區大樓保全聯繫上邱泰湘，跟保全領了電梯卡以後，直接往十六樓去。即使不是第一次來，他還是每次都差點被金碧輝煌的裝修閃瞎眼。

對於程瑜帶著刀具出現在家門口，邱泰湘心裡有數，並沒有過問太多。起碼刀上是乾淨的，沒有沾著誰誰誰的血。

有求於人，程瑜只好做一頓料理答謝邱泰湘的載運之恩，另一方面也是他同樣餓到前胸貼後背了。

秋香大姊的家富麗堂皇，然而打開冰箱只有數瓶不知存放多久的醬料，放到都油醬分離了，另外還有幾條乾癟的蘿蔔、萎縮的白菜，冰箱內部空蕩得十分淒涼。

邱泰湘大概是廚師的剋星，這輩子被派來毀滅中華料理界。

當不成特級廚師，程瑜最後僅勉強做出一道蔥花香油乾拌麵，雖然本人不怎麼滿意，邱泰湘卻差點把這道料理誇上了天。

準備上班之前，邱泰湘接連換了七套衣服，從高衩旗袍到性感黑絲短裙，擁有恐怖凶器的女裝大佬沉浸在換衣的快樂當中，一蹲下去，裙底差點露出飽滿的「餡」。

程瑜被迫當個觀眾，精神有些耗弱，對此他完全無法理解。

晚上九點，邱泰湘準時抵達他的小酒吧，已經有兩個客人在門口等候。暖場歌曲播放，Placebo的〈Sleeping with ghosts〉輕柔地流瀉而出。

只有靈魂的伴侶不會讓你哭泣，他會擦乾你的淚滴。

邱泰湘搖著馬丁尼，想招待程瑜喝杯酒，畢竟他是傳照片的元兇，應該負責逗笑程瑜。程瑜苦笑，用要騎車這個拙劣的理由回絕了。他沒有多留，跨上自己的檔車逃避似的離去。

他回到久違的租屋處，屋內乾淨得不似人居，繃緊的神經再度鬆懈，程瑜忍不住癱在沙發上。

他鼓起勇氣再度開啟手機，湧入的仍是大量來自餐廳同事的訊息，但他第一個點開與齊劭的聊天室。

他的那句「我們分手吧」旁邊顯示已讀，卻並無回音。

程瑜第一次意識到這個家如此冰冷——太久沒有一個人，感覺特別冷。

Chapter 03

隔天一早，程瑜才看見齊劭回傳的訊息，只有短短一句：「爲什麼？」

剛起床的清爽全被這發原子彈毀滅殆盡，他想起這裡是自己的家，想起自己昨天已經被解雇了。

半夜三點，這句「爲什麼」，是齊劭在夜深人靜時，思念體溫所升起的困惑嗎？話中含意並非挽留，也不是同意分手，八成是齊大少爺把他的行爲當成鬧脾氣。

程瑜起身，把手機丟在一旁，打算做些事情轉移注意力。他把家打掃得更乾淨、把空蕩的冰箱填實，很久沒有享受過假期的他爲了採買食材，還出門了一遭，並以此勉強安慰自己是因禍得福。

今日晚餐是簡易的蔥花燒肉蓋飯與鮭魚味噌湯。燒肉淋上些許芝麻醬，與渾厚香甜的油脂猶如天生一對，交融在一起，而作爲甜點的焦糖冰淇淋佐海鹽與酒釀葡萄，又洗刷掉附著在口腔的油膩和辛氣。最後再來一杯沁涼的吟釀，作爲完美的結尾。

叮咚叮咚叮咚——

門鈴不合時宜地響起，程瑜的一顆心提到了喉嚨口，差點吐出胃裡的佳餚。

會是齊劭嗎？心中一閃而過的，是他最想見的那個人。再怎麼假裝冷靜試圖理智，下意識的想法仍出賣了他。

門鈴按得又急又快，程瑜起身應門。門打開的瞬間，一股濃烈的古龍水香氣撲面而來，他猛然遭受熊抱攻擊，對方的力道不亞於職業級摔角手，撞得他差點眞的把胃裡的東西吐出來。

「寶貝兒——嗚嗚嗚嗚……」邱泰湘嚎得不能自已，一身正經的西裝打扮一點也不適合他眼下淚光點點、嬌喘微微的模樣，「你昨天怎麼不告訴姊姊！」

「秋、秋……秋香……」程瑜覺得呼吸困難，肋骨快斷了，眼前逐漸發黑，再這樣下去他會壞掉的，「拜託你先放開我……」

「喔。」邱泰湘說放就放，眼淚還掛在臉上。他吸吸鼻子，翹著小指用避開睫毛膏式的手法擦眼淚，「我今天去你們店裡吃飯了。」

身爲豪門富二代兼科技新貴，對邱泰湘來說，時不時吃一次Hiver就和普通人吃路邊攤一樣理所當然。

程瑜一時不知該做出什麼反應，直直看著對方。他本來沒打算這麼快讓邱泰湘知情，怕邱泰湘以爲傳照片闖了禍，害他傷心得把工作都丟了。

「跟姊姊去找樂子要不要？」邱泰湘用食指一點程瑜的額頭，力道跟一燈大師的一陽指差不多，登峰造極的指力幾乎把程瑜的腦門戳出一個洞，差點慘叫出聲，「忘記舊情，重新開始，跟姊姊去釣小帥哥吧！」

「找、找什麼樂子？」程瑜摀著發疼的額頭，「秋香，其實我沒有傷心也沒有憂鬱，你放心，齊劭的事情跟離職的原因是兩回事。」

邱泰湘一聽又嘟起嘴，泫然欲泣：「我就跟你說過了，齊劭老愛跟著那個奇怪的林蒼璿，肯定是居心不良，你怎麼不好好防範他！」

程瑜哭笑不得：「這種事情一個巴掌拍不響，天要下雨、娘要嫁人也不是我能阻止的。」

他心裡很清楚，齊劭之所以得寸進尺，正是因爲他一次次地寬容與逃避。

相遇太難，所以總有人捨不得放棄，提心吊膽地把愛情緊握，張開手心才曉得，只有自己的淚滾燙滴在手裡。

「你忘了齊劭吧。」邱泰湘再度把程瑜攬進懷裡，抽噎著說，「這種人不值得你傷心。」

「秋香，我沒事，眞的。」程瑜拍拍邱泰湘的背，咧嘴一笑，「我早就累了，這段感情散了也好。」

分開究竟是不是對的決定，他不想去思考。

邱泰湘趕時間上班，可是又放心不下程瑜，於是兩人站在玄關前拉拉扯扯。最後，邱泰湘幾乎是把程瑜整個人扛起用武力架走的。

程瑜明白邱泰湘是罪惡感在作祟，而且這人有個壞毛病，總愛「憐香惜玉」。還好邱泰湘沒有要求他穿短裙一起上班，否則他眞不敢想像下場會有多慘。

邱泰湘的酒吧名爲「Hēraklēs」，經營了八年之久，當初只是邱泰湘用以逃避現實世界的宣洩口，沒想到如今變成了生活重心。兩人相識多年，程瑜不曾過問邱泰湘的家庭，邱泰湘也不曾多談，只有在偶爾的幾次醉酒後，悲哀地提過眞實的自己見不得光。

程瑜在酒吧的角落啜飲調酒，場內人不多，每個人各自揣著心事構築出無形屏障。只有這間由苦衷所建構的酒吧，能庇佑得了尋求慰藉的殉道者，例如程瑜便是其中之一，他在現實中是個深櫃，只能在此地喘息。

抽菸的廚師甚少，因爲容易影響嗅覺和味覺。程瑜原本早已不碰菸多年，卻在得知齊劭和林蒼璿糾纏不清後，又開始一根一根自虐地殘害自己。

店內播放什麼音樂是隨老闆心情，此刻正很不合時宜地播著輕搖滾版的〈突然想起你〉。

一個人的夜　我的心　應該放在哪裡　擁抱過後　我的雙手應該放在哪裡

（〈突然想起你〉詞：林夕　曲：陳偉）

程瑜嫌這首歌煩，用買包菸的藉口走出酒吧。雖然不過是一首歌，但在內心脆弱的情況下，輕而易舉就能摧毀他的平靜。

星期五的夜，城市同樣喧囂，男男女女穿梭，連空氣都飄著醺人醉意。他繞過街口尋找超商，途中經過Drambuie低調地隱藏在暗巷的入口，幾個像貓的男孩互相糾纏，舔拭著彼此美麗柔軟的皮相。

超商不少，有賣CASTER 5的卻不多。程瑜走進一條捷徑，暗得不見人影的巷弄內，狹小得只容兩名成人擦肩而過，越是深入巷內，越是聽不見喧鬧。

地上有不少空酒瓶，程瑜全神貫注留意腳下安全，一拐彎，視線中赫然出現兩雙皮鞋。程瑜抬起頭，所謂仇人相見分外眼紅，每天都要狹路相逢，乃是宇宙不變的法則。

「林……」程瑜不知所措，抬手尷尬地打招呼，「林……林蒼璿，你、你好。」

一貫展現出精英形象的林蒼璿，與這條髒亂的小巷格格不入，此刻瞪大的眼睛中充滿疑惑與不可置信，有如飽受驚嚇的小鹿。另一名男子程瑜並不認識，對方擁有麥色的肌膚，身形頎長、身材不差，容貌也不錯。

而容貌不錯的帥哥雙手抓著林蒼璿的手腕，這一幕簡直就像老爺調戲丫鬟的場景。

學校沒有教過撞見情敵偷情該怎麼瀟灑離去，程瑜的腳生了根似的，大腦在「前進」與「後退」之間持續運算到過載，幾乎當機。

林蒼璿回過神，開始掙扎：「放、放手，放開我。」

帥哥邪魅狂狷一笑，仍是緊抓不放：「怎麼，有人來了就害羞了嗎？」

還眞他媽是老爺不要！

一道天雷直往程瑜頭上劈，讓他雷得外焦裡嫩，忍不住想怒吼腦子裡怎麼只有前進跟後退可以選？怎麼沒有第三個選項是消失！

被迫觀賞這齣老梗戲碼的程瑜聞到一股濃厚的酒味，林蒼璿的臉色像煮熟一般泛著粉紅，雙腿有些虛軟，一副弱柳扶風之姿，於是第三個選項蹦了出來——不過並不是消失。

程瑜冷下臉，極為不客氣地說：「滾開。」

他直接進入遭遇BOSS會出現的對戰畫面。

路人帥哥被打擾了調戲的興致，口氣也略帶不善：「喂喂，你沒看到我們正在忙嗎？」

林蒼璿奮力抵抗仍掙脫不出強勁的緊箍，手腕都給抓紅了：「程、程瑜！我……」

程瑜壓著嗓音冷道：「一，放開他。二，給我滾。」

程瑜長得是人家說的涼薄之相，唇薄、鼻梁高挺，細長的眼尾稍稍勾起，眉心蹙起三道刻痕，平時總如化不開的冰拒人於千里，板起臉來恫嚇之意盡顯。

被劈腿、被離職，還是被出櫃都無所謂，現在他只是想買包菸而已，憑什麼秀恩愛給他看？

路人帥哥根據自己打獵的經驗來看，認定這兩人八成互相認識，是自己搶到別人的獵物了，於是他雙手半舉在空中，一邊往後退去一邊啐罵：「靠，不過就是逢場作戲，還眞他媽以爲是英雄救美啊！神經病！你當這言情小說啊！」

敵方脫逃，只剩下尷尬無比的兩人。

林蒼璿斷斷續續鬆出一口長氣，雙腿跟著軟了下來，整個人靠著牆才勉強撐住自己。空氣中的酒味更加濃重了，程瑜不禁疑惑這個人到底喝了多少。

程瑜問：「能走嗎？」

林蒼璿先是點點頭，頓了一下，又搖搖頭：「我走不動。」

程瑜哼了一聲，心想，所以是那個帥哥把人扛進暗巷的？

眼前的林蒼璿是程瑜從沒看過的模樣，頭髮微亂的他如酒醉芝蘭，襯衫扣子開了兩顆，露出瓷白光滑的胸口。昏暗的巷內，霓虹燈光幽微，令那抹白皙肌膚更顯誘惑勾人。

美色當前，程瑜卻不為所動，他沒心情欣賞。

程瑜雙手插在口袋，冷靜地說：「你在這等到酒醒再出去吧，我走了。」

身為張口便能呼風喚雨的天之驕子，林蒼璿似乎從沒碰過這麼冷淡的人，一雙大眼瞪得彷彿快掉出眼珠子，震驚地說：「你、你怎麼、怎麼不多替我想一下？如果那個人又回來了怎麼辦？」

程瑜說：「那個人也是你自己招惹來的吧？酒量不好就不要喝這麼多。」

林蒼璿一時啞口無言，精美的臉孔難得扭曲。當程瑜準備移動腳步離去時，林蒼璿才再度討價還價：「起碼扶我一下吧，不要把我一個人丟在這！」

王子不愧是王子，宮廷禮數眞他媽不可少，是不是還要鋪條紅地毯才能走出這條巷道？程瑜在內心吐槽，但仍是誠意十足地伸出左手，不甘不願地做個面子給林蒼璿。

雖說以前是情敵，現在兩人的關係已經算是「朋友的朋友」了，遇人落難還是該援之以手。

林蒼璿伸手一搭，起身時腳步踉蹌，隨即毫不客氣地把全身重量往程瑜身上壓，猶如沒了骨頭似的。他長得氣質典雅、身材纖細，縱使有一百八十五的身高也看不出分量，但一名成年男子的重量可不會跟他長相一樣輕盈！

程瑜兩隻手都用上了，兩個人在暗巷內不幸抱了個滿懷。

場面一時靜默。

這下更尷尬了。

Chapter 04

林蒼璿微帶酒醺的氣息呼在程瑜頸邊，近得甚至可以聞到混雜著香菸與雪松古龍水的氣味。

一片雞皮疙瘩自程瑜耳邊一路延伸至腰際，他感覺極度不舒服。除了齊劭與邱泰湘之外，他可從來沒這麼靠近過別人。

正當程瑜想推開林蒼璿時，林蒼璿哀鳴一聲，痛苦地說：「等等！我真的很暈！」程瑜才不管，他雙手粗暴地推起林蒼璿的肩，對方綿軟的身體像塊嫩豆腐，任由他拿捏，似乎一不小心便會支離破碎。林蒼璿垂著頭，找不到支點的雙手只好選擇輕輕揹住程瑜的腰。

程瑜忍不住蹙眉：「你給我振作點。」

林蒼璿彷彿睡著了一樣，沒有反應，程瑜只覺得被醉鬼攤上實在倒楣，渾然沒意識到有雙手在他腰側輕輕揉捏，流連忘返。

林蒼璿繼續壓在程瑜身上，垂著腦袋含糊地說：「你讓我休息一下，行嗎？」聲音近乎哀求，帶著一絲綿軟，卻傳達出不容置喙的指使之意。程瑜一聽，有點不是滋味。

大概是因爲齊劭的關係，他就是處處想與林蒼璿作對，於是硬是抓著林蒼璿的腰與肩，把人拖著往外走。林蒼璿靠在程瑜身上，腳都快給拖離地了。

林蒼璿突然失笑，半開玩笑似的說：「你力氣真大。」

兩個大男人貼在一塊，和綜藝節目中用來逗笑觀眾的兩人三腳障礙賽一樣滑稽，兩人都手長腳長的，也不知是誰攬著誰。

林蒼璿的一身酒氣混著古龍水的雪松香味，炙熱的身軀散發如熟果般可口的氣息。

這個人天生擁有好皮相，也是個曖昧的高手，擅長以溫水煮青蛙的手段使獵物不知不覺陷落。聽說林蒼璿有潔癖，卻會毫不猶豫地張嘴等齊劭用筷子餵他，不需要言語，光憑動作便已經能傳達出足夠的訊息。程瑜不只一次看過林蒼璿面對齊劭時的舉動，充滿暗示，充滿深意。

三個月前，齊劭那夥圈內死黨計劃了個峇里島之旅，而林蒼璿這男神等級的人也湊合了這群小人物的旅遊。程瑜並不意外，畢竟林蒼璿對齊劭的態度太明顯了。

那時候許多圈內人議論紛紛，說林蒼璿本應近水樓臺先得月，卻沒想到突然被程瑜截胡，所以王子要來場復仇記。

五天的行程，程瑜全程處於高壓狀態，根本無法享受峇里島的陽光。他和齊劭兩人單獨相處的時間少得可憐，不是齊劭的死黨不識相，就是林蒼璿一聲令下，齊劭便得巴結奉承，因此基本上程瑜每天都是獨自在沙灘上看書度過。

他本來就和齊劭的朋友圈不是同一夥，是拗不過愛人才答應參加，況且他真正認識的圈內人，其實只有邱泰湘一個。齊劭那些朋友都認爲是程瑜搶了男神嘴上的肉，程瑜簡直無辜，要是早知道齊劭心頭有這麼一道巨大的白月光，照得他心裡陰影面積無限擴大，他才不會自找罪受。

想著想著，程瑜頓時產生把林蒼璿丟到巷內毀屍滅跡的衝動，來個眼不見爲淨。但若不是齊劭禁不住誘惑動搖了，他也不會受這遭罪，男人何苦爲難男人？

前方地面橫躺著一個紙盒，印著不常見的飲料名稱，程瑜扳著林蒼璿的肩要他避過這個障礙，右手一使力勾過他的腰，發覺細得幾乎摸不出一兩贅肉。

林蒼璿頓時發出曖昧的哼聲，替這條暗巷增添詭異的春色。

程瑜臉都綠了。

可以不要這樣嗎！他只是個扶老太太過馬路的熱血青年而已！

林蒼璿忍不住笑出聲：「不好意思，我怕癢。」

程瑜冷漠地回答：「喔，對不起。」

林蒼璿打趣地問：「你好有禮貌，對待每個人都這樣嗎？」

此刻林蒼璿的舉止全然不是程瑜平常認識的那位，話匣子一打開就停不住。程瑜不想跟醉鬼聊天，嗯嗯呵呵地敷衍回應。

沒多久，兩人終於重見天日，回歸熱鬧的街道。

林蒼璿還有些癱軟，輕飄飄地掛在程瑜身上。程瑜也不問對方的意見——問了只會得到奇怪的答案，這一點程瑜已經充分地在這次偶遇中理解了——便擅自在路邊招了臺計程車，準備把醉鬼塞進去。

結果林蒼璿卻拒絕了，他從外套口袋拿出手機：「我找朋友來接我。」

程瑜蹙著眉，畢竟林蒼璿還醉著，他怕人又出了什麼事，於是懷疑地問：「你朋友可靠嗎？能直接送你回家嗎？」

林蒼璿一手勾著程瑜的肩，一手飛快地用手機打字，曖昧地笑：「沒人能去我家，我可是很挑的。」

程瑜差點脫口說「干我屁事」，他才不想吸收這種冷知識！

他幾乎是像抓貓一樣，把林蒼璿拎到一旁的護欄邊休息。路上車水馬龍，霓虹燈閃爍，林蒼璿低著頭，長長的睫毛垂下，臉龐映著手機的螢幕光，和琢磨過的白玉一樣潔淨，只有雙頰染上一抹桃紅。

程瑜想過把林蒼璿丟在此處，轉身就走，可要是人眞的出了意外，他這輩子絕對於心不安。於是他好人做到底，乾脆等林蒼璿的朋友來交接這個燙手山芋。

林蒼璿繼續低頭擺弄手機，彷彿下意識地隨口一說：「你怎麼人這麼好，是不是路見不平都會拔刀相助？」

程瑜沒答腔，跟一個醉鬼實在沒什麼話好說的。他決定乾脆別買菸了，直接回家。

林蒼璿不斷地將視線投向手機，程瑜瞥了一眼，螢幕上呈現出一串又一串的數據，是他看也看不懂的財務報表。

程瑜有些疑惑，這個人到底是醉了還是沒醉？這樣也能處理工作，難怪被稱爲ＣＢＤ的傳說。

「學長——」遠處有人在喊，那聲音程瑜再熟悉不過。

他渾身的血液冷了下來，眞心沒想到會在這種情況下遇見齊劭。他該拿什麼心態面對？

程瑜捏緊拳頭，強自壓抑著怒火質問林蒼璿：「你叫齊劭送你回家？」

林蒼璿抬起頭，無辜地說：「我只是發動態，看誰先來嘍。」

遠處的齊劭緊急停下腳步，臉上的表情從喜悅轉成驚訝與錯愕。程瑜曾經看過齊劭這種表情，是在齊劭作賊心虛、想掩飾錯誤的時候。以前他認爲這是種可愛的表現，如今卻覺得諷刺無比。

齊劭開口的第一句話是對著程瑜，語氣既疑惑又不滿：「你在這裡做什麼？」

程瑜聞言，忍不住惱火：「關你什麼事？」

齊劭不懂程瑜發火的理由，只當是無理取鬧，一副受不了的模樣：「我先送學長回去，你在這裡等我，不要亂跑，我等等就回來。」

「不好意思。」程瑜失笑，憤怒得近乎抓狂，「你不要忘記，我們已經分手了。」

齊劭頓時慌了，伸手想拉住程瑜：「等等，你不要這樣！」

程瑜反應極快，齊劭的手還沒來得及碰觸到他的身體，他便揮臂一擋，差點傷了齊劭的臉。他的眼中含著熊熊烈火，幾乎能燒穿齊劭與林蒼璿兩人。

程瑜瞪著他們，一步一步退。他恨死自己爲何要作賤，當什麼好人。

在昨夜的那句「爲什麼」之後，直到今天晚上，齊劭一整天都沒給他傳過一句關心的話語，或打過一通安慰的電話，憑什麼林蒼璿隨意發了動態，齊劭就隨傳隨到？

程瑜眞他媽恨透了自己，眞他媽的活該！

他轉過身，挾帶著狂風暴雨般的怨氣，頭也不回地走了。

星期五的夜，每個人都狂歡得捨不得睡，沒人在乎街上的這段小插曲。

林蒼璿依舊擺弄著他的手機，頭也不抬地問：「你和他現在是什麼關係？」

齊劭臉色煞白，眼眶發紅，低下頭像隻被遺棄的可憐幼犬，嗚咽著說：「我不知道。」

聲音極細，猶如喃喃自語，只說給風聽。

「你這樣手裡抓著一個，又想要另外一個，我很可憐呢。」林蒼璿嘆了一聲，把手機放回口袋，「不用送我了，我自己回去。」

程瑜傳了訊息給秋香，說自己買不到菸，所以回家了。

雖然事實並非如此，他正抽著CASTER 5，一個人在另一家音樂震耳欲聾的酒吧喝著一杯又一杯悶酒。他的心情複雜又紊亂，好似纏成一團的毛線球，糾結成一塊又一塊。

幾個想來搭訕的男女皆被程瑜惡狠狠的眼神逼退，沒有人會把勾引凶神惡煞當成有趣的遊戲。

然而，一杯雞尾酒被端到了程瑜面前，帥氣的酒保眨著眼，說是對面的男士請的。酒保嘴裡迸出一句：「Between the sheets。」程瑜立即蹙起眉頭。

除了正式餐點，調酒也是餐桌上的一門學問，程瑜碰巧學了幾年。眼前這杯泛著粉橘色光澤的酒，散發出白蘭地與橙酒的香氣，名字充滿了醉酒以後的遐想——Between the sheets，以高酒精濃度出名，號稱一杯就能讓冰山倒的猛烈調酒。

對桌的帥哥端著馬丁尼靠過來，頭一句就是搭訕的起手式：「我們是不是在哪裡見過面？」

程瑜冷笑，眞他媽拙劣的老套，敢說出來還眞替這人害臊。他把酒杯往旁邊推，正眼也不瞧，冷冷地拒絕。

不速之客笑了起來，眼角揚著桃花似的鉤，挑撥地說：「你怕喝醉嗎？」

程瑜被這句話刺激得惱火，一來是他已經有些醉意，二來是現在的他禁不起挑釁，於是便這麼抄起那杯酒，二話不說灌了下去，再把空杯重重地砸在桌上。

程瑜自認酒量不錯，但這是以他有意識地節制爲前提。

程瑜醒來的第一個念頭是，邱泰湘的客房什麼時候換了盞典雅的吊燈？

他翻身坐起，全身上下的強烈不適是宿醉的症狀，他頭暈目眩兼頭痛欲裂，愣愣環視陌生的環境。正當他還在思考邱泰湘何時改了房間風格時，一道男音突兀地飄入耳裡——

「你昨晚眞的很厲害呢。」床頭旁站著一名男性，壓低嗓音曖昧地說。

程瑜目瞪口呆，原地嚇傻，這種場景活像狗血電視劇裡會出現的……他心下大驚，緊急低頭一瞧自己。還、還好，還穿著衣服！他又摸了摸身上的衣服，是昨天那套，沒換過。

「你都睡到中午了，還眞能睡。」陌生男子把三明治及奶茶放在床尾的小桌上，「我猜你睡這麼久也該餓醒了，沒想到我時機抓得眞好。早餐吃三明治你喜歡嗎？」

程瑜臉色鐵青，一副受暴良家婦女的樣子抓著被單，神智尚未完全清醒，還在驚愕男子爲何如此從容悠哉。

這裡是哪裡？這個陌生男人的家嗎？讓素昧平生的人登堂入室，這樣好嗎？

「嚇壞了？」男子輕輕一笑，嘴角彷彿啜著一抹若有似無的邪魅，「還沒說你昨晚嚇到我呢，哪有人喝醉就脫衣服的？」

程瑜的臉轉為慘白又發青，不信邪地再看看自己的衣服，接著漲紅了臉。

男子笑了聲，聲音猶如被撥動的低音琴。他打開塑膠袋，拿出另一份早餐，直接在床前的椅子坐下來：「開玩笑的，你不要這麼害怕，劫財劫色我都沒做，咱們清清白白的。」

這句話安慰不了理智線瀕臨斷裂的程瑜，聽到這句，他抖得更加厲害，連一句話都無法說出口。

男子咬了口三明治，含糊地說：「你呀，心情不好也要曉得自己酒量在哪，別喝這麼多嘛。」

程瑜昨天才用這句話教訓過林蒼璿，結果轉眼自己就跌了一大跤。他張嘴想反駁，又說不出話。比起這些，他比較想了解昨晚他究竟幹了些什麼好事，怎麼會睡在別人家的床上？

「這早餐味道有點……嗯，以你的標準來看應該不及格。」男子皺眉，盯著自己手上的三明治，見程瑜毫無反應，男子挑挑眉，打算來點刺激的，於是抬起右腕一瞧手錶，「對了，你今天沒上班嗎？原來Hiver的副主廚可以在星期六排休？李夜叉性情這麼……」

這句話像一桶冷水，潑得程瑜全身發冷無比醒腦，眼前的陌生人居然知道他的身分！他立即從床上彈起，二話不說抓了自己落在地上的外套，打算奪門而出。

男子被程瑜的舉動嚇了一跳，連忙伸手阻攔：「欸！等！等等！」

程瑜冷汗直流，推開對方大吼：「走開！」

男子卻像個無賴一樣，嘴裡還咬著一大半的三明治，雙手死拖活拉地抱住程瑜的腰，急急忙忙兼口齒不清地說：「你冷靜！冷靜點！我不是什麼壞人，你不要誤會，拜託你出門別報警，不要以爲我什麼是怪人啊！」

程瑜費盡九牛二虎之力，也無法擺脫那雙圈住腰的手，被陌生人觸碰的不適使得雞皮疙瘩從腳尖竄了上來：「滾開！不要碰我！」

男子嘴裡的三明治掉在地上，隨之提高音量：「你不要衝動！我只是想跟你當朋友！」

你想當什麼朋友！拒絕來路不明的朋友！

程瑜幾乎用上渾身所有力量才勉強走出一步，一跨出房門，立刻又被蠻力往後扯，兩人雙雙滾倒在房門口。

程瑜不死心，死爬活爬都要爬出這間屋子。作爲一個二十九年來規規矩矩過活的男人，他完全無法忍受生活中的一切統統脫離自己的掌握，包含工作、包含愛情、包含他對自己的約束力，全都狂奔往不知名的方向，這是他這輩子料也料不到的。

程瑜的忍耐已達極限，瀕臨崩潰：「你放過我行不行啊！」

豈料男子幼稚至極，像孩子一樣吼回來：「我不放！」

程瑜只想仰天大吼，如果現在手上有刀，他肯定會一刀捅死對方，再捅死自己。

禍不單行，更令程瑜想死的事情發生了，一連串電子音輕巧響起，電子門鎖被解除，接著是大門開啟的聲音——有人進了門。

兩人渾身一僵，原地不動，程瑜甚至可以感受到陌生男子有點發抖。

「小白，你在嗎？」一道男人的嗓音自客廳傳來，伴隨著脫鞋以及衣料磨擦的聲音，「喂——有沒有人在家啊？」

對方的嗓音極為熟悉，非常熟悉，化成灰程瑜都認得，只是這毫不修飾的口氣是他從來沒聽過的。他的臉貼著地板，默默在心裡祈禱千萬不要是他想的那個人，原本僵硬的身體忍不住跟著抖了起來。

「奇怪，剛剛不是跟我說你在家嗎？」對方似乎非常熟悉這間房屋，先是聽到開啟冰箱的聲音，接著是拉開鋁罐拉環的噴氣聲，「你到底要給我什麼驚喜？別裝神弄鬼的，快點出來！」

「小白——」說話聲伴隨著腳步聲越來越接近，往程瑜的方向來了，「你如果敢要我，我一定……」

來者的話音霎時停住，程瑜面貼著地板，深覺這一刻溫度降到了冰點，連自己呼出來的氣息都是冷的。

「這就是你要給我看的驚喜？」對方的語氣充滿不善，還有些震驚。

被喊作小白的陌生男子直起身，抬頭大喊：「蒼璿！不！你誤會了！」

程瑜依然趴在地上當死屍，只差沒吐血而亡。他心想，為何這世上沒有一種能讓自己原地爆炸的咒語？他急需，非常急！

林蒼璿彷彿忘了怎麼開口說話，程瑜只聽見鋁罐被捏爆，應該只喝了一兩口的飲料大半灑在地板上。

小白也不纏住程瑜的腰了，慌忙起身解釋：「蒼蒼蒼蒼、蒼璿，我我我我、我沒有對不起你！我從來沒有對不起你過！你你你你要相信我！」

這下完蛋了。程瑜的心境昇華到新的高點，達到絕望的最頂尖。

有沒有情敵搶走自己的男朋友，然後自己又不小心跟情敵的另一個男朋友有不清不楚洗不乾淨的嫌疑的劇本？

他原以爲甩脫了齊劭後，就再也不會跟這干人有任何瓜葛，但現在這種狀況簡直只能用「親上加親」來形容。媽的，只差順便找齊劭一起來打麻將了！

程瑜猛然起身，額頭一片的紅痕，表情是看破紅塵般的平靜。他整整衣服，裝沒事地說：「抱歉，打擾你們兩位。」

他腳底抹油想趕緊逃離，然而腳下還沒踏出第二步，便被人大手一攔，程瑜轉頭，正好對上林蒼璿的臉。

嘴上有禮貌，可程瑜連看一眼林蒼璿的勇氣也沒有，雙腿微微發顫。

平時泰然自若，從不顯露眞實情緒的林蒼璿此刻勃然大怒，太陽穴隱隱可見青筋爆起，猶如發怒的夜叉，讓程瑜立即想到李若蘭那次徒手推翻熱鍋的場景。只聽林蒼璿冷靜地一個字一個字說：「他有沒有對你做什麼？」

程瑜只想跪下來說他什麼都不知道，臉色瞬間慘白。

而小白慘叫一聲，立即抓住程瑜的肩猛搖大叫：「你不要愣在那裡！快跟他解釋清楚啊！」

強裝鎮定的程瑜馬上被打回原形，十指插在髮間崩潰地說：「我剛起床而已，根本不清楚發生了什麼事啊！」

小白的眼淚差點奪眶而出：「這種解釋只會加深誤會啊啊啊！」

林蒼璿雙眼爆出血絲，雙手都握成拳了。

程瑜當機立斷推開纏在他身上的小白，左手被對方的手錶刮了一下，手背抽疼著泌出血珠，一道微乎其微的金屬聲落地。他顧不了這麼多，立刻用跑百米的姿態衝出腥風血雨的戰場，還不忘捎上自己的鞋，那道電子鎖大門像是散發著天堂之光……

幸虧出門不必按密碼，關門前的最後一幕是林蒼璿一手揪著小白的衣領，另一手緊緊握著拳。

程瑜驚魂未定，驚覺這名喚小白的男子應當也是身價不菲，住的是連電梯都要刷卡的高檔住宅。他搭不了電梯，只好走逃生門，門一打開，媽的，十七樓！龍配龍、鳳配鳳，住這麼高不愧是林蒼璿的男朋友！

當程瑜奔出大樓時，街上陽光普照，燦得他睜不開眼。他花了點時間才回到自己的租屋處，第一件事情就是趕緊洗澡，像除穢一樣全身仔仔細細裡裡外外洗了個透徹。

隨著水流不斷匯入排水口，程瑜逐漸冷靜下來，一想起林蒼璿那張精緻的面容扭曲成棄婦般的怨怒，他突然有種惡劣的快意。

天道好輪迴，他之前所承受的難堪與心痛，今日意外全數奉還給林蒼璿，稍稍彌補了他心頭的不平衡。

洗好澡，換了套衣服，程瑜早已餓昏了。

他隨手煮了碗乾撈雞蛋麵，有細麵、雞絲、炒蛋、香油、蔥花、蒜末，並用魚露、胡椒、洋蔥及檸檬調味，雖然普通，不過色香味俱全，適合安撫驚慌的心靈，塡飽空虛的腸胃。

程瑜慢慢地享用遲來的早午餐，香氣四溢的乾麵配上昨晚剩餘的味噌湯，堪稱極致的享受。吃完餐點，他直接進入了酒足飯飽後的半彌留待機模式，下意識點開手機打發時間，順便查看同事們及邱泰湘傳來的關懷。

其中一則訊息是小茹的，洋洋灑灑一大篇，字裡行間滿是眞心的懺悔：

「程哥，對不起，我今天去找你了，但你不在家，對不起，我眞的很難過……老師幫我找了一間新的實習公司，我今天也離開Hiver了。」

光是「對不起」這三個字，在整則訊息中就出現了十幾次。小茹是個好孩子，想必她已經向李若蘭坦白，並且碰了滿頭釘，然而她也順利另謀出路了。確實，除了Hiver不幸被解雇的副廚，當然會有其他人願意爲了這孩子伸出援手。

程瑜不禁苦笑，自己可能是英雄主義作祟，也可能純粹是太過愚蠢。

程瑜回了些安慰的句子給小茹，要她別在意，送出訊息後，他呼出一口氣，用手臂擋住自己的眼睛。

他並不怨懟小茹，畢竟玻璃碎片都灑進湯了，秉持著職業道德，他必然得那麼處理，要怪就怪李若蘭脾氣不是普通的差，絲毫不給解釋的餘地。

手機震動了下，差點睡著的程瑜張開雙眼，迷迷糊糊地點開螢幕。

這一瞧，他的魂差點給嚇飛了。

訊息來自林蒼璿那幾百年沒用過的通訊帳號，附了一張照片，是林蒼璿養尊處優慣出來的美顏放大版，溫順的眉與白皙的臉，嘴角含笑，手上拎了枚小銀戒。

底下留言：「這是誰的戒指呢？」

程瑜這才發覺，自己左手無名指上的戒指早已不翼而飛。

Chapter 05

程瑜盯著自己的無名指發愣，說不出這是什麼樣的感受，最後的牽掛如此簡單就斬斷，像心上刨掉了一塊疽肉，血淋淋地發疼，空洞朝著他呼嘯。

回過神，他傳了一段文字給林蒼璿：「那不是我的。」

不屬於他的東西，他不稀罕。程瑜再度把手臂往眼上擱，眼眶微微痠澀，今天眞他媽夠嗆。

手機再度震動，程瑜一瞧，內心忍不住罵了幾句髒話，又是陰魂不散的林蒼璿。同樣是一張照片，照片上的林蒼璿手裡掂著一件極爲眼熟的黑色夾克：「這又是誰的外套呢？」

林蒼璿肯定是解決了小白，才有心情在這發廢文，程瑜故意高傲地回覆一句：「送你。」

林蒼璿出入名車代步、坐擁高級地段豪宅，程瑜心想，那樣的天之驕子根本不屑這種幾千塊買的貨色，他這麼回應純粹是想噁心林蒼璿一番。

程瑜放下手機，挽起袖子準備去洗碗，桌上的手機又一震。

簡直快被煩死了，星期六閒閒沒事嗎！程瑜咒罵了千百次林蒼璿怎麼如此有閒情逸致，一邊打開手機一瞧，結果卻出乎他的預料。

訊息來自齊劭，只簡單地傳了句話：「你在哪裡？」

程瑜在心底哼了聲，正當他思考著該如何回覆時，對方再次傳來一句：「你不要太相信邱泰湘，他是故意的。」

程瑜盯著這段話愣了幾秒，皺起眉頭，迅速回應：「不干他的事，問題在你身上。」

齊大少爺怎麼還不懂得反省呢？他揉揉緊蹙的眉心，萎靡地往沙發上一躺。

不難猜測齊劭大概是去找了邱泰湘，他們倆在同一棟大樓工作，平時不乏打照面的機會，只是邱泰湘面對眞正的現實生活時太過冷硬，總刻意與私底下的自己劃出一道分明的鴻溝，因此極少與齊劭攪和在一起。

程瑜注視自己左手的無名指，那裡空蕩蕩的，不留一點痕跡，彷彿一年多的時光也隨之消失了。回憶是場無聲電影，一幕一幕地播放他和齊劭之間的每一個觸碰，卻無法留住當時的體溫、留住過去的快樂，只餘曾經擁有過那人的虛名，和他冰冷如寒雪的心。

程瑜打定了主意，著手清理所有鍋碗瓢盆，接著出門找邱泰湘。

午後陽光正好，金黃色灑落在秋楓佇立的街道，他跟邱泰湘約在老地方——街角的咖啡廳。邱泰湘剛起床，隨意套了平時最常穿的襯衫和西裝褲，鬍渣子冒出頭，身上帶著一股慵懶與頹廢。

「我和他分手了。」程瑜開門見山地說，啜了口咖啡。

邱泰湘的眼神突然發亮，拍著手：「太好了、太好了，早該這麼做了！」

程瑜苦笑：「多虧那張照片，眞他媽讓我徹底死了這條心。」

邱泰湘拍著胸脯：「成長的過程中碰到壞男人難免，不經一事不長一智，咱們小瑜也算長大了。」

程瑜哭笑不得：「你他媽的。」他深吸一口氣，面露擔憂，「齊劭有去找你麻煩嗎？」

「他敢嗎？」邱泰湘哼了一聲，翹著小指捏著咖啡杯，「雖然我不是他們公司的合夥人，但衝著我老爸的面子，我遇見姓齊的爛人沒要他跪下就是老子給他的恩賜了，他還想怎樣？」

「秋香，其實我……」程瑜慢慢蹙起眉，「不好意思，齊劭這個人做事衝動，我很怕他如果哪根筋不對了……」

邱泰湘打了個手勢：「等等，你不是來替齊劭說情的吧？」

程瑜神情有些疑惑，一時無語。

「如果你是來說情的，那我們的友誼現在就可以決裂了。」邱泰湘垂著目光，用茶匙攪拌咖啡，不等程瑜解釋又說，「眞搞不懂你這小子，都分手了還對齊劭這麼好做什麼？」

程瑜忍不住笑出來，露出一口整齊白牙：「你誤會了，我才不是擔心他，我是擔心你。」

邱泰湘左眉一挑，霎時心領神會，邪邪地笑：「幸虧小瑜還有這份孝順老佛爺的心。」他矯情地哼哼兩聲，持續攪動咖啡，語氣不善，「這點你就不用擔心了，如果齊劭敢去宣傳我的『私事』，你覺得他還能在CBD立足嗎？」

程瑜不自覺地嚥了嚥口水：「現在替齊劭說個情還來得及嗎？」

「你就這麼想結束我們的友誼？」邱泰湘翻了個白眼，齜牙咧嘴壓低音量威脅，「齊劭還是挺識相的，他不敢得罪我，姓齊的小夥子沒你想的那麼天真、那麼笨！」

見程瑜滿臉無辜，邱泰湘有些恨鐵不成鋼：「昨晚齊劭來我的店裡，劈頭就問照片是不是我拍的，我當然承認啦！哼，姓齊的連吭聲都不敢呢！結果啊，他前腳一走，後腳他那個親親林學長就來了，也像神經病一樣逼問我照片的事。」

一說到林蒼璿，程瑜便想起昨晚暗巷的偶遇，以及被捏爆的鋁罐，生生打了個冷顫：「總之沒有造成你的困擾就好，咱們別提了。」

邱泰湘卻覺不過癮，繼續低聲連環砲轟：「這對姦夫淫夫真的很惹人厭，尤其是林蒼璿，光看他操盤的手段，就知道這個人心機深得可怕，極盡陰險！昨晚啊，他得知照片的事情以後，居然笑著說要謝謝我！搞得我渾身發毛！好像齊劭恢復單身，他總算可以趁虛而入一樣。哼，討厭，兩個神經病配一對正好！」

程瑜左手扶著額頭，臉色鐵青。

瞧著陷入愁雲慘霧的程瑜，邱泰湘驚覺自己話太多了，畢竟說不定程瑜還沒走出傷痛，根本不想聽這些。他揉揉程瑜的腦袋，心虛地安撫：「哎，小瑜別煩惱，過去就算了，咱們要放眼未來，以後你出門都不用怕，有……」邱泰湘突然停頓，轉頭四下探看，接著低頭，用飽含男子氣概、壓得更低的醇厚粗嗓說，「姊姊罩你呀。」

即便認識多年，程瑜對這種反差還是萌不太起來。他差點噗哧一笑：「行，以後就靠你了，他們倆從今往後與我無關。」

話還沒說完，隔著咖啡廳的落地玻璃，程瑜冷不防望見怒氣沖沖的齊劭。齊劭雙拳緊握，穿過馬路直奔咖啡廳大門，一進門便朝程瑜的方向來。

很快，齊劭在他的面前站定：「這什麼意思？」

齊劭的手指捏著一枚銀戒，正是今早程瑜遺落的那枚。他的聲音不算小，在安靜的咖啡廳內顯得突兀，許多客人紛紛轉頭張望。

程瑜只是盯著齊劭的臉，冷靜地說：「出去講，你不嫌丟臉，我還要面子。」

齊劭被他的態度激怒，抄起桌上的水杯，潑了程瑜一身冷水。邱泰湘頓時暴怒，揪住齊劭的領子：「臭小子，你做什麼！」

齊劭反抓住邱泰湘的雙腕，大吼：「你問我做什麼？你問你自己！居心不良在程瑜身邊打轉，還四處造謠！」

邱泰湘瞬間臉色大變，咖啡廳的店員眼見情況不妙，紛紛過來架開他們兩個並充當和事佬，還有一名店員在混亂中遞給程瑜一條乾淨的毛巾。

程瑜向店員道了聲謝，隨手拋下幾千塊，迅速起身抓住兩人的後領往咖啡廳外走。一出門，程瑜便把齊劭甩在地上，而邱泰湘氣急敗壞地扯著衣領，查看自己的衣服是否仍舊完美。

程瑜抹掉髮上的水珠，往後一撥，冷冷地說：「齊劭，你少幼稚了，今天這件事你處處怪別人，怎沒想過檢討自己？」

「你、你處處懷疑我跟學長，一定是邱泰湘在你耳邊亂說話，如果我和學長之間眞有什麼關係，早在八百年前就有了！根本不用等到現在！你爲什麼不相信我？」坐在地上的齊劭雙掌蹭破了皮，他爬起身，瞪著程瑜，「我才想問你，你跟邱泰湘這麼好，有想過我的感受嗎？」

「秋香，不用，你冷靜點。」程瑜伸手阻止怒氣沖天的邱泰湘，對著齊劭說，「我們分手了，這不關你的事，現在你總算有機會與林學長共結連理，我就先恭喜你了。」

齊劭出手的瞬間，程瑜反應極快，伸臂擋下了齊劭的這一巴掌，眼角眉梢卻被指尖不偏不倚刮過，立即顯出一條血痕。

程瑜眼神極冷，齊劭似乎懵了，似乎沒想到自己竟然會對愛人動手。

邱泰湘又揪住齊劭的衣領，然而程瑜開口：「秋香，算了，這代表我和他眞的不適合。」

邱泰湘猛力一推，齊劭踉蹌跌坐在地，久久無法回神。他看著程瑜的背影漸行漸遠，不明白爲什麼事情會演變至此。

不適合的人在一起只會互相束縛，可是他不曾覺得他們兩個不適合。

是不是失去了以後，體會過那份冰冷，才會珍惜曾經擁有？齊劭他不知道。

對於彼此以這樣的方式結束，程瑜並不意外。齊劭蠻橫起來時，就完全體現出他是個雙親寵溺出來的孩子，齊劭並不會試著去了解造成問題的原因，只想胡天鬧地地撒潑耍賴。

他摸著眉角，那裡像火燒一樣熱辣辣地痛。幸虧他反應快，否則這一巴掌會令他相當難堪。

邱泰湘氣急敗壞，邊走邊咬牙切齒地罵，由於是在大庭廣眾之下，他只好生生忍住不要跺腳。他想瞧瞧程瑜的臉，無奈現在披著直男外皮，於是秋香姊又努力按捺著疼惜帥哥臉龐的衝動，不自覺地絞緊手帕。

這天晚上，程瑜在邱泰湘的綁架之下，再度前往Hēraklēs避難。

程瑜很清楚，秋香大概又犯了八點檔的毛病，腦袋裡編了齣壞男人來找碴接著好友遭遇不測的劇本。他無奈地笑，反正今夜無事，拒絕了怕邱泰湘整晚提心吊膽，乾脆順其自然。

程瑜乖乖窩在靠牆的老位子，替自己倒了杯白蘭地。他覷著空蕩蕩的左手無名指，一股不眞實的感覺油然而生，原本那枚戒指像顆壓在胸口的巨石，他抱在懷裡喘不過氣，卻捨不得放手，如今轉瞬便什麼都沒了，齊劭一巴掌拍散了這段只剩餘燼的緣分。

這個結局讓他想笑，猶如跳樑小丑一樣，自嘲著暗暗流淚。

一旁的邱泰湘忙著與漂亮小弟弟嬉鬧，時不時偷空湊到他眼前擦個杯子、換個菸灰缸，又遞上牛肉起司炭烤吐司給程瑜墊胃。

「小寶貝，餓了嗎？」邱泰湘的長睫紅唇藏不住愁容，「多吃點啊，還餓的話，我再叫Diana從隔壁拿些吃的來。」

這間酒吧的調酒師只有秋香與另一名來打工的清秀男性——花名Diana。

Diana穿著水手服配短裙及黑色過膝襪，露出一截光亮白皙的大腿，用絕對領域造福群眾的眼睛，而秋香也身穿水手服，水手領被胸肌撐得有點緊繃，每晃一下都彷彿要爆衣而出。

一切只因爲今晚Hēraklēs的主題叫「回到你的青澀少男時」。

這個主題予人無限遐想，只是程瑜不明白大家都是GAY，爲什麼要穿女高中生制服？要麼也是穿男高中生的制服，最好是運動短褲，投籃時露出漂亮的蠻腰，更令人亢奮……

程瑜制止自己腦袋裡的幻想，再啜一口酒。很顯然，女高中生制服只是店主人的惡趣味。

「你想把我餵胖嗎?」程瑜笑著回應邱泰湘,「東西挺不錯的,只是口味有點重,吃一份就夠了。」

邱泰湘擦著玻璃杯,蹙眉說:「東西吃不下我倒不勉強你,可我瞧你連酒都喝得興致缺缺,別這麼悶嘛。」

程瑜放下酒杯,支吾其詞:「噢、嗯,我最近該戒酒。」

經歷昨晚那場驚魂後,程瑜十分節制,不敢多喝,僅是小小啜口氣味。邱泰湘不明就裡,只當程瑜是分手以後心痛不已。

邱泰湘一撥黑長直假髮,像個操碎心的老媽子:「小寶貝兒,你要放眼未來,別吃到一顆酸蘋果就以為樹頭全是難吃的,天下還有這麼多好男人,你得全都咬一咬。」

說完,邱泰湘軟舌一勾、紅唇一舔,動作充滿暗示。

程瑜哭笑不得:「你要我咬什麼?我沒有以為男人都不好啊……」他淺淺地喝一口酒,輕描淡寫,「但也不想都嚐一遍就是。」

「你就是死腦筋!」邱泰湘一副恨女兒不想嫁人似的跺腳,「想想看,齊劭跟林蒼璿雙宿雙飛了,你他媽還在這喝悶酒像話嗎?多少也要找個新歡給他們難看!」

程瑜聳肩,不以為意:「林蒼璿早就有男朋友了。」

這句話猶如春天的第一道驚雷,把邱泰湘的表情劈得稀巴爛:「你、你的意思是說……那林蒼璿還、還、還……哇靠,這人真他媽不檢點。那、那、齊、齊劭不就、不就……」

程瑜自覺說溜嘴，背後道人長短著實不應該：「反正與我無關。」

邱泰湘驀地哈哈大笑，宛如梁山好漢翻身上馬，吟嘯揚長而去，震得酒杯嗡嗡欲裂，惹來酒客紛紛注目。他腿一拍，胸肌一抖，程瑜嚇了好大一跳，只聽秋香邊笑邊抹淚：「齊劭不就偷雞不著蝕把米？哈哈哈哈！實在是太爽啦！他活該！出軌男都沒好下場！不過你從哪打聽到這件事的？太有趣了！」

程瑜心虛，視線游移不定，換個說法講事實：「呃，我在酒吧看過他男朋友。」

邱泰湘雙手托腮，露出期待的表情：「你應該搶走林蒼璿的男朋友啊，眞想看看那張皮笑肉不笑的假面吃癟的模樣，一、定、很、好、笑。」

秋香笑得無法自拔，隨後轉身去招呼剛進門的客人。

程瑜臉色堪比吃了餿水一樣慘青，不發一語地啜酒。

搶是沒搶，也沒看到吃癟的表情，倒是聽到林蒼璿徒手把鋁罐捏成渣了。

今夜Hēraklēs播放的歌曲是慵懶頹靡的男嗓，唱著〈情誡〉。

程瑜百般無聊，刷手機上網找工作，大概是時機不對，副主廚職缺少得可憐。但Hiver的名氣如此響亮，他不可能退而求其次，根本沒有中意的職缺可選。

柴米油鹽醬醋茶，樣樣是錢堆砌，他並非阮囊羞澀，卻也並非富有得能空閒幾個月不工作，況且還有房租和其他基本開銷。

程瑜單手滑著手機，左手食指沾著玻璃杯的水珠，在檯面上畫著毫無意義的圖案。酒吧的音樂輕而緩，伴隨著酒客笑聲，醉人的嗓音唱著：

愛恨無須壯烈　不隨便狂熱

酒吧內的一切都出自店主人的想法，邱泰湘的品味是來自家族的薰陶，他堅持威士忌的冰要用手鑿，且偏心只獻給最愛的客人。店面位置也選得極爲巧妙，藏在街角的地下室內，卻有半截窗臺可窺見隱約的霓虹閃爍，邱泰湘就是這家店的上帝，開闢這座伊甸園藏著背負禁忌的人。

玻璃門上的古董金鈴輕響，又有落難者推門尋求慰藉。

程瑜聽到邱泰湘提高了音量說話，不過秋香的嗓門本來就大，有時嬉笑也像吵架。他繼續專心地瀏覽工作資訊，充耳不聞所有混亂。

左手邊的位子悄悄來了人，程瑜漫不經心地挪出空間，突然聽邱泰湘惡狠狠地說：「喂，這不是你的位子，滾遠點！」

察覺空氣中的火藥味，程瑜抬起頭一瞧，差點把自己嚇死。

林蒼璿隻手撐著臉頰，眼眸彷彿宇宙中的一粒星辰，閃耀著璀璨之光，他天眞得有如鄰家男孩，滿是好奇望著程瑜：「程瑜，我找你呢，昨晚睡陌生人家就算了，怎麼還這麼粗心把衣服亂丟在陌生人家裡呢？」

邱泰湘瞪大眼睛，看看林蒼璿，再看看程瑜，下巴差點掉在地上。

程瑜冷汗直流，被毒啞似的張嘴說不出話。

林蒼璿那張精緻的臉龐上，顴骨竟浮著明顯瘀青，破壞了整體的美貌，嘴角也破了皮，像是跟誰打過一架。

程瑜忍不住抖起來，心想，完了，情侶吵架了。

只聽林蒼璿又說：「哎，還是你眞的要把外套送我？也行啊。」

背景音樂持續播放，醉人的嗓音正好剛好唱到這一段：

示愛不宜抬高姿態　不要太明目張膽崇拜　一字記之曰

（〈情誡〉詞：林夕　曲：Adrian Chan）

Chapter 06

空氣持續瀰漫尷尬，邱泰湘猶如患上口吃，語不成句：「等、你說、程瑜，你昨天、去、去、去哪裡了？」

程瑜陷入當機狀態，顫巍巍地指著林蒼璿的臉：「你……」

在GAY圈打滾多年的邱泰湘立即反應過來，胳膊毫不猶豫向內彎：「寶貝做得好啊！姊姊就說你該去外頭多多嘗試嘛！」他狠瞪了林蒼璿一眼，他們家純潔如白紙的小瑜可不容許被潑髒水，於是他持續煽風點火，「反正你都跟齊劭分手了，正適合展開新戀情！」

程瑜充耳不聞邱泰湘的諄諄教誨，驚恐地瞪大眼：「你的臉怎麼會這樣……你跟你男朋友……」

林蒼璿左眉挑起，像聽見可笑之言一樣略顯訝異。他撫著臉上瘀青，優美的唇角一勾：「這當然是……被人打的嘍，好痛呢。」

邱泰湘又反應過來，拍手叫好：「哎唷哎唷，怎麼會這樣呀？」他摀著心口，「哎唷哎唷，林帥哥，你的臉不會是男朋友打的吧？這麼暴力的男朋友，我看你還是早點換一個吧，齊劭不錯唷，剛剛分手，正適合你趁虛而入。啊，對了，我倒忘記一件事了，齊賤人也會不由分說賞人巴掌唷，但是你臉皮厚，應該不怕痛吧？我說的對嗎？」

林蒼璿笑了笑，笑容充滿親和，他拿過程瑜的白蘭地替自己倒了一杯，笑說：「邱老闆，衷心給個建議，你不太適合做招呼客人的生意。」

邱泰湘啐了聲，把程瑜的白蘭地搶回來，抽著嘴角：「呵呵，麻煩您沒事的話就可以滾了，小店容不下您這尊大佛。」

「對不起。」程瑜將面前那杯酒一飲而盡，焦慮且煩躁地說，「我不知道他是你男朋友，昨晚只是誤會，我跟他什麼也沒有。」

邱泰湘兩眼一翻，差點氣暈過去。哪有人跟第三者講話這麼客氣的！他雙手抱頭崩潰大喊：「寶貝兒你跟他道歉個屁！幹麼對他這麼客氣！」

程瑜抿唇不語，他才不想虧欠林蒼璿。其實在這個圈子，今日誰睡了誰，隔日又睡了哪個人，說起來根本見怪不怪，換伴如換衣，表哥表弟一家親。

可程瑜就是不願被誤會。

他不想說謊、不想以報復性的方式去破壞林蒼璿的私生活。無論如何，是齊劭自己受不住誘惑，若兩人情比金堅，何必怕烈火試煉？

遷怒於誰都沒用。

林蒼璿的臉龐上總是掛著笑容，淺淺的，是天生刻在臉上的討喜。只是這一笑，使他嘴角的傷痕更加明顯。他撐著臉頰，彎著眼睛，和善地說：「齊劭對你做了什麼？」

邱泰湘看不下去了，拍桌怒吼：「姓林的，這不關你的事！」

程瑜蹙起眉，抬頭直視林蒼璿，那漂亮的眼眸中看不出嘲諷或嘻笑，只有深邃的幽黑，令人捉摸不定。程瑜眞的不懂林蒼璿葫蘆裡賣什麼藥，他指了指自己額上的傷，直接說：「齊劭拿戒指來找我。」

這句話彷彿天降寒霧，在林蒼璿那雙幽暗的黑瞳裡凍出冰霜。他還是掛著微笑，然而程瑜感覺那並非發自眞心。

下一秒，邱泰湘抄起林蒼璿的酒杯，當頭澆下，林蒼璿僵住笑容，淋溼一身。

邱泰湘冷著臉，雙手環胸：「臭小子，你該滾了。」

程瑜倒抽一口氣，慌張地喊：「秋香！」他趕緊蒐羅桌上的紙巾，想替林蒼璿擦拭，但用來擦桌子的紙巾有點髒，又不好往林蒼璿臉上抹。

林蒼璿的髮尾滴落充滿白蘭地香氣的酒液，他挑挑眉，輕飄飄地說：「天鼎集團小少爺的待客之道果眞與眾不同。」

程瑜驚覺大事不妙了。

這句話的音量不大，酒吧裡極吵，也僅有他們三人聽得見。可是對向來重視自身隱私的邱泰湘而言，林蒼璿這無異於拿著麥克風在公開場合宣傳，狠狠地踩了他的底線。

邱泰湘隔著吧檯揪住林蒼璿的領子，把人從椅子上提起，目露凶光：「勸你最好不要自作聰明，我要讓你身敗名裂只是動動手指頭的事情而已。」

程瑜起身擋在他們兩人之間，抓住邱泰湘的粗腕防止對方鑄下大錯：「秋香！冷靜點！」

林蒼璿依舊嘻皮笑臉，眼神帶著挑釁：「是喔，還眞想看看不學無術的小少爺怎樣搞垮我。」

不明就裡的酒客們紛紛回首，Diana立即從後面架住邱泰湘，程瑜察覺這兩人之間的嫌隙不是他以爲的這麼簡單，恐怕跟工作上有關。見Diana瘦弱的細胳膊抵不過肌肉男的蠻力，程瑜一時情急，奮力掰開邱泰湘緊揪住林蒼璿衣領的手，也不理會秋香的叫囂，拖著林蒼璿便往店外衝。

直到出了店門，程瑜都還能聽見邱泰湘的咆哮。

他鐵青著臉，像拎貓一樣把林蒼璿揪到不遠處的一條暗巷，然後粗暴地推開：「你爲什麼故意激怒秋香？」

林蒼璿踉蹌了幾步，扶著牆穩住身子。他似乎不太能忍受用手接觸到水泥牆面，盯著自己的掌心好似在思考些什麼，一會兒突然笑出聲：「這種昏黑的小暗巷，也挺有情調。」

程瑜揉揉緊擰的眉心，罵了聲髒話，林蒼璿現在又像個醉酒發瘋的人了，言行毫無邏輯，無法溝通。他不想浪費時間，想也不想轉身就走。

林蒼璿的笑容瞬間垮下，從後方追上程瑜：「你生氣了？」

程瑜悶不吭聲，內心仍惱火。

林蒼璿跟在後頭，像隻纏人的黃金獵犬一樣在他身旁打轉，不停地講話：「我跟邱泰湘開玩笑的」、「天鼎集團很過分，每次都愛找我的麻煩」、「我第一次看邱泰湘這麼生氣，就想逗逗他而已」……

逗逗他？所以用邱泰湘最在意的事去挑釁？程瑜不堪其擾，極爲厭煩地回了句：「那是公事上的過節，你也不能公私不分吧？」

林蒼璿的表情又恢復一派天眞可親：「我可是客人呢，是邱泰湘先公私不分的。」他繼續黏著程瑜，有如可憐的大型犬般連連哀鳴，「你知道邱泰湘的姊姊嗎？就是天鼎的下任ＣＥＯ，她想挖角我，可是邱泰湘毀了合約就算了，還對我落井下石，你說他過不過分啊？幸虧我聰明，也好在我老闆心慈人善，不跟天鼎長公主計較挖角的事，不然我就完了，邱泰湘眞的好過分的。」

程瑜停下腳步，忍不住單刀直入地說：「你到底來做什麼的？」

夜風微涼，林蒼璿的白色上衣令他更顯身形單薄。他的笑容凝滯，偏著頭，彷彿不懂人情事故的小孩，隨意地回：「如果我說是來還外套的，你會相信嗎？」

程瑜無奈地吐出長嘆，想也知道這只是個藉口。他冷靜地反問：「所以外套還給我，戒指還給齊劭，是這樣嗎？」

「該是誰的就是誰的。」

林蒼璿笑得無邪，唇角的瘀傷更加明顯：「我和我朋友打了一架，後來才曉得是我誤會了，你看看我的臉，好痛呢。早上我太過急躁，嚇著你了嗎？等我們冷靜下來後，才發現你丟了戒指跟外套，不過你說戒指不是你的……」林蒼璿狀似思考了一會，接著說下去，「所以我就還給了齊劭。」

好一個物歸原主。

程瑜不屑地哼了聲，還真感謝林蒼璿讓他多了這道傷，不過看看林蒼璿臉上的傷，他突然又覺得不怎麼吃虧了。

這時，程瑜突然想起一個慘痛的回憶。

他不愛熱鬧，生日只希望和男友兩個人一起吃頓飯、看場電影，再開車去山區欣賞夜景而已。這個生日計畫完美無瑕，可惜齊劭當天卻爲五斗米折腰，不幸地被迫加班，扣留在公司直至深夜。

反正年輕時的犧牲奉獻都是替未來前程鋪的路，因此程瑜不鬧不怨，除了父母與幾個熟識的朋友，同事們也傳了祝賀訊息來，這樣他就心滿意足了。

晚上十一點半，齊劭仍在加班，他乖乖在家看電視，一臺接一臺百般聊賴地轉，耐心地等候愛人回家。突然，手機一震，程瑜抬眼一瞧，意外的竟是來自林蒼璿的訊息，只寫了「生日快樂」四個字。

程瑜讀不出這訊息究竟是誠心祝福，還是暗含嘲諷，因爲導致齊劭加班的元兇正是此人。

林蒼璿的一舉一動皆是善惡不明，就如孩子扯掉蝴蝶翅膀只是喜歡那份美麗，不帶憐憫之心或歹惡之意。與齊劭相處的這些時日，程瑜越是接觸林蒼璿，便越是看不清這人。

程瑜不耐煩地揮揮手：「外套你丟了吧。」

林蒼璿涼涼拒絕：「不行，我會良心不安。」

哪來的良心？

程瑜懶得吐槽，冷淡地答：「那好，就麻煩你了，我去你家拿也行。」

這回答乾脆爽快，似乎超出林蒼璿的預料。他抿著嘴，一瞬間面無表情，接著又露出無害的笑容：「不如我送去你家？」

霓虹斑斕，映著林蒼璿白皙臉龐上的那塊瘀青，若不提此人捉摸不定的個性，單看這張淨白的俊臉，必定是我見猶憐。

程瑜突然想起林蒼璿之前說過，自己的家不是普通人能踏足的。想想他也沒必要故意牴觸別人的原則，於是便順著同意：「也可以，我最近都有空。」

林蒼璿挑眉：「你最近都有空？」

程瑜懶得解釋，隨口道：「你有空我就有空。」

他抬腳往Hēraklēs的方向走，滿心只擔憂著邱泰湘，不再理會停留於原地的林蒼璿。

林蒼璿偏著頭，臉上掛著一抹饒富興味的笑容。他掏出手機，傳了封訊息。

「小白，程瑜無端請假，又說他最近都有空，你覺得呢？」

幾分鐘後，林蒼璿的手機螢幕亮起，顯示一則訊息。

「機會來啦！千萬不可錯失！蒼璿老大爺加把勁啊！」

程瑜並沒有馬上回到Hēraklēs，而是去附近的超商買了包菸，一個人獨自在騎樓下抽著。他沒有太大的菸癮，只是怕邱泰湘尚未冷靜下來，不想這麼早回去承受秋香歇斯底里的恐怖攻擊。

CASTER 5有著獨特的奶油甜膩，蘊藏在濃烈的香草氣息中。程瑜注視著煙圈裊裊上升，飄往被光害稀釋的深藍夜空，止不住地胡思亂想。

齊劭的年紀差他一歲，而兩人的生日只差一個月。

齊劭說，人是群居動物，所以齊劭喜歡熱鬧、喜歡朋友，喜歡有世間一切的美好相伴。

兩人交往後的第一個齊劭生日，齊劭的朋友在精華地段的高級汽車旅館包下一間VIP房，熱熱鬧鬧地辦了一場。那時候程瑜只知道在場的都是和齊劭較熟稔的朋友，於是留心記下了每個人的名字與喜好。

那天也是他第一次與林蒼璿見面，大概林蒼璿當時還沒意識到自己將會跟情敵碰面，舉止合宜，清清淡淡的，帶著一點不可踰越的距離。見林蒼璿來了，每個人都鼓譟著，一杯接著一杯敬酒，彷彿這場宴會的燈光全打在林蒼璿身上，齊劭不過是個端酒杯的小配角。

可惜這位主角似乎興致缺缺，包廂內的每個人玩得不亦樂乎，醉酒溼身樣樣來，林蒼璿卻猶如活在另一個世界，衣冠整齊地坐在沙發一角，自顧自地滑手機。

程瑜擔起了擋酒的責任，多杯烈酒下肚，紅白酒混著威士忌，諒他酒量再好，也很快就支撐不住。好在齊劭心疼自己的愛人，鄭重阻止了胡鬧的餵酒，並讓程瑜去包廂隔間的小休息室醒醒神。

程瑜醉得昏天黑地，呆坐在小休息室的沙發上，瞪著不斷旋轉的天花板，喝著一杯又一杯的蜂蜜水解酒。

等他察覺有另外一人進來時，林蒼璿已經倒了茶水，一口一口地慢慢啜飲，目不轉睛盯著手機不停地滑。

程瑜禮貌性打了聲招呼，林蒼璿只抬頭給他一個淺淺的微笑。林蒼璿皮相不差，貌美得像個天使，不清楚他的性格跟作爲的人，通常會被外表所矇騙。程瑜的腦海浮現自己在博物館看過的一幅天使報喜圖，畫中美麗又聖潔的面孔，莫名地與眼前那張臉重疊。

大概是喝多了，人醉了，拘束也減少了。

程瑜向林蒼璿報以微笑，搭訕似的問：「林先生不去一起同樂嗎？」

他已經醉得理智搖搖欲墜，後來又說了什麼都忘了，只記得交談沒幾句便逗笑了林蒼璿。林蒼璿挑挑眉，眼底彷彿藏著狡詐，微帶戲謔地對他說：「我不是來玩的，我只是來看看你長什麼樣子。」

想到這裡，此刻抽著菸的程瑜生生打了個冷顫。

他當時居然如此天眞，還以爲林學長愛開玩笑，渾然沒察覺對方的敵意。那場生日派對忘記是怎麼結束的了，程瑜最後徹底不醒人事，連怎麼回到家的都毫無記憶。

夜風一吹，忽覺寒冷，他把菸捻熄，攏著身上的外套慢慢走回酒吧。

一回到Hērāklēs，見邱泰湘又恢復老闆娘的姿態，巧笑倩兮地招呼客人，程瑜放下了懸在空中已久的那顆心。他不喝酒了，只啜著白開水，一樣在老位子用手機搜尋工作資訊。

等到邱泰湘準備下班，程瑜的酒氣也去了。他替邱泰湘收拾各類酒器，一一擦乾擺好，接著兩人一同整理完桌面，邱泰湘便拉下鐵門，在門口與Diana道別，而程瑜如從前一般扮演護花使者，開車送「邱小公主」回家。

自程瑜重回酒吧門內後，兩人始終隻字不提林蒼璿。

凌晨四點，整座城市像睡美人的城堡，靜謐而安寧，只剩下紅綠燈與超商仍盡職地亮著，閃閃爍爍，連成車窗外的流水銀河。

邱泰湘注視著程瑜的側臉，下巴至頸部和喉結的線條流暢，鍍著一層窗外霓虹的薄金色：「最近有什麼打算？想不想出國一趟去散散心？」

程瑜操控著方向盤，動作行雲流水：「我得找個工作。」

說話的時候，他的喉結上下滾動，彷若樹頭上誘人的熟果等待著摘採。

邱泰湘直勾勾盯著他，曖昧地說：「不用找了，我養你一輩子。」

程瑜微微揚起笑容，專注開車，雲淡風輕地略過。

邱泰湘早就預料到會是這種反應，程瑜不懂撩人調情這一套，更不會對朋友這麼做，無論邱泰湘言語上怎麼暗示，程瑜都像是百毒不侵。

他很清楚程瑜的原則，正是由於眞心想一輩子當朋友，面對他的撩撥才成了絕緣體。這就是他喜歡程瑜的原因，這道明確的防線保護了他們彼此，雖然也因爲如此，即使他喜歡程瑜，他們兩個卻沒有可能。

程瑜堅持原則，說穿了是一板一眼，但好處是穩定而令人安心，這是多少人求之不得的伴侶特質。可惜啊，被玩樂至上的齊劭攤上，這份特質反而變成了無趣又乏味。

「不要在車上抽菸。」程瑜轉了下方向盤，「味道不好散去，容易殘留菸臭。」

「反正又不是我打掃。」邱泰湘狠狠嘬一口菸。

程瑜笑了笑，拿被寵壞的公主沒辦法。

邱泰湘嘆了口氣，接著說：「寶貝兒，因爲你和齊劭分手了，所以我才敢說。聽姊一句話，不要和林蒼璿有瓜葛。」

程瑜挑眉，隨口回了句：「怎麼不是阻止我跟齊劭碰面？」

「你敢去跟那王八蛋見面？躲他都來不及了還見個毛，看了只會徹底倒胃口。」邱泰湘哼了聲，「林蒼璿這人根本不知道在想什麼，腦袋裡裝的東西不是普通人能理解的。」

這句話雖然是貶抑，卻也算是另類的恭維。程瑜突然想起林蒼璿像隻黃金獵犬在自己身邊打轉，淘淘不絕數落著邱泰湘的樣子，一時有些好奇他們兩個到底有什麼過節。

雖然程瑜沒開口，但邱泰湘看得出來他此刻心情不錯，於是吸口菸，又說：「出來玩最怕遇到林蒼璿這種，變態。」

程瑜笑出聲：「怎麼，你跟變態玩過嗎？」

「我品味才沒這麼低俗。」邱泰湘惡狠狠罵了聲髒話，「他有一狗票不正經的朋友，整天搞一些噁心的派對，眞想報警把他們都抓去關。」

不知爲何，第一個闖入程瑜腦海的居然是齊劭的臉。他漫不經心地問：「有不正經嗎？」

邱泰湘當然曉得他指的是誰，鄙夷地說：「齊劭那類的只是小點心，偶爾玩個一兩次漱漱口。他眞正的朋友啊……還記得那個上新聞的富二代嗎？酒駕撞死人的那個。」

程瑜努力回想：「你是說前陣子鬧很凶的什麼……什麼能源大亨的兒子嗎？」

「就是那個，他跟林蒼璿那一狗票全是人渣。」

程瑜在高級餐廳多年，看遍那些有錢人的百態，有的富甲一方，卻爲了兩塊錢吵鬧不休；有些敗光家產窮得兩袖清風，卻硬要裝成自己還活在富庶天堂。像邱泰湘這類富可敵國的則是極其怕事，邱泰湘曾輕描淡寫提過家規，讓程瑜大開眼界、聞之卻步，因爲嚴格得毫無人性可言。

當然也有人認爲錢就是一切，站在金錢堆築的寶座上睥睨眾生，囂張且狂妄，用盡威勢迫使所有人跪下舔他的腳趾。

「我參加過一次他們舉辦的派對。」邱泰湘邊抽菸邊說，程瑜適時補了句「你還說沒跟變態玩過」，結果邱泰湘毫不留情地往他腿上一掐，示意他閉嘴，「記得是顧家公子的什麼就職半月紀念……居然有人開這種派對，眞不要臉。派對在郊區的別墅舉辦，一進門整間房都是Party drugs的味道，熏得要命。」

程瑜好奇問：「那是什麼味道？」

邱泰湘蹙眉回想：「難以形容，很膩人的甜腥味，有點像烤焦糖、菸草跟烤鴨油脂混合的味道。」

程瑜笑說：「怎麼聽起來很好吃？」

「這不是重點！」邱泰湘朝程瑜噴了一口煙，哼道，「房間裡面一堆男男女女，有穿衣服的、沒穿衣服的，白花花的肉堆全搞在一塊。林蒼璿也在其中，跟幾個富二代在泳池邊玩樂。」

程瑜挑眉：「你不也去了嗎？這樣不是罵到你自己？」

「我是被騙去的！」邱泰湘撇嘴，作勢欲嘔，「你不懂，林蒼璿是去套交情的。他白手起家，在市場上異軍突起，當然不可能光靠實力取得如今的地位，沒人脈就只能多結交一點橫向關係。但是要曉得，吃喝玩樂建立起來的關係一搖就垮，特別危險，像顧家公子這類狐群狗黨都把人當螻蟻看待，和他們鬼混，一不小心就會引火上身，怎麼死的都不知道。」

程瑜「喔」了聲，似乎沒聽進去的樣子，自顧自地操著方向盤，專注看著前方。

邱泰湘沉默了一會，掐熄菸蒂，瞪著程瑜質問：「寶貝兒，跟姊姊從實招來，你怎麼跟林蒼璿男友睡在一塊的？」

程瑜的臉明顯垮下來，支支吾吾：「就說那是意外……而且什麼事情都沒發生。」

「意外是吧？」邱泰湘手插腰，哼哼唧唧，「你一喝醉就只會睡，八成又喝醉睡在哪個路邊被撿走了吧。」

程瑜不想承認也不敢否認，只是苦著臉。

邱泰湘不懷好意地說：「想當初你第一次在我面前喝醉，我讓你睡在酒吧角落，結果睡到打烊了還叫不醒你，早知道那時候我就把你給……哼哼哼。」

程瑜弱弱地答：「謝謝姊姊不殺之恩啊。」

邱泰湘嘆了聲，含糊地說了句「什麼都太遲了」，撥著長直髮，語重心長地告訴程瑜：「總之你要小心，跟林蒼璿混在一起的都不是什麼好人，不要和他有牽扯了。」

程瑜的腦海浮現一張青年的面孔，眼角上揚，是桃花紛飛之相。對方的語調充滿痞氣，雙手圈住了他的腰——一陣惡寒上身，害得他渾身不舒服，不禁對著邱泰湘說：「他男朋友……林蒼璿叫他小白。」

「小白？」邱泰湘挑挑眉，「這是叫狗還是叫人？」

程瑜的雙眉快擰成麻花，嘴角不滿地下彎表示嫌惡。

「如果是林蒼璿那一掛的，我倒是認識一個姓白的。」邱泰湘檢查自己的指甲，悠哉地說，「白家是實幹的商人，原本是小企業，這幾年做得風生水起。老闆的兒子叫白禮，你當心點，那傢伙也是遊手好閒的類型。」

程瑜不清楚邱泰湘口中的小企業有多小，說不定根本是股市前五十的龍頭，總之會隨便把人撿回去的傢伙，沒有正派到哪裡去也不意外。

轎車在高架上穩定前行，塵囂繁華逐漸遠去。程瑜駛進寧靜的高級住宅區，百般推託拒絕了秋香住一晚的提議，換回自己的車重返小公寓。

濃夜已稀淡，隱隱約約染著淺黃，路上的人車多了，城市逐漸復甦。程瑜十分熟悉這座城市清晨時的模樣，猶如蓄勢待發一般，充滿了生機與力量。

廚師的本職除了烹飪以外，從千變萬化的食材之海中挑出最精華、最美味的那一項，也是他們的工作之一。因此，早晨的市場就是廚師們廝殺的地方。

程瑜停好車，帶上自備的購物袋加入戰局。

影響料理好壞的另一個關鍵，正是食材本身的品質。就拿紅酒燉肉來說，光是材料的不同，就能決定是市井地攤還是五星級飯店的等級，畢竟高檔ＡＯＣ奶油可不能與乳瑪琳相提並論。

傳統市場內十分熱鬧，人潮熙來攘往，除了購買大量蔬菜的餐廳店家外，還有一些精打細算的主婦比廚師們更加勤奮，絞盡腦汁地在價格與品質之間取得最佳平衡。

市場外圍是小攤販的聚集區，程瑜在巷口買了一打土雞蛋，身爲攤主的老夫婦充滿活力地吆喝他再多買點，還念在是熟面孔的分上多送了幾顆醃漬的鹹鴨蛋。

他穿梭在迷宮般的街道巷弄，從熟悉的攤販那裡買了許多蔬菜水果，包括脆嫩的蘆筍、小磨菇、栗子南瓜、溫室番茄和當季柳丁，加上一把額外贈送的大蔥，以及黑毛豬、放山雞、海釣鯛魚等。

外圍區還有賣早餐，提供清晨來客一天活力的來源。程瑜買了份燒餅，在微寒的清晨裡冒著熱氣，這家燒餅是自擀現烤，一口咬下，新鮮小麥與芝麻的香氣相得益彰，搭配煎得半熟的土雞蛋，外酥內軟，簡直人間美味。他每次跟著李若蘭來早市選購，都必須吃這家燒餅。

程瑜滿懷感激地再嚐一口酥脆的燒餅，幸福得說不出話。

此時，燒餅攤老闆娘的二女兒對一旁的顧客說：「哎唷，小白大哥，你的臉怎麼了？」

燙熱的燒餅還咬在口中，程瑜捕捉到關鍵字，瞬間差點把燒餅噴出口。

「沒事沒事，跟朋友鬧著玩，結果鬧出了一點小意外哈哈哈！」男子爽朗大笑。

這麼早出門吃早餐，果然是傳說中遊手好閒的小白公子！程瑜頭也不回地跨步離去，連蔥掉了都不想理會。

燒餅攤老闆娘卻將身體探出攤外，好心地高聲提醒：「程瑜——程先生，你的大蔥——掉了喔——」

聲音之大，連隔條街的人都曉得他叫程瑜而且大蔥掉地上了！

程瑜想也不想拔腿就跑，雖然他也不太明白自己爲什麼要跑，但感應到危機，雙腿就自己動起來了。

果不其然，一聽見程瑜的名字，小白立刻手拿大蔥指著他，高聲喊道：「程瑜不要跑！」

程瑜只想喊一句WTF，他是不是上輩子欠過小白錢？他像百米障礙賽運動員一樣，迅速躍過菜販擺在地上的方形大籃子，想不到白禮的運動神經也頗爲不錯，跟著跳過籃子。

白禮左吼一句「程瑜」、右嚷一句「別跑」，邊拿著大蔥指揮，圍觀的熱心群眾還以爲發生了搶劫案，一個個連忙擋住程瑜的去路，阻止他繼續跑。

程瑜崩潰要路人讓開，白禮又大叫「攔住他」，讓圍觀眾人更加熱血沸騰，全數堵在程瑜面前，甚至有壯漢伸手揪住他的外套，幸虧程瑜機靈，一扭身輕巧甩開。

被逼急的程瑜倏然醒神，與其慌忙逃竄，不如解決問題本身，於是他躲開前方人牆，煞住腳步、瞬間轉身，決定與白禮來個正面對決。

白禮直奔而來，半邊臉上貼著一大塊白色退瘀藥布，看來還眞的跟林蒼璿打過一架，而且居然傷得比弱不禁風的林蒼璿嚴重。

他雙手成拳，準備在白禮靠近的那刻揮拳而下，但拳頭還沒來得及推出，白禮直接一個猛虎落地勢，飛撲抱住他的大腿。

白禮有如抱著親娘的大腿，扯開嗓子哭鬧：「程瑜——你不要拋棄我！」

程瑜的想死程度來到全新高點，他握著拳，腦袋一片空白，全身都在發抖，四周路人圍觀這場看似負心漢移情別戀的鬧劇，紛紛對程瑜指指點點。程瑜再次陷入當機狀態，幾乎快翻白眼，他想抽離自己的腿，白禮卻像溺水者抱浮木一樣把手收得死緊。

「你放開……」程瑜已經快吐血。

「不！我不放！」白禮貼著藥膏的那半邊臉明顯腫脹，講話有些口齒不清，「你聽我解釋我就放開！」

「我不認識你……」程瑜已經快暴斃。

白禮抬頭怒瞪程瑜：「怎麼可能不認識我！昨天你才睡過我的床！」

「給我閉嘴！」程瑜抓住白禮的衣領怒吼，「你到底想怎樣！」

「你忘了我們以前見過面嗎？」白禮可憐兮兮地說，「你眞的忘記了對不對？沒想到你完全不把我放在眼裡……眞殘忍！不過沒關係，感情可以慢慢培養，我們可以重頭來過！」

程瑜太陽穴上的青筋清晰可見，差點腦中風：「你到底想幹什麼！先放開我行不行！」

人潮洶湧的市集中，程瑜再也承受不住四周投來的揣測目光，只想原地爆炸或乾脆消失。

此時，圍觀的人牆逐漸讓出一條寬道，一名風韻猶存的美魔女現身了。她逛菜市場跟走紅毯一樣，腳踩三吋高跟鞋，手拎名牌柏金包，充滿名模風範地優雅來到程瑜面前。

李若蘭摘下墨鏡，柔聲柔氣地說：「程瑜，你怎麼在這裡？天啊，這不是白禮大少爺嗎？瞧瞧你的臉，恭喜白先生總算狠下心教訓你這個遊手好閒的敗家子了。」

所謂王不見王，一山不容二虎，程瑜今日總算見識到這條定律。而且爲什麼大家都曉得白禮遊手好閒？

白禮還維持著抱大腿的姿勢，一見李若蘭便像凶貓見了惡犬似的齜牙咧嘴，一句話咬在嘴裡吐不出口。

「敗家子來逛市集，能看出什麼門道？」李若蘭哼笑了聲，「白少爺還是趕緊回家吃你爹的穿你爹的，不要出來讓人看笑話了。」

「李主廚，妳是來逛市集還是來走秀的？」白禮上下打量李若蘭，咧著嘴又說，「都幾歲了，裙子還穿這麼短！」

李若蘭哼了聲，白禮的反擊在她眼裡微不足道。她那擦了紅色蔻丹的纖指指著白禮，眼帶鄙夷對著程瑜問：「他是你朋友？」

程瑜完全沒想過會在這種情況下與李若蘭重逢，腦海裡全是李若蘭推鍋的經典畫面，冷汗如雨直下，像波浪鼓一般拚命搖頭。

今天尷尬的事情已經夠多了，千萬別再湊一個發飆的李若蘭！否則他只剩下咬舌自盡這條路可選了啊！

李若蘭嗤了一聲，忽視白禮徑直朝程瑜說：「既然都遇到了，那你就跟我走吧，今天菜單我選了無花果與生火腿……」

「不行！」白禮狠瞪李若蘭，猛然大喊，「母夜叉，妳想得美！」

李若蘭精美的臉孔瞬間裂了一條縫，這是崩壞的前奏。

「惡婆娘妳休想欺人！」白禮依舊緊抱程瑜的大腿，程瑜摀著臉，疑惑著白禮平常都看什麼書學臺詞。小白少爺不怕死地繼續吼，「程瑜已經答應擔任我餐廳的新主廚了！」

場面頓時陷入短暫的靜默。

而後，李若蘭朝天尖笑一聲，簡直像《小美人魚》中壞心的章魚巫婆。她眼中冒著怒火，背景是驚滔駭浪，程瑜很清楚李若蘭有多麼高傲，她絕對不能忍受當眾丟了面子。李若蘭幾乎是尖叫著說：「行啊！你們行啊！程瑜這種廢物我也不要了，白痴才要！祝你們兩個廢物湊在一起生意興隆！」

說完，她踩著高跟鞋風風火火離去，留下石化在原地的程瑜，還來不及消化自己被颱風尾掃個稀巴爛的事實。

白禮舒了口氣，擦擦額頭上的汗：「李夜叉真的很可怕耶，你怎麼能忍得了啊？好辛苦喔。」

程瑜按著一跳一跳發疼的太陽穴，壓抑著憤怒質問：「什麼餐廳……什麼新主廚……我有答應過你嗎？」

白禮張著嘴，痛哭流涕：「我不管！你與其在母夜叉底下受苦受難，不如來我的餐廳吧！」

正當程瑜即將升起殺人的衝動時，一道靈光像雷閃一樣打入他的腦袋，他突然想起，自己在更早之前確實見過白禮。

在某本受到饕客高度關注的美食評鑑中，曾提及有一名富二代開了一間玩票性質的餐廳，卻被李若蘭公開抨擊，只因該名富二代說李若蘭發起飆像母夜叉，品行不好，更用高傲的態度對待客人，這不是餐廳的經營之道。

而去年冬天，某日Hiver臨時有貴客包場，但同一時段早在三個月前就已被另一位客人預約，名義是慶祝結婚週年。於是李若蘭通知該名客人取消預約一事，卻沒想到客人的兒子上門理論，指責餐廳服務水準不佳。

兩人當場在門口吵了起來，後來李若蘭燙手山芋一丟，就自己去接待貴客了，程瑜只好出面安撫怒火中燒的客人兒子，記憶中對方正是姓白。

白先生的兒子大聲抱怨，說這家餐廳的女主廚沒有待客該有的基本倫理與禮貌，根本不值得登上美食評鑑排行，顯然只是想來罵人，而不是想討額外的好處，所以程瑜印象深刻。只是這兩天遇見白禮都是在驚慌失措之下，他沒能仔細辨認。

「我想起來了，你是白先生的兒子，十二月二十八號結婚週年紀念的白先生。」

白禮一聽，露齒一笑，然而臉上貼了塊藥膏，看起來特別滑稽：「你總算想起來了。」

「我不會答應你。」程瑜毫不猶豫地潑冷水，「第一，我跟你不熟。第二，我不喜歡厚臉皮。」

不等白禮放手，程瑜抓著對方的手臂硬把手從自己腿上扯開，隨即三步併作兩步逃離。白禮跪在地上，手裡還拿著大蔥，遠遠地指著程瑜：「不要離我而去——」

程瑜旋風似的出了市集，跨上自己的車，一刻都多待不了。

十幾分鐘後，他重新回到溫暖的家，第一件事便是把食物分類放進冰箱，之後洗了個澡，躺到床上接受棉被的安撫。

早晨七點，一夜未睡的程瑜累得要命，黑眼圈都能沉到下頷去了。他兩眼發直瞪著天花板，想著最近一系列的驚魂，心有餘悸，那些遭遇簡直是挑戰他臉皮的厚度。

他忽地發覺，這一切都與某個人脫離不了干係。

叮——手機訊息提示音響起。

程瑜原本不打算理會，但手仍是不自覺地往床頭摸去。他把手機拿過來一瞧，不看還好，一看之後他立刻閉上眼，臉色更加難看。

他上輩子肯定是放火燒了林蒼璿的祖墳，這輩子上天才會派這人來當他的瘟神。

訊息來自林蒼璿，大概是興趣使然，這傢伙的訊息都得配上一張自己的照片。照片中的林蒼璿笑得像個單純無害的天使寶貝，手拎紙袋，裡面裝著衣物。

附上的文字訊息寫著：「我整天都有空。」

Chapter 07

我一輩子都沒空！

程瑜崩潰地扯著頭髮。

他們倆很熟嗎？他快被這些人騷擾成禿頭了。

他做了個深呼吸，強迫自己冷靜，真要歸咎責任也不全是林蒼璿的錯，雖然此人硬要歸還外套是挺煩的，可是白禮的厚臉皮是白禮的，林蒼璿的厚臉皮是林蒼璿的，屬性不同，不能遷怒，要保持理性。

他簡單回了句話：「晚點討論時間。」

然後用棉被蒙住頭，直接進入甜美的夢鄉。

他做了一個夢。

小學的時候，他每天放學都會經過一條小巷子，巷內漆黑髒亂，可是又不能避開，因此程瑜總是會用奔跑的方式快速通過。

在小五那年，某天他發現巷內傳出一陣細弱的哀鳴，原本想忽略，卻瞥見角落有只紙箱，裡面似乎有東西。

好奇心壓倒了恐懼，他走進窄巷湊上去一看，紙箱內是一隻黑色幼犬，看樣子剛出生不久，如果放著不管，可能不久就會死掉。

程瑜家是公寓，不允許養寵物，可是那個年代流行捕狗大隊，專門撲殺流浪犬，他聽說送去動物保育中心的狗狗都會遭遇不測……還是孩子的他努力地思考著該怎麼辦。

從此，他開始每天早上刻意剩一點早餐，揣在懷裡帶給小黑狗吃，遇到雨天就把小黑狗連紙箱端到窄巷的遮雨棚下，放學時再餵牠一些中午留的午餐，晚上轉涼了，便偷拿幾件自己的衣服圍成暖窩給小黑狗睡覺，就這樣一天一天持續。

每當程瑜想放棄時，腦海總會浮現那隻小狗在雨中悲鳴的模樣，或者是被捕狗大隊抓走遭遇不測的慘狀，讓他狠不下心，小黑狗儼然成了他幼小心靈中最巨大的責任。

幾週以後，偷養小狗終究被大人們發現了。程瑜被父母毫不留情地責罵，連哭都不敢，最後父母百般無奈，只好花了四個小時的車程，把小黑狗送去給住鄉下的祖母養著顧田地，名字很老梗地取作小黑。

後來，程瑜每次回老家，變成大黑狗的小黑都會從田的另一頭飛奔至他的身邊，喘著氣舔他的手，歡迎主人回家。

然而動物的壽命終究比人類短，總有緣盡的那天。養了十幾年的小黑早已如同家人一般，程瑜親手把牠給埋了，就葬在祖母的小墳旁。

此刻，他夢見了小黑還是軟軟小小的時候，他開心地捧在手心揉捏，夢裡的小黑越長越大，從幼犬成為英勇的猛犬，程瑜和以前一樣揉著牠的腦袋，小黑則一樣熱情地舔著他的手。而慢慢的，牠又變老，閃亮的眼睛轉爲混濁，嘴邊的黑鬚長出一圈白毛。

程瑜難過地流下眼淚，抱住了小黑，年邁的小黑彷彿感應到主人的悲傷，舔著他的臉頰、舔去他的淚水，發出嗚嗚低鳴安慰他。

程瑜醒來的時候，臉上爬滿了淚痕。

他起身，用手背抹去眼淚，仍持續掉著淚。他拿起擺在床頭的相框，裡頭的照片是他高中時回鄉下與小黑拍的合照，小黑的毛色呈現出油亮光澤，吐著舌頭，像在咧嘴笑。

陽光斜照進窗內，房內靜謐無聲，程瑜呼了口氣，抬頭一看時鐘，已經是下午三點半。日夜顛倒讓他渾身難受，頭痛著，身體也疲著。

好久沒有夢到小黑了，是不是該趁空檔回鄉下一趟？

胃部空蕩，他起床喝了杯白開水，從容不迫地打開冰箱，著手準備餐點。今天的晚餐口味可以偏重一些，微寒的夜適合用綿柔的南瓜暖胃。

栗子南瓜剖半、清洗，與紅蘿蔔和香菇一起切成塊狀，再將雞肉洗淨，逆著肌理切塊並沾滿蛋白液，如此肉質將會更加軟嫩。程瑜把雞肉丁與南瓜置入烤盤，以牛奶、鮮奶油、橄欖油、胡椒、迷迭香調味後，擺上切半的小番茄，接著鋪滿莫札瑞拉起司。

霎時，他想起一件重要的事，驚得料理刀都差點掉了。

他忘記買堅果了！

程瑜簡直想仰天長嘯，酪梨打成泥狀與天然希臘優格、檸檬汁、香菜、黑胡椒混合過後，搭配生菜或玉米片，酸脆爽朗的口感簡直是天生絕配！但怎麼可以少了烤過的核桃與松子！

他媽的白禮王八蛋！他原本打算吃完燒餅就去買堅果的啊！

走出家門十分鐘就有一家超市，應該能買到現成的堅果，雖然品質多半沒有市場那家烤生堅果來得優良，但勉強可以救急。無論如何，他堅持這盤沙拉一定要有核桃與松子。

他把熬煮著澄清湯的瓦斯爐轉成小火，瓦斯與烤箱皆有自動遮斷系統，因此他放心地抓起鑰匙與錢包出門一趟。

黃昏時分，倦鳥聚集在電線桿上呀呀地叫。程瑜急著出門，忘了捎帶一件禦寒的外套，等走到街上時才忽覺有些寒冷。他穿過壅塞的馬路，用跑百米的速度奔進五百公尺外的超市，熟門熟路地繞進第三條走道，拿了幾包真空包裝的核桃與松子，還順手帶了兩瓶石垣島辣油。

不過幾分鐘，程瑜提著辣油跟堅果重新回到他的破舊小公寓，法式澄清湯在爐上殷殷期盼著主人回家。

他窩在廚房掰核桃，等待栗子南瓜烤雞肉盤烤熟大概還需要三十分鐘，百般無聊的他想起還有一季影集沒看，於是返回房間拿了手機，打算一邊做沙拉一邊把進度補上。

然而滑著手機時，某個已經十分遙遠的記憶驀地被喚醒，他驚覺大事不妙，妥妥地大事不妙了。

他把林蒼璿給忘了。

距離早上七點發的那則訊息，已整整過了十一個小時。

程瑜提心吊膽地點開通訊APP，只見林蒼璿十一個小時前只簡單回了一句話：「好，等你。」

程瑜立刻發送訊息：「抱歉，昨晚熬夜，我睡過頭了，剛剛才醒來。」隨即收到一句「好的」。

回覆速度之快令程瑜錯愕，口吻挺制式化。他回想起林蒼璿似乎無時無刻都在滑手機，把手機當傳家之寶似的，一刻也不放下。

林蒼璿再度補了句：「你有空，我就有空。」

程瑜揉揉眉心，這句本來是他用來敷衍林蒼璿的話，這小子挺會拿別人的失言回敬。

程瑜無奈地回：「隨時都有，沒問題的。」

林蒼璿顯然打字速度極快，不出幾秒便回覆：「那不如現在。」

程瑜看了看烤箱內，南瓜與起司在熱度的催化下漂亮地彼此交融，再看了看爐上的法式澄清湯，都熬出漂亮的金黃色了，只差撈出浮渣，然後添上月桂葉與金針花絲……

手機再度一震，程瑜一看，林蒼璿又發文附圖了。

對方坐在高級車內，手握全眞皮方向盤：「我剛剛去拜訪客戶，上一秒才剛結束，在你家附近喔。」

這市區邊陲地帶，哪來的窮酸客戶住這裡？程瑜仔細地打量照片，林蒼璿顴骨上的瘀青消腫了些……不對，車窗外的景色似曾相識，這不就是他這棟小公寓樓下的居酒屋嗎？

程瑜連鞋都沒穿，直接衝出了玄關，搭著走廊欄杆往下望，幾乎半個身子掛在欄杆外。

四樓不算高，能清楚瞧見林蒼璿那臺ＳＵＶ大怪獸，耀武揚威的，與四周的祥和格格不入，騎車經過的老伯還怪異地瞥了車子一眼。

林蒼璿似乎也看見程瑜了，他搖下車窗，在車內提著紙袋晃呀晃的。

程瑜大驚失色，重回屋內隨意穿了拖鞋後，往樓下奔去。

這間破公寓的壞處就是只有一臺電梯，而且這臺電梯還三不五時故障，就像現在。他拐了個彎改走逃生梯，爲了求快，每當剩三、四階時就直接跳下，抵達一樓時有些喘，模樣有點狼狽，T恤還微皺，他驚覺自己起床以後一直是副邋遢樣，不禁侷促了起來。

他穿過馬路，林蒼璿在車外等候，眼前猶如偶像劇裡才會出現的場景，男主角倚著惹眼的SUV，眼眸如星，露齒一笑，連天上明月也為他傾倒：「等你好久了呢。」

程瑜停下腳步，並沒有像偶像劇女主角一樣感動，而是摸不著頭緒地質疑：「你一直在這裡等？」

他剛剛出門買核桃的時候，並沒有看到這臺醒目的車。

林蒼璿雙手環胸，笑著說：「怎麼可能，你以為我很閒嗎？」

程瑜平靜回答：「看起來是挺閒的。」

林蒼璿哼了聲：「特地拿外套給你還說我閒，沒良心。」

沒人要你特地拿來。程瑜內心默默吐槽，嘴上仍禮貌地問：「你等了多久？」

林蒼璿將紙袋遞給程瑜：「剛好去處理公事，順道過來而已。」

程瑜接過紙袋，手正要往袋裡撈外套時硬生生停下，抬頭疑惑地問：「你怎麼曉得我住這？」

林蒼璿依舊笑著，笑意含著一絲玩味。他故弄玄虛地答：「你確定想知道原因？」

程瑜見他得意洋洋兼裝模作樣，放棄地哼氣，不想追問了。

八成是齊劭。

只要林學長有困難，齊劭定是赴湯蹈火有求必應。無所謂，程瑜在內心發誓，往後這兩人的種種都與他無干，逼迫自己把注意力重新導回來，不要在乎這種無意義的事。

他平靜地說：「謝謝你特地來一趟，沒事的話我先走了。」

林蒼璿悠悠地說：「這麼急啊？我還想多問你一些事呢。」

程瑜看了他一眼，心中突然恍然大悟，先禮後兵果真是不變的談判手段。否則林蒼璿怎會這麼好心幫他送衣服來？

程瑜已經在腦海裡模擬著林蒼璿提出三百六十五種遠離齊劭的要求，怎麼搞得他跟破壞別人感情的狐狸精一樣，如此見不得光？

算了，強摘的果子不甜，誰愛吃就誰拿去吃吧！更何況比起前男友，他現在更擔心的是——

程瑜不耐煩地說：「我現在有急事，不太方便聽你長篇大論。」

林蒼璿長長地「哦」了聲，偏著頭，滿臉好奇：「你能有什麼急事？」

這位大哥，我的法式澄清湯還在鍋上啊！浮渣煮過頭容易把湯煮濁的！

程瑜深吸一口氣，總不可能告訴林蒼璿自己的急事是對料理的堅持。他按著太陽穴，耐著性子說：「不關你的事，如果你沒什麼要說的，那我就先……」

不等程瑜說完，林蒼璿冷不防地問：「你身上的香味是什麼？」

說話速度很快，絲毫不拖泥帶水，儼然像抓姦的老婆逼問凌晨回家的醉酒老公，但完全文不對題。程瑜被問得猝不及防，茫然地「啊」了聲，把原本掛念的法式澄清湯都給忘了。

他回過神，看看自己的衣服，有點不好意思地嗅嗅T恤，上頭殘留了點南瓜與烤起司的氣味……

一顆心逐漸往下沉，他冷靜答道：「你問這做什麼？」

林蒼璿也冷靜地回：「實不相瞞，早上我的確等了很久。」

程瑜皺眉：「等等，你突然那麼大方承認幹什麼……」

林蒼璿自顧自地繼續說：「原本以爲你會立刻回覆，沒想到居然自己睡著了。」

程瑜啞口無言。

林蒼璿的表情無奈中帶著微微譴責：「我還怕說要先去找客戶會對不起你，畢竟明明說了隨時都有空。結果我等了很久很久都不敢輕舉妄動，白白浪費一個早晨。」

「剛才是誰說是順道去找客戶的……」

林蒼璿嗤了聲：「早上爲了等你沒吃早餐，一直聽客戶說話沒吃中餐，餓了一整天，好心幫忙送衣服來，想聊聊天還被你無情驅趕。」

「……所以呢？」

「我都說到這分上了，不請我吃一頓晚餐嗎？」

「我的確煮了飯，那又……」

林蒼璿一副「眞拿你沒辦法的」的樣子，迅速插嘴：「這怎麼好意思呢！就你好意思！」

程瑜腦門的青筋都浮出來了，這人臉皮有沒有這麼厚的？他冷冷回應：「我沒有說要請你。」

林蒼璿微微一笑，輕聲道：「求你了。」

這句乞求輕如鴻毛，卻直率得冠冕堂皇，毫無卑微的姿態。大概只有習慣呼風喚雨的天之驕子，才有辦法說得如此自然。

程瑜的腦門一抽一抽地跳，這個不請自來的人簡直把不要臉詮釋到極致，根本能登基成爲厚臉皮界的國王。他想起了白禮今天的無禮舉動，果眞物以類聚，什麼鍋配什麼蓋。他不爽地問：「爲什麼？」

林蒼璿表現出誠摯的喜悅，連眼睛都瞇起，露出令人毫無招架之力的笑容：「因爲你做的料理很好吃。」

五分鐘後。

打開家門的程瑜對身後的人說：「鞋就放這吧。」

林蒼璿一進門便笑著嚷嚷：「好香！眞香！是烤起司跟南瓜的味道，我連靈魂都餓了。」然後毫不猶豫脫下鞋子。

程瑜臉色慘青，深深認爲自己一定是中邪了。

程瑜的家不大，一眼可望穿，客廳、廚房、小餐廳，乾淨明亮，風格極簡，沒有任何累贅之物。林蒼璿乖乖地把鞋子擺放整齊，鞋櫃裡的鞋子只有同一碼的尺寸，沒有別人的鞋子混在其中，除了他的以外。

林蒼璿像劉姥姥初入大觀園一樣，環顧四周，彷彿一切都是那麼新奇有趣，連雙拖鞋都可以讓他琢磨半天。

程瑜視而不見遊花園的林先生，假裝什麼也沒發生，腳步發虛地晃到客廳，把紙袋放在沙發上，接著不發一語地走進廚房，繼續過濾他的湯鍋浮渣、剝他的核桃。

程瑜把一顆顆掰碎雙瓣的核桃投入搗缽，心裡不斷默念自己一定是中邪了。

《聊齋》中最常出現的就是狐狸精的故事，長相貌美、喜歡惡作劇，三言兩語搭配戲法就把書生哄得團團轉，不自覺地掉入陷阱——

程瑜完完全全可以體會這種感覺，完完全全。他究竟是中了什麼邪，才會說出「好吧」這句話！

說出口的當下，程瑜就後悔了。

林蒼璿勾著微笑，自動自發地坐在客廳沙發，找了個抱枕墊在腿上。從他的角度可以看見正在廚房做菜的程瑜背影，只見程瑜手中的核桃掉了一瓣，他彎下腰去撿，清晰可見拱起而緊繃的背肌與腰部線條。

林蒼璿笑著，開心地問：「你今天煮了什麼？」

程瑜在廚房回了句：「等會你就知道。」

他套上隔熱手套，把烤爐內的栗子南瓜烤雞肉盤托出，擺在餐桌上，用筷子稍稍微戳開散熱，鮮嫩的雞肉彈性十足。前菜的酪梨玉米片沙拉灑上搗碎的核桃與松子，用木器盛裝，而後再以磨碎的檸檬皮點綴。

澄清湯注入潔淨無瑕的白色小碗，程瑜臨時改變主意，把月桂葉換成夏柑皮，將這碗湯推回夏日的懷抱，希望陽光別這麼快離去。

客廳內鴉雀無聲，太安靜了，程瑜忍不住抬頭探看，林蒼璿宛如想蒐集乖寶寶貼紙的小學生，端坐在沙發上。四目相接的瞬間，那雙漂亮的眼眸像少女漫畫裡頭的女主角一樣，一眨一眨散發出鑲了顆鑽似的閃亮。

程瑜立刻撇過頭繼續擺盤，佯裝沒瞧見。太奇怪了，林蒼璿那眼神也太噁心，但爲什麼他覺得似曾相識？

一道前菜、一道主食與一道湯品，雖然不是費盡心思準備的，起碼招待人也不算丟臉。

程瑜再度抬頭，與他相望的依然是炯炯有神的發亮雙眼，連臉上也帶著光芒般閃耀。爲什麼這麼熟悉？

他不想繼續思考這種蠢問題，淡淡說：「過來餐廳吃飯吧。」

程瑜尚未擺好桌巾，林蒼璿便按捺不住地緩緩湊近。

「我的媽呀……」還沒站到餐桌前，林蒼璿就驚訝地說，「這也太驚人了。」

程瑜低頭忙著擺放湯匙筷子，沒看見林蒼璿的表情，卻能從語氣中聽出雀躍。

到底在哪裡見過呢？程瑜怎麼想也想不起來。

他有點侷促，畢竟兩人平時沒什麼交集，他根本不知道該怎麼跟林蒼璿對話。

「你連一個人吃晚餐都煮這麼好？前菜、主食跟熱湯，該不會還有飯後甜點吧？」林蒼璿似乎沒讀出他的困窘，自顧自地叨叨絮絮，「天，我的天，這頓晚餐太完美了，簡直是高級享受。」

程瑜沒有心情回應這種恭維，他還在爲自己的一時不察而氣悶。或許每個做料理的人都有一種心態，就是期望有人能品嘗自己的努力，於是他才著了道。

程瑜鋪好桌巾，擺好餐盤、銀筷與湯匙，放上盛滿檸檬水的藍色玻璃杯。他抬頭，又與林蒼璿視線相交。

林蒼璿的確擁有出眾的容貌，漂亮的眉及如畫筆勾勒的雙眼，好似映著星空宇宙，隱含神祕與一絲柔情，彷彿他的眼裡只能容下眼前的你。

閃閃動人、晶瑩燦亮，程瑜第一次體認到什麼叫做星星眼。

程瑜低下頭，認真地把烤起司南瓜雞肉分成兩盤，全程不發一語。每當他偶爾抬起頭，疑惑地瞧瞧林蒼璿時，都會發現那張白淨的臉上寫滿期盼，正注視著他，目光帶著崇拜與渴望。

等等，這種感覺……回憶如潮水，一波波捲上岸來。

程瑜想起小時候吃學校的營養午餐時，他總是會用塑膠袋偷偷留一點食物，而放學後一從書包裡拿出中餐剩下的雞腿、肉排、燻雞、臘腸，小黑的眼睛便會睜得又大又圓，露出全世界只有主人最棒、最偉大的眼神。

林蒼璿的表情幾乎跟小黑一樣，像他把食物拿出來的那瞬間，小黑展現出的振奮，彷彿他手上那隻雞腿是世上最巨大的一隻。

程瑜忍不住噗哧一笑，接著哈哈地笑得停不下來。

林蒼璿先是嚇了一跳，但見程瑜如此開心，即使充滿疑惑，他仍跟著笑起來：

「什麼事讓你這麼開心？」

程瑜止不住地笑，抹著眼淚：「沒、沒事，你先洗手，我去把前菜拿來。」

林蒼璿果然聽話得像隻狗，安安分分洗好手後坐著等待。廚房與餐廳只有半個中島的距離，程瑜轉身拿把沙拉夾，沒多久便返回。

程瑜有點餓了，雖然目前情況略顯尷尬——考量到租金，程瑜租的房子自然大不到哪裡去，餐廳只夠放張丁點大的小桌子，兩人只能對望。不過他顧不得尷尬了，自己也洗好手，就在林蒼璿對面的位子坐了下來。

林蒼璿嘻嘻一笑：「我以爲你會做菜會穿圍裙。」

程瑜用紙巾把手擦乾，不想去問林蒼璿這是哪裡來的想法。

主人尚未說開動，林蒼璿繼續乖乖坐著，殷殷期盼地盯著桌上香氣四溢的料理，臉龐帶著一點點愉悅的紅潤，好像還吞了口口水。

程瑜看在眼裡，突然伸手在林蒼璿面前一彈指，說了句：「開動！」

林蒼璿滿臉錯愕，不明白這個動作的用意。

程瑜被自己搞得有些不好意思，連忙說：「喔，沒事，你直接用餐吧，別這麼拘束。」

程瑜替林蒼璿夾了點沙拉，並且配上可口的酪梨醬，用殷勤布菜來掩飾自己的心虛。

以往他常壞心眼地把食物放在小黑的鼻頭上，不准牠妄動，總是要餓那麼一下子，在他彈響手指說「開動」後，小黑才能開開心心地吃下美食。

方才的舉動是出於懷念，但林蒼璿是個大活人，可不是他養的狗！

Chapter 08

林蒼璿用餐習慣良好，舉手投足皆展現出對於料理的尊重，那支跟傳家寶似的手機放在餐桌旁，不聞不動。他專心投入地一口嚐一口，吃個南瓜也優雅得像品嘗魚子醬，偶爾評論幾句，句句都是極其誇張的讚美與喟嘆。

不得不說，林蒼璿是天生的能言善道，談笑風生間便能使對方不知不覺被引導進他構築的話題裡。程瑜本來就不多話，眼下只想盡速結束尷尬局面，又更加寡言，卻仍在幾句問話中被牽著走。

林蒼璿端著下巴思考：「這時候真該來杯紅酒。」說完，他又起半塊烤得鮮甜鬆軟的南瓜，往嘴裡一塞。

程瑜享用著雞肉，用沉默回應他。

林蒼璿笑著問：「喝酒以後，我的車就停你家樓下，好不好？」

程瑜一秒回答：「不好。」

「欸——小氣，你不覺得這時候配一支Pinot noir正好嗎？聽說Blank Canvas的Pinot noir便宜又好喝，正好配上這幾道美味十足的料理。」林蒼璿搖了搖玻璃杯，「唔……檸檬水也是足夠，但紅酒更好。」

程瑜在內心默默吐槽，Pinot noir這種精緻的美酒，配上隨便的栗子南瓜餐也太浪費，更何況跟林蒼璿這種人一起享用晚餐，選個便宜的Merlot還差不多——絲毫未覺自己的思緒又被對方引走了。

幸虧他一時心血來潮，稍微把晚餐弄得豐盛了點，才不至於讓突如其來的雙人晚餐變成飢餓奪食之夜。南瓜雞肉早已被分食得一乾二淨，沙拉盤也空空蕩蕩，徒留僅剩殘餘醬料的木缽，而帶著仲夏氣息的澄清湯不負程瑜所望，宛如舞會的午夜鐘響，替今晚劃下完美句點。

程瑜放下餐具，雙手垂在身體兩側，長吁一口氣，饜足地享受因飽食而神醉的這一刻美好。他瞇起眼，對面的林蒼璿滿面紅光，連微笑都帶著光芒。

只是，林蒼璿的盤內剩下一塊又一塊的紅蘿蔔靜靜躺在潔白的盤上，挺屍一樣安詳，乖乖巧巧地排得整整齊齊。

程瑜沉默地盯著，林蒼璿笑而不語。

程瑜冷臉指著盤內的紅蘿蔔，不客氣地說：「這是怎麼回事？不是說我煮的料理很好吃？」

林蒼璿先是一愣，接著緩緩蹙起眉頭，用彷彿有血海深仇的眼神盯著整齊劃一的紅蘿蔔大軍：「有一件事情，我應該早點說的……」

對方表情太過認眞，程瑜第一個想到的就是食物過敏，嚴重的過敏反應足以致死。他的心莫名地往下沉，有這種狀況的話早該說，不需要勉強吃完這一頓。程瑜不是輕諾之人，都答應請吃飯了，短時間內重做一份晚餐對他而言並非難事。

「其實紅蘿蔔是我的前世恩人。」林蒼璿直視程瑜，說得理直氣壯，「所以我不能吃它。」

程瑜毫不猶豫抄起筷子，把林蒼璿的前世恩人捅成串燒：「你給我吃乾淨。」

林蒼璿沉默了。

程瑜冷眼看他，這傢伙嘴巴說盡好聽話，把他的手藝誇上天，結果根本是言行不一的喇叭嘴。剛剛還在擔憂是過敏反應，現在程瑜只想往林蒼璿嘴裡塞一斤紅蘿蔔。

齊劭曾經說過，林蒼璿在公司的地位好比最接近光的使者，上帝的任何指引都必須透過他，他掌握著公司四百多人的命運，倘若不留神，方舟就會墜入地獄——這比喻也太誇張了，說林蒼璿是用臉皮來支撐全公司還比較能信，這種厚度連子彈都打不穿！

程瑜冷冷地哼聲，把桌上空盤全數收走，臨走前撂下一句狠話：「敢在我面前挑食，想死嗎？」

林蒼璿慘白著臉，露出想死的表情琢磨著那根前世恩人串燒，似乎不知該如何下口。

程瑜把髒碗盤端到中島的水槽，扭開水龍頭開始清洗，林蒼璿還在與那根串燒奮鬥，抬頭偷偷覷了他一眼。程瑜像個國小老師一樣用嚴厲的目光緊盯，一邊洗碗一邊監視。

林蒼璿哀怨地瞅著，見程瑜不領情，只好憋氣咬了一口，就敢露著牙咬，不敢用唇碰，十分滑稽，白白糟蹋了那張臉。

瞧他那副模樣，程瑜像滿足了報復心一樣愉快，莫名想笑：「為什麼不吃紅蘿蔔？」

林蒼璿嚼沒兩下，囫圇嚥下去：「嗯……有一種怪味。」

程瑜把盤子的水瀝掉，拿乾布輕擦：「那我煮的有怪味嗎？」

他選擇的紅蘿蔔是清甜帶有香氣的小型品種，在料理的過程中，還特地先用熱水燙過，避免胡蘿蔔特有的草腥破壞整體風味。況且南瓜強烈的香氣深植其中，早就把林蒼璿的老恩人打得不成蘿蔔樣了。

林蒼璿拍著胸膛順氣，彷彿噎著了：「咳，嗯，是沒有……但、但小時候怕慣了，現在還是怕。」

「你挺固執的。」

林蒼璿悶頭再咬一口，含糊說：「謝謝誇獎。」

程瑜把碗盤重新擺回碗櫥，林蒼璿仍在絕望地啃蘿蔔串。

他把沙發上的紙袋提過來，伸手一摸質料，發覺不太對勁。料子是嶄新的，上頭的衣標是他一輩子也不會花錢去買的昂貴品牌，這件根本不是他的外套。

「這不是我的。」程瑜將外套重新塞回紙袋。

林蒼璿聳肩無奈地道：「出了點意外，算是賠禮。」

程瑜把紙袋提到林蒼璿面前，執意拒絕：「不用，我說過你丟了也沒關係。」

林蒼璿收起笑容，透出一絲淡然寡情：「都說了這是賠禮，你不收下我一輩子都會有疙瘩。東西已經買了，況且我也穿不下，你就當好心接收吧。」

程瑜不喜歡迂迴，直截了當：「沒必要。」

林蒼璿把紙袋一推，重新挪回程瑜面前：「你送我一件，我就送你一件，還是說你存心讓我虧欠著是有什麼目的？」

這話完全是詭辯，程瑜卻答不出來，他搜腸刮肚想找出幾句反駁，然而找不到說辭。他不懂林蒼璿這麼做的用意是什麼，只直覺不是好事，該不會拿外套去作法吧？

程瑜心裡明白自己嘴巴上一定贏不了對方，於是不打算沒完沒了地爭論。反正他知道齊劭的公司地址，就等於知道林蒼璿的上班地點，改天找個時間把外套快遞回去，比在這裡與林蒼璿糾纏來得更加明智。

叮咚、叮咚叮咚、叮咚——

門鈴急促地響起，害得程瑜心臟差點嚇停。林蒼璿像隻敏感的野兔豎起耳朵，看好戲似的瞧著程瑜，而程瑜顧不得林蒼璿還抓著蘿蔔串燒，粗魯地抬起對方的手臂，林蒼璿那句「你把我當姦夫啊」還沒說完，就被拖進廚房的後陽臺。

大門那頭門鈴花式連環按，湊齊莫札特〈夜后〉的節奏，頗有討債集團奪命催魂的風範。

會來找他的人不多，最頻繁的除了齊劭就是秋香，萬一這兩人發現他家藏了個林蒼璿，前面那個只會使他煩心，後面那個鐵定會鬧得天翻地覆。

程瑜臉色煞白，他一輩子沒做過虧心事，第一次就毀在林蒼璿手裡。他抖著手打開門，邱泰湘手捧一盒蛋糕，喜孜孜地說：「程瑜你看！我買到Lady M的限量蛋糕啦！」

程瑜笑不出來，僵硬地說：「啊，真不巧，我、我家裡面有客人……」

邱泰湘往屋內探：「誰？」

程瑜側身擋住鞋櫃，額頭流下冷汗，結結巴巴說：「親、親戚……」

「你大姨媽來了？」

程瑜接不到這個玩笑，腦袋一片空白：「不是，是、是我爸。」

程瑜沒向家人出櫃，雖然此刻邱泰湘人模人樣、衣冠楚楚，也明白自己不適合刻意露面。即使感覺有點古怪，邱泰湘仍是貼心地壓低音量：「那先放我家，你明天晚上可以來找我吃蛋糕唷。就這樣，不打擾你了，明天見啊。」

說完他便關門了。

程瑜返回廚房，打開後陽臺的門，林蒼璿一抽一抽地捧腹無聲笑倒在地，當看到程瑜的瞬間，他忍不住爆笑出來：「哈哈哈哈哈！你、你這輩子是不是沒說過謊話啊？哈哈、哈哈哈哈哈！找藉口的技巧也太拙劣了吧！哈哈哈哈！」

程瑜雙手握拳，太陽穴浮出青筋：「不吃完你的前世恩人，就把你從四樓丟下去。」

三分鐘後，林蒼璿笑不出來了，他跪在後陽臺吹著冷風，手裡抓著一串支離破碎的前世恩人。外頭的風好冷，蘿蔔好可怕。

啃完那串蘿蔔，程瑜逐客令一下，林蒼璿立刻被推出門外，一句「下次可以再來吃嗎」還沒說完，門便砰地無情關上。

程瑜額頭貼著門，吁出一口解脫似的長息。

他給邱泰湘傳了封簡訊，以撫慰對方的失落，說了一個謊言就必須用更多謊言去彌補，程瑜真是恨透無端來訪的林蒼璿了。可當下他又不敢誠實地面對秋香，說實話的後果不堪設想，他可不希望家中發生喋血案。

邱泰湘並未馬上回覆訊息，大概是上帝正在重返伊甸園的路上。

收拾好殘局，程瑜開啟音響讓客廳充斥最新的輕搖滾音樂，並拎了一瓶濁酒，窩在沙發上打開筆電。

他原本想趁著無業的空檔出去玩一趟，但齊劭的事情根本是吹皺一池春水的狂風，攪亂他生活的程度遠超想像。一個人的寂靜更顯得夜晚如此可怖，邱泰湘何其聰明又無微不至，一眼就看穿，寂寞的人無法輕易忘懷那曾經溫暖而熟悉的擁抱。

仰頭一口濁酒入喉，甜得發膩。

他需要工作，用肉體的辛勞轉移自己的注意力。

Hiver就是個溫室，九年來把他養成了不知物換星移的桃源之人，關於業界的狀況，程瑜並非全然知曉。他打開饕客評鑑網，打算參考最近的餐廳排名，做一下功課，方便找工作。

專業饕客評鑑網分成幾個區塊，除了美食評價、料理食譜以及廚具推薦之外，還有網友投票選出的高級餐廳排行榜，往往比所謂的美食評鑑雜誌更貼近大眾角度。順道一提，Hiver通常是霸占排行榜的前五名之一，饕客趨之若鶩，更被該網站冠上此生必須朝聖的餐廳之一。

而榜上的餐廳除了基本資訊以外，更會有饕客提供當季菜單以及發表用餐心得。Hiver的評論已經蓋到百樓之高，程瑜逐條逐條看下去，差點把一口酒全噴在螢幕上。

第97樓：Hiver的副主廚就是李主廚的小白臉吧。［照片］［照片］［照片］［照片］

第98樓：長相挺帥但看起來有點凶，比起小白臉更適合叫小狼狗。

第99樓：上個月去Hiver剛好碰到副主廚，介紹餐點很用心，本人挺nice的，比照片帥很多［愛心］

第100樓：據說他們相差十五歲，副主廚這樣也吃得下去，眞是厲害。

第101樓：歪樓了，這裡是評鑑餐廳跟美食的網站，不是評鑑人吧？

第102樓：樓上道德魔人，敢做就敢當嘍。

第103樓：是男的被肉食女吃掉吧？

第104樓：各位板友，我有話要說。在下之前就是在Hiver實習，都能寫出一篇血淚史了，肉搜沒用，Hiver每年都有數十位實習生，才不跟你們講我是哪一年。在李若蘭底下，副主廚根本是狗，應該說每個人都是狗，餐廳內廚壓力超大！尤其是副主廚，每天都被李若蘭罵到狗血淋頭，別人都下班了，他晚上還一個人默默在餐廳替菜單調整風格，超強，眞心敬佩他的敬業。副主廚怎麼可能會跟李若蘭在一起？又不是有病。

第105樓：副主廚明明就是個抖M。

第106樓：是抖M。

第107樓：抖M啦！

第108樓：實習生，你太嫩了，這很明顯是抖M，說不定人家覺得很爽。

第109樓：抖M也太好笑！［大笑］［大笑］［大笑］

第110樓：社畜M體質。（蓋章）

第111樓：我是104樓，副主廚才不是抖M！他雖然長得帥但眞的有點凶，不過偶爾也會表現出溫柔的一面啦。之前醬汁搞錯比例，副主廚只是叫我重新調整而已，沒有對我痛下殺手QQ

第112樓：同爲實習生來推個，樓上搞錯比例沒被殺掉實在是幸運，換成李若蘭，你早就變成河裡的浮屍了。

第113樓：回樓樓上，副主廚平常處事的確一絲不苟，不過頂多是嚴肅了點，稱不上凶吧？比起花時間臭罵笨蛋一頓，他寧願快速解決問題，跟李母夜叉完全不一樣。同爲實習生來推一下，我大概知道樓樓上是誰了。

第114樓：浮屍！有同感！實習生來蓋樓簽到！我也被李主廚罵過，一個人躲在廁所哭，結果又被李主廚抓出來罵……QQ 她眞的很嚴格，我學到很多，但不會想再經歷這種高壓實習生活。

第115樓：樓樓上不要衝動，不要肉搜我！等等……我也大概知道樓上是誰了，該不會都是同一屆吧？

第116樓：我也哭過，不過後來副主廚有安慰我，所以我就順勢在他懷裡哭一下了哈哈哈！

第117樓：樓上自肥啦！

第118樓：樓樓上人神共憤啊啊啊啊！

第119樓：慟！怒！我副主廚被欺騙！李主廚快出面討伐惡賊！

第120樓：所以有沒有姦情？搬板凳圍觀看戲。

第121樓：實習生們不要自嗨，請善盡爆料職責。

第122樓：我是前幾年在Hiver工作過的甜點主廚，副主廚很帥個性又好，根本是李若蘭倒追想吃小鮮肉！當年我跟副主廚一起討論擺盤，有時候會討論到深夜，結果李若蘭一直拚命挑我毛病，說我配色很醜！還把我當成狐狸精一樣看待，放話要我不要太接近副主廚！簡直神經病！

第123樓：樓上不怕肉搜眞勇者，勇氣可嘉［鼓掌］［鼓掌］

第124樓：果眞是女追男！

第125樓：搬板凳看戲。

第126樓：搬板凳看戲+1，亂說話小心被告喔。

第127樓：是女追男沒錯啊，不過人家副主廚有女朋友了喔，李主廚哭哭。

第128樓：搬板凳+1

第129樓：我是122樓，老娘講的都是事實，事實擺在眼前，不服來辯。

第130樓：哇靠，Hiver的內幕好嗨喔！搬板凳+1

第131樓：這版是來討論美食的，不是議論是非的好嗎，各位夥伴們。

第132樓：討論八卦的適可而止了吧。

第133樓：Hiver本來就話題不斷，這也算在討論餐廳的範疇吧，搬板凳+1

第134樓：板凳+1

接下來一連十樓都在搬板凳，程瑜看得太陽穴又開始一抽一抽。

第144樓：搬板凳+1

第145樓：聽說Hiver最新內幕消息指出，副主廚被解雇了？

第146樓：怎麼可能，是副主廚提出辭呈還比較有可能。

第147樓：男女吵架翻臉啦！

第148樓：副主廚被解雇是眞的，因爲他擅自改了主廚的菜單。

第149樓：哇靠，厲害了我的哥，副主廚是不是吃錯藥了？

第150樓：超勁爆內幕！天啊！

第151樓：狂喔！擅自更改主廚的菜單！這是造反的前奏吧！

第152樓：革命同志起義啦！副主廚上啊！

第153樓：回148樓，你是實習生對不對？這次副主廚會被解雇，是因爲有個實習生把玻璃杯打破，碎片掉進了湯內，所以他才會臨時改菜單，這完全不是他的問題。副主廚的缺點就是太過維護那些白痴實習生了，年紀小不用心，做錯事情就裝可憐用哭來解決，還不都是副主廚幫忙收拾殘局，根本吃力不討好。李主廚也是好心才會開放這麼多實習名額，不然誰想讓這些整天只會抱怨的小孩來工作場所胡鬧？搞不清楚狀況又愛上網爆料，這可是職場，不是讓你們玩耍的地方！

第154樓：樓上講出我的眞心話，程副主廚只有倒楣兩個字可以形容。

第155樓：樓樓上，不能同意更多，實習生哭就能讓程副出手幫忙，我們即使哭出血淚都不敢叫程副幫忙呢，結果現在程副離職了，我看我也待不下去了。

第156樓：副主廚超級忙碌，根本沒人敢麻煩他幫忙瑣碎小事，除了李主廚本人跟那些實習生以外，哼。

第一百五十六樓的留言時間是兩小時前，下面還有數十樓。

程瑜看得兩眼發直，抖著手操控滑鼠把網頁往上捲。沒錯啊，這是饕客評鑑網，他還以爲來到了娛樂圈八卦天堂呢！這些網民也太無聊，平常沒事做，專門搬板凳圍觀嗎？不只無聊網民與實習生，連Hiver的內部員工也加入戰局了。

他深呼吸，仰頭吞下一口熱辣的酒。

他還眞的像個走出桃花源的村民，渾然不知舒適圈之外的腥風血雨有多麼狂暴，被打得頭昏眼花，久久無法回神。他向來不在乎外界對他的評價，也無意扭轉別人看他的眼光，只是站在風口浪尖上的感覺依然不太舒服。

第一次體會到輿論威力的他，被那些話語燒得體無完膚，更莫名其妙多了個抖M的標籤，再繼續看下去，肯定會心臟病發。

程瑜迅速滑過剩餘的討論串，榜上排行第二的Hiver精彩討論串戛然而止，他瞥見最後一則留言的時間是兩分鐘前：

第198樓：說不定這也是Hiver轉型的機會唷。

程瑜莫名被這行字給吸引住，在洶湧浪濤般的搬板凳響應中顯得詭異突兀。更詭異的是，這人居然留下了ＩＤ——小白。

程瑜眞不曉得該吐槽什麼。不愧是遊手好閒白家公子，不負眾望地來湊熱鬧了。

ＩＤ名稱與其他文字顯示的顏色不同，看來小白公子貼心地留下了什麼網站的連結，程瑜鬼使神差地一點，頁面立即被導引至評鑑網的餐廳排行第八名——

「Bachique」。他特地去查了這串文字，爲法文的發酒瘋之意。

金錢堆裡出來的貴公子品味自然不俗，Bachique的店內照片顯示，室內以純黑與淡灰拼湊出低調自持的理性風格，桌巾則採用煙藍色，色調冷靜得完全無法與瘋狂聯想在一塊。

不過重點還是菜單，底下留言提供了一張主菜的照片，烤成片狀的焦糖甘薯配上用墨魚汁染成純黑的煙燻鴨胸與甜菜根，並以些許烤青蔥提味，左側是魚子醬與同樣是甘薯製成的餅片，綴以紅酒醬——這種主菜搭配就頗有發酒瘋的感覺了，簡直胡鬧。

程瑜揉揉眉心，直接喝光剩餘的酒。法國菜有屬於自己的傳統，這道料理已經走向創新與分子式料理的境界，一旦揉合失敗，恐怕不是人人都會喜愛。

果然，頁面下方的留言評價有褒有貶，雖然褒多於貶，但大多是稱讚該餐廳有勇氣提出這種菜色……程瑜只想呵呵兩聲，胃部不自覺地疼起來。

心靈承受過一次毀滅性打擊以後，程瑜已經不想再看群眾的留言，他往上瀏覽餐廳基本資訊，資訊旁附帶了一張白禮與一位年長者的合照。

簡介：位於市中心鬧區，店址鬧中取靜，爲白氏開發集團投資之實驗性質餐廳，創意爲該餐廳之最大特色，開業僅一年便登上排行榜前十大，潛力無窮。

執行長：白覲森

行政主廚：白禮

年長者頭髮半白，眼神中滿是愉悅，露出商場成功人士專屬的自信笑容，一手拍在白禮肩上，一副全力支持的態度，看不出對自己兒子的遊手好閒有什麼怨懟。

程瑜無法從照片判斷出這對父子的感情好壞，只是突然想起當年白禮爲自己父親的訂位被取消而上門理論一事。想必即使兒子再有諸多缺點，白先生也會爲了此舉感動不已。

不知白禮究竟是胸有成竹，抑或是低估天高地厚，居然乾脆開了家餐廳反擊，程瑜會心一笑，唯一能確定的就是李若蘭眞的把白禮給氣炸了。他繼續瀏覽這家餐廳的資訊，只見末尾寫著：

首席主廚：程瑜

副主廚：劉軍秀

蔬菜主廚：江子豪

程瑜差點把最後一口酒全數獻給螢幕。

Chapter 09

他再三確認，首席主廚寫的是程瑜的程、程瑜的瑜。有沒有搞錯？白禮這根本是霸王硬上弓，完全不顧他本人的意見，下方看戲的群眾還敲鑼打鼓地留言達到集體高潮，不能再高！

程瑜起身，繞著客廳踱步，既焦慮又滿腹怒火。

若上評鑑網站留言澄清，只會惹來鄉民情緒激昂，可他又不曉得該如何嚴正拒絕白禮的強迫推銷。腦海中白禮哀號求情的模樣不知不覺與林蒼璿重疊，這兩人臭味相投，臉皮一樣厚，好個物以類聚！他們八成是他命中的剋星，被上天派來毀滅他的愛情與職涯。

程瑜強迫自己深呼吸冷靜，從冰箱取出啤酒打開，再灌一口。

事已至此，他抹不去網上漫天飛的輿論，那倒不如順勢而爲……靠，他才不幹！這輩子就算沒工作，也不要被白禮惡劣地操弄！

隔天下午，他依約拜訪邱泰湘，隻字未提白禮與林蒼璿的事。他們在客廳吃完一整個蛋糕，即便程瑜心情不佳，依舊認眞而細心地品嘗每一口甜膩的滋味，分析出優缺點，最後給予高度評價。不枉邱泰湘如此費勁地排隊買蛋糕，雖然事實上多半是邱泰湘的助理負責跑腿的。

邱泰湘並沒有強迫程瑜留下，因爲他明白即使開口了，程瑜也會斷然拒絕，況且他看得出程瑜沒什麼心情。

日子過了三天，程瑜認爲這幾乎是噩夢般的三日，每家餐廳收到他的履歷，都會疑惑地問：「你不是Bachique的主廚嗎？」、「難道你不去Bachique？」還有更可笑的反應：「如果你不喜歡Bachique，現在回Hiver還有機會，要不要考慮？」

搞得程瑜想抓狂大吼，他是來投履歷找新工作找新發展的！不是來求收留的！

就連排行榜第一名的法式餐廳，主廚都拿著他的履歷用驚慌的眼神看他，一開口便求饒：「我不敢跟白先生搶人。」

白先生是誰？自然是白觀森。誰管那個遊手好閒的小白怎麼想。

白觀森以食品企業及生物科技起家，近年投資海外原料加工得利，形象正面、聲譽良好。影響力雖不比天鼎集團，但果眞被程瑜瞎矇中，邱泰湘口中的小公司其實是排行前五十大的企業，執行長打個噴嚏都能在市場刮起一陣狂暴龍捲風。

白氏企業與食品產業有關，哪家餐廳敢得罪？大概只有李若蘭這種不怕死又囂張的。

這年頭小道八卦傳得比星火燎原還快，榜上的所有餐廳似乎都知道這場狗血大戲，程瑜直接說他不認識Bachique的白禮，卻被當成玩笑。

眞他媽有苦難言，簡直氣到笑，他媽的荒謬至極。

夜深了，程瑜坐在Hēraklēs的老位子，手上搖著一杯馬丁尼，臉部貼著吧檯桌面，萎靡得不想說任何話。

邱泰湘才剛準備開店，手裡拿著白色乾布擦拭酒杯，見程瑜這副模樣，他有些擔心地問：「寶貝兒，找工作還順利嗎？」

程瑜還是貼在桌面上，哼哼了兩聲。

邱泰湘不清楚白禮的事，只以爲是李若蘭從中作梗，於是他悄悄貼到程瑜的耳朵旁：「要不要姊姊幫你一把？」

程瑜抬起頭，鼻尖與額頭各有一道紅痕，眉間陰鬱得彷彿能滴出水：「我在想要不要出國一趟，避避風頭之類的……」

邱泰湘一陣無語：「這位大爺，您想出國躲什麼風頭？您是欠誰錢了？不介意的話可以賣身給姊姊，你這身鮮肉應該能湊得出一棟樓外加下輩子不愁吃穿。」

程瑜撐著額頭，眉頭深鎖，默然不語。他上輩子除了燒林蒼璿的祖墳，可能還騙了小白一家子的錢，否則這輩子怎麼會被這兩人搞得一團混亂？

見程瑜不想多說，連開玩笑也撩不動情緒，邱泰湘放棄了繼續追問。程瑜這人就是個悶葫蘆，如果他不想開口，嚴刑逼供也撬不開他的嘴。邱泰湘嘆了口氣，說：「工作又不急於一時，幹麼不讓自己放個假，回老家一趟也行啊。」

「不行。」程瑜喝了口馬丁尼，「老人家會擔心。」

邱泰湘放下酒杯，疑惑地問：「前幾天你爸去你家，你沒跟他說離職的事情？」

程瑜一口酒差點噴出來，硬生生吞下卻火燒火燎地直往肺裡嗆：「咳、咳咳、

我、我怎麼、敢說，咳咳、咳。」

邱泰湘哼了聲。程瑜是家中長子，上有一對老父母、下有兩個相差三歲與六歲的妹妹，身爲長子的重擔把他壓成了患有直男癌的GAY，專講如何勤儉養家，骨子裡是不折不扣的大男人主義。見程瑜拚命猛咳，咳得臉都紅了，邱泰湘也懶得吐槽他了。

程瑜像作奸犯科一樣心虛，額頭冒出豆大的汗珠，他決定要把那天其實是林蒼璿在他家這個祕密憋在心裡一輩子，死都不說。

邱泰湘轉身向Diana要了一缽洋芋片，推到程瑜面前：「離職又不是大事，長輩擔心也只是一下子而已，何必把這種關心加諸在自己身上，變成一種壓力？喏，吃點餅乾，空腹喝酒傷胃。」

程瑜還沉浸在欺騙秋香的滿滿罪惡感當中，嚼著洋芋片含糊應聲。

放在桌上的手機此時閃出訊息通知，亮起的螢幕在昏暗的酒吧內顯得惹眼。程瑜趕緊拿起手機查看，只怕錯失任何工作的面試機會。

可惜現實不如預期，那封訊息只有短短幾個字。

「你能來接我嗎？」

訊息來自齊劭——對他而言已經是個熟悉卻又陌生的名字。

這段文字如巨石把程瑜的靈魂撞擊出竅，轟得他腦袋發暈，一時間無法思考，只能發愣地盯著手機看。

過去相處的種種如潮水湧回心中。

每次他們吵架，齊劭總是用這句話來挽回他。以前程瑜不是因爲心軟而回首，而是因爲他從沒想過放棄，付出感情多的那一方，本來就已經輸了一半。理智上他可以果決地做出判斷，情感上卻優柔寡斷，因爲是他眞心深愛齊劭，只要那個大男孩陽光一笑，程瑜便能夠忘卻他們爲何爭吵。

爭吵過後，齊劭往往會喝醉，再哭著尋死覓活地索討程瑜的擁抱。像有次他們爭執不下，齊劭喝得迷迷糊糊，傳了封訊息哀求程瑜去接他，藉酒裝瘋傾訴自己的過錯。最後程瑜在某條橋下找到人，齊劭蹲在橋墩旁哭得稀里嘩啦，河水都淹到大腿了，他花了好一番工夫才把人勸回家。

可惜這次不同。無論他們之間沒有第三者，程瑜都不會考慮回到齊劭身邊。

程瑜深呼吸了下，迅速回覆訊息：「你在哪裡？」

他把手機放入口袋，心想，這是最後一次仁慈，最後一次。

程瑜用拙劣的藉口告別邱泰湘，一個人獨自走在街頭。他看了眼手機，上頭顯示一條訊息：「Drambuie」

齊劭總愛一個人自顧自地喝個沒完，用酒精澆熄心頭煩躁與憂愁，但哪裡不去，偏偏去Drambuie這個老熟人的聚集地，程瑜實在不太想踏入。

這個群魔亂舞之地除了男同志以外，也有少數好奇心重的女性以及女同志來狩獵，程瑜推開沉重的銅製大門，兩名濃妝豔抹的女子正好走來。

經過狹窄的樓梯間，映入眼簾的是寬闊的舞池，震耳欲聾的靡靡之音迴盪，形形色色的男女如蛇妖舞動。程瑜穿過一群穿著暴露、短褲幾乎快露出半邊屁股蛋的妖媚男人。

他湊到舞池旁的金色吧檯，抬手向一位面熟的年輕酒保打招呼，順勢在對方耳邊低語了幾句，年輕酒保笑了笑，指指樓上。二樓以上是高級私人包廂，包廂十分隱蔽，隔著玻璃窗可俯瞰熱力十足的舞池，但樓下的人無法輕易望穿暗藏無邊遐想的內部空間。

年輕酒保用簽字筆在程瑜的手心上寫下「19」，他道了聲謝，也不知酒保有沒有聽清楚便轉身就走。酒保露出無奈的笑容，往口袋裡一搜拿出手機，飛快地鍵入文字後傳送出去。

程瑜再度穿越擁擠的舞池，閃爍不定的雷射光與令人昏聵的馥香跟酒味充斥，他身上被偷摸了好幾把。

階梯灑滿碎金紙片，和著酒液黏在地板上。拾階而上的程瑜與幾名嘻笑的男子擦肩而過，強烈的香水味鑽入肺部，惹得鼻尖發癢。

第十九號包廂位於三樓，越往上走，樓下熱烈的音樂隨之遠去，宛如脫離塵囂，所有煽情腥色都藏於見不得人的角落。

包廂區的走廊以暗紅色巴洛克式浮雕點綴，富麗而貴氣，程瑜毫不費力地找到用燙金字體標示的第十九號廂房，一推門，濃郁的酒氣與浮香撲面而來。

包廂極爲寬敞，性感小模與冶豔男孩齊聚一堂，鶯鶯燕燕，大抵有七、八人，昏暗的燈光曖昧了每個人酡紅的臉龐，與幾乎失去遮掩的雪肉。坐在沙發正中的是一名西裝革履的男子，酒液灑溼他的膝頭與褲管，胸前襯衫扣子敞開露出大片肌膚，詮釋出玩世不恭的典範。

見程瑜進門，居中的男子立即捧腹大笑，他拍著沙發、手指著程瑜笑個不停，彷彿天底下最好笑的事情就是踏門而入的程瑜。旁邊的一眾女子與男子也隨之誇張大笑，個個笑出眼淚來，浮誇得像場模擬瘋人院的舞臺劇。

空氣中瀰漫著香甜腥氣，絲絲發膩，程瑜想起邱泰湘曾形容過的Party drugs氣息，還眞他媽形容得挺像。他環顧室內，很快找到齊劭。

齊劭喝醉了，如一灘爛泥側躺在一名男子腿上，一看見程瑜便露齒一笑，嘟囔著對長腿的主人說：「學長，你看，我就說吧，程瑜、還是喜歡我的，我們還沒分手呢。」

齊劭躺的，正是林蒼璿的腿。

林蒼璿手指勾著齊劭脖子上串著兩枚銀戒的項鍊，不輕不緩地撥弄，秀麗的臉龐卻呈現鐵青，冷眼瞧著闖入包廂的程瑜。

心頭的怒火一瞬間熊熊冒了上來，程瑜強壓著想掄那張俊臉一拳的衝動，不甘示弱地瞪回去。

那名大笑的男子依然繼續狂笑，嗑了藥似的無法自拔。只聽男子說：「哈哈、哈哈哈！林蒼璿，你賭輸了！你輸了！你要把剩下的股票給我！你輸了！哈哈哈哈哈哈哈！」

程瑜大概了解來龍去脈了，他冷笑一聲，不等男子講完便對齊劭說：「走了，回去吧。」

齊劭動了動肩膀，沒有力氣爬起，他含糊地咕噥了幾句聽不清楚的話語，掙扎了下，但被林蒼璿緊緊壓著，無法起身。

那名男子一聽，笑得更用力更大聲，更聲嘶力竭：「哈哈哈哈哈！他以爲是家長接小朋友回家嗎？齊劭齊劭！醒醒！你媽媽要接你回家了！哈、哈哈哈哈！」

旁邊的男男女女跟著笑得東倒西歪，有人甚至笑得滾在地上，杯中的酒水潑出一道道痕跡，染溼了林蒼璿的皮鞋尖。

齊劭依舊半趴在林蒼璿腿上，露出天眞的笑容：「程瑜，我們回家吧。」他不知哪來的力氣，猛然掙脫林蒼璿的壓制從沙發上翻身而起，頭髮亂糟糟的，顯得越發稚氣。齊劭露齒一笑，滿懷欣喜準備給程瑜來個久違的擁抱，未料林蒼璿竟一隻手從後方揪住他的領口，一鼓作氣把他摔回沙發。

林蒼璿自始至終都是冷眉冷眼，像個不帶感情的旁觀者，齊劭吃痛地嚎了聲，像小狗一樣淚眼汪汪向林蒼璿求饒。

程瑜對林蒼璿看似充滿占有欲的表現不以爲意，冷冷地說：「放開他。」

狂笑的男子嗅到空氣中的火藥味，戛然停下笑聲，轉而輕浮地嘻笑：「你想帶走齊劭？程先生，你好像還不懂我們的遊戲規則吧？」

程瑜蹙眉沉下臉，滿懷警戒地瞪著男人。他很確定自己不認識對方，對方卻曉得他的名字。程瑜渾身肌肉慢慢緊繃，捏緊拳頭，有如準備張嘴咬死獵物的獅子，誰膽敢靠近便會發難。

「來來來來，好心跟你介紹一下，這邊，麥卡倫、ＸＯ還有格蘭菲迪。」男子點了桌上三瓶尚未開封的酒，其餘的不是剩一半就是躺在地上，「能喝完這三瓶，之後你想怎樣都隨便你。」

男子說完往後一躺，大手一勾，把幾個靈魂早已迷茫的年輕女性攬入懷裡，她們的眼神中流露出藥物成癮獨有的瘋狂，早已喪失理智。林蒼璿沒吭聲，低頭又開始滑自己的手機，只是另外一隻手始終死死箍住齊劭的頸後。

齊劭躺在沙發上痛得哀號，無奈醉意濃厚，無法逃脫束縛，於是他開口求情：「周、周先生，您不要太爲難程瑜……學長，我求你，千萬不要讓程瑜喝這麼多，他的胃不好。」

齊劭的哀求聽起來不過是小動物般的撒嬌罷了，程瑜在心底鄙視自己，原來這一切只是別人用來打發時間的無聊遊戲，這場可笑的賭局彷彿嘲笑著他的愚蠢。

程瑜露出不屑的笑容，毫不猶豫地拿起麥卡倫，雙眼直視姓周的男子：「你他媽看清楚了。」他旋開瓶蓋，仰頭一灌。

麥卡倫酒精濃度高，程瑜卻像喝礦泉水一樣，眉也不皺地豪飲，麥色酒液沿著嘴角、脖頸染溼了胸口，讓齊劭都看傻了眼。幾秒過後齊劭突然回神，奮力地掙扎：「程瑜，不要！你不要喝這麼多！」

因爲工作的關係，齊劭常需要與具備社會地位的商人名流打交道，因此曾親眼見過某些紈褲子弟如何玩死可憐的男模。他們以玩笑當成包裝、以娛樂作爲藉口，強逼那名男模喝光一整瓶濃度極高的酒，弄得男模神智不清、出現急性酒精中毒的症狀，嘔吐、抽搐，最後昏迷送醫，然而仍回天乏術。

瓶內的酒液只剩三分之一，剩餘的全入了程瑜的口。

姓周的男子開心地拍手叫好，齊劭再度用力掙扎，卻依舊被壓制在沙發上。林蒼璿的手勁極大，彷彿恨不得把人釘在原處無法動彈，齊劭哭喊：「學長！拜託你阻止程瑜！拜託你！」

最後一滴酒進了程瑜口中，他一抹嘴，在周姓男子面前搖了搖空酒瓶，隨後直接狠狠摔碎在地。酒瓶像煙火開花似的砸個稀爛，往四周噴射玻璃碎渣，旁邊四名男女被碎玻璃波及，慘叫出聲。

酒精麻痺神經的速度沒有想像中的快，至少程瑜還能保持理智，他極其不屑地對著男子哼笑。

周姓男子立即停下鼓掌，面色陰鬱，從來沒有人敢在他面前如此挑釁。

程瑜垂著腦袋，輕蔑地說：「第二瓶，你他媽也給老子看清楚了。」他伸手拿起ＸＯ，拔開瓶蓋又是仰頭一灌。

齊劭早已泣不成聲，把臉埋在沙發不斷乞求身旁的人，而林蒼璿那張精緻的面容彷如裹了一層寒冰，毫無笑容，也不理會周遭的紛亂，自顧自地擺弄手機。

這時，包廂大門不合時宜地被打開，打擾了所有人的玩興。推門進來的白禮一見仰頭狂灌ＸＯ的程瑜，立即驚呼一聲，衝上前抓住酒瓶：「放手！不要喝了！你冷靜點！」

周姓男子兀自笑了起來，尖銳的笑聲刮擦著眾人的耳膜：「哈哈哈、哈哈哈哈哈！白禮你不要阻止他！你讓他喝，讓他去死！哈哈哈哈哈！」

白禮搶走程瑜手中的ＸＯ，程瑜最後一口酒還未嚥下，隨即吐在地面。白禮一手揪著程瑜的手臂，另一手指著周姓男子怒吼：「我操你媽的周宜川，你他媽的混帳！」

周宜川搖著酒杯，嫌惡地說：「白公子有何貴事駕臨貴寶地呢？只不過是玩個小朋友，何必傷了我們的和氣？」

白禮抓狂大吼：「我操你媽的，程瑜現在是我餐廳的主廚！誰准你動他的！」

酒精灼燒了程瑜的喉嚨，他雙腿一軟，猛咳不止，雖然神智清楚，卻發現自己的手已經不聽使喚地發抖。

周宜川雙手一攤：「你沒說過他是你的主廚啊，我又不知道。」

白禮把ＸＯ甩在地上，怒氣沖沖瞪著嘻皮笑臉的周宜川，接著掃視包廂中的每一個人。此刻齊劭察覺頸後的那股強勁束縛瞬間鬆開，於是急急起身連滾帶爬地來到程瑜身旁。

程瑜不住地咳，仍硬脾氣地說：「我他媽的不是你的……」

白禮快狠準地摀住程瑜那張嘴，他曉得程瑜接下來要說的話絕對會壞了他的事。齊劭被這一齣嚇得臉色蒼白，他想攙扶程瑜，卻被白禮一腳擋在旁邊。

手腳發軟的程瑜拚了命用單手揪住白禮的衣領，抵死不從，白禮猜不出他到底想幹麼，而齊劭可憐兮兮地攀著程瑜，不知何時也抓著白禮的手腕。

白禮鐵青著臉，看了看淚眼汪汪的齊劭，順帶不著痕跡地瞟了林蒼璿一眼。林蒼璿早已放下手機直視白禮，眼神冰寒。

周宜川興致缺缺地對白禮說：「都是你壞了我的樂趣，害我好無聊。」接著，他轉過身，「林蒼璿，你不是喜歡齊劭嗎？我看他也挺婊的，躺你的腿，愛的卻是別人的穴。」

林蒼璿悶不吭聲，臉色沉得如低氣壓的陰雨天，周身環繞著生人勿近的危險氣息。

周宜川知道林蒼璿心底不痛快，語調頓時愉悅了起來，連珠炮似的揶揄：「你瞧瞧，現在賭輸了吧，結果人家還藕斷絲連呢。我看你直接把齊劭睡了不是更快？都說小穴連到心，幹通了就是你的了。」旁邊的男男女女紛紛竊笑，周宜川說得更加不堪入耳，「來來來，小弟我替您準備一個包廂，讓你們兩個在樓上爽。」

程瑜又開始想掙脫白禮的箝制，一副要和滿嘴汙言穢語的周宜川對幹的樣子，氣急敗壞的白禮只得從後方猛力勾住他的脖頸，緊緊勒住這隻瘋狗的脖子。

從頭到尾，林蒼璿像個局外人一樣旁觀鬧劇，白禮眼角餘光一覷，就明白了這人正在氣頭上，也清楚了程瑜那死灰從未真正熄滅過的心態。

白禮瞇眼哼了聲：「要爽你自己去爽！程瑜我帶走了，齊劭你他媽的也給我滾出去。」語畢，對周宜川比了中指後，他揪住齊劭的衣領，頭也不回地帶著兩人走出包廂。

門外，方才與程瑜對話過的年輕酒保早已在門旁不知待命多久，一見白禮出來便迎上前。

白禮把齊劭推給年輕酒保，下達命令：「阿青，你把姓齊的攆走，順便麻煩你在樓上找個包廂，我讓程瑜先去把酒給吐一吐。對了，也跟那小子說一下房號。」

阿青點點頭，不願離去的齊劭被他的手臂勾住，連想對程瑜說句話都堵在阿青的掌中。

見齊劭被拖走，程瑜不安分地躁動，試圖甩開白禮。即使在酒精的影響之下，程瑜的力氣仍不算小，白禮有些抓不住，險些被突如其來的肘擊擊中下顎。

一股怒氣直沖腦門，白禮使出擅長的關節技從背後折起程瑜的左手，把人壓在冰冷的大理石牆上。程瑜拚死將痛號扼在喉頭，不斷頑強抵抗。白禮氣笑了，加強力道：「你媽的，看不出來你脾氣挺硬的，痛也不會叫！你他媽知不知道周宜川是誰啊！活膩了是吧！」

程瑜的腦海中迷迷糊糊浮現周宜川這三個字，接著想了起來。

向Hiver訂位的客人通常只會使用姓氏，所以李若蘭才不曉得是白觀森訂了位，只當是位姓白的路人甲。只有政商界隻手遮天的周家，尤其是小老婆所出的第三子周宜川例外。沐浴在周家光環下的周宜川，總是拿自己的名字當令牌，懼怕他父親周燮的人就會對他低頭，搖著尾巴討好他。

那天正是周宜川臨時訂位，李若蘭不得已只好取消當晚的所有預約。

白禮將一肚子的氣一股腦發洩出來：「你他媽還想當著周宜川的面說你不是我餐廳的主廚，趕著送死是不是？如果林蒼璿沒有找我來阻止你，即使你喝光那三瓶酒，也照樣會被他弄死！」

「看在我爸的面子上，周宜川至少還不敢動你。」見程瑜不再掙扎，白禮稍微放鬆了力度，「我說你啊，不都分手了還這麼好心，齊劭就這麼值得你把命玩掉？」

程瑜回過神，太陽穴上的青筋明顯浮起，只回了句：「滾！」

白禮哼了聲，抓著程瑜的後領將他拖行至走廊末端的男廁，邊走邊說：「小主廚乖乖聽哥的話，少管齊劭去哪裡騷，別這麼濫好人行不行？嘖，乖一點！你怎麼這麼凶呢？」

程瑜咬牙不願配合，卻發現自己根本無法掙脫束縛，白禮恐怕學過防身術，利用幾個關節與肌肉的特性就把他制伏得毫無反抗之力。

三樓極少閒雜人等駐足，偌大的男廁內空無一人，白禮強壓著程瑜的腦袋，逼他跪在馬桶前，胃部受到壓迫，酒液統統吐了出來。

方才喝下的昂貴威士忌全部即將獻給下水道，白禮還在一旁說風涼話：「嘖嘖嘖，喝這麼多，酒量好也不是這樣玩……你晚上沒吃飯嗎？怎麼吐出來的全是酒？」

烈酒逆流至喉頭並不好受，像熾焰一樣灼燒。白禮蹲在旁邊拍拍程瑜的背順氣，程瑜絲毫不領情，抬手便撥開那隻礙事的手，接著抱著馬桶繼續狂吐，吐得豆大的生理性淚水從眼角流出。

「狗咬呂洞賓，不識好人心。」白禮捣著被拍開的手，哼了聲，「你放心吧，我跟林蒼璿不一樣，我可是天地明鑑直到不能再直的直男，興趣是跟名模傳緋聞，還有做幾道菜哄我爸媽，對你沒有任何心理跟生理上的衝動……呃，唯一會讓我衝動就只有你的廚藝了，嘿嘿嘿。」

程瑜臉都黑了，腦子彷彿被核彈轟炸過疼得不得了，趁喘息的空檔忍不住說了句：「你……你眞的好吵……」

白禮深感認同地點頭：「你並不孤單，每個人都這麼說呢。」

老實說，白禮講了些什麼話程瑜根本聽不清楚，只覺得耳朵像塞了萬隻蜜蜂似的嗡嗡作響，擾得他腦袋快爆炸，深深盼望白禮能立刻閉上那張嘴。程瑜很清楚，直接乾掉一瓶以上的烈酒不是鬧著玩的，他胃部空絞而抽痛，氣喘吁吁跪伏在馬桶旁，一心只想趁酒精尚未作用把殘餘的酒液吐乾淨。

白禮看他停下來直喘氣，已經吐不出什麼來，於是掏出手機發了幾封訊息，接著單手捏住程瑜的雙頰，強迫他仰頭：「有沒有好點？咱們先離開這間鬼酒吧，我送你回家好不好？」

程瑜白著臉喘氣，說不出話，幾乎呈現虛脫狀態。白禮拍拍程瑜的臉頰，見他沒什麼反應，想想也差不多了，便押犯人似的強行架起程瑜來到洗手臺旁，想讓他洗把臉清醒清醒。

沒伺候過人的白公子粗手粗腳，毫不體貼，程瑜哪堪得住如此對待？他頭昏眼花，被輕輕一搖就好比經歷翻天覆地的大海嘯，人還沒走到洗手臺，瞬間又把胃部殘存的酒液獻給白禮的外衣。

昂貴的襯衫開了花，白禮天崩地裂般大喊：「媽的！我的衣服！毀了，全毀了！我等等還要去小麗奈的生日Party！這讓我怎麼見人啊！」

小麗奈一聽就是酒店小姐的花名，雖然白禮不拘小節，但要愛面子的他恥力全開帶著一身嘔吐物在美女面前晃，不如乾脆要了他的小命。他懊惱地拿出手機找救兵，朝電話那頭的人吼了半天，完全忽略洗手臺前的程瑜。

程瑜雙手撐著臺面，腦袋雖然昏沉，不過至少還有辦法勉強站穩。他注意到鏡中的自己，臉唇蒼白，雙眼充著一圈猩紅，衣服前襟染上酒液。他忍不住笑了起來，鏡子裡的那個人跟著笑了，一張悽慘無比的臉，難看至極。

他覺得好累，好想回家痛快睡一覺，如果可以的話，他還想順便痛揍齊劭兩拳。

沒多久，阿青推門而入，崩潰的白禮死活都要讓阿青替他準備一身新裝，更指名要某個名牌。阿青無可奈何，告訴白禮六樓有間包廂，今天剛好備著不用，要他先去那等候，於是兩人一左一右強迫程瑜洗臉，隨後把人帶往六樓的包廂。一路上，程瑜始終垂著頭，左搖右晃的，腦子的運轉能力大概僅剩百分之三，只有能講出自己名字的程度。

這間酒吧除了服務來此尋歡的平民百姓，地位更高的人若口袋夠深，就能直接到樓上開包廂爲所欲爲，想幹什麼都沒人管。六樓的包廂屬ＶＩＰ等級，各種設備及物品一應俱全，有沙發、舞臺、吧檯，更有仰躺十幾名成年人都沒問題的絲絨大床，與陽臺和露天泳池。

包廂內燈光微弱，昏眩得引人遐想。

白禮和阿青把程瑜放倒在床上，程瑜醉得無力動彈，眼神透著迷濛，平常像隻警戒性強的野犬誰都摸不得，現在倒有如乖巧順服的貓，無論白禮怎麼趁亂報復揉捏臉頰，都毫無反應。

白禮抬起程瑜的下巴，近距離地欣賞那張臉，挺帥的男人，深蹙的眉頭仍不減那份吸引人的危險性，應該頗受歡迎的，沒想到居然純情得只交過一個男朋友。

他還沒品頭論足完畢，阿青便拎著白少爺的黑卡出門買衣服了。白禮放開程瑜，嗅了嗅自己身上的氣味，決定先沖個澡再說，畢竟保持身體乾淨是尋花問柳時的基本禮貌，可不能讓小麗奈嫌棄他。

程瑜孤伶伶躺在大床上，彷若跌入無邊的大海四處漂蕩，意識僅剩指甲蓋那麼一丁點。他瞇起眼睛，莫名其妙思考起現在到底是幾點，空調溫度舒適宜人，他卻感覺口乾舌燥。

包廂門開了，但程瑜沒注意到，他還在胡思亂想。明天該不該去找邱泰湘吃晚餐？父親最近養了隻米克斯犬，鄉下人取名字的特點就是按花色命名，這隻狗也叫小黑，不知道新的小黑乖不乖？小黑……

當他注意到有人的時候，視野已經暗了下來，對方站在他的床鋪旁，擋住頭上昏黃的燈光。人影模糊不清，認不出是誰，可他沒有近視，想必是酒精搞的鬼。他聞到一股熟悉的香氣，是他最喜歡的雪松古龍水，雪松的氣味與體溫交融，像一邊呼吸著雪天裡山間的冷冽氣息，一邊幻想小木屋內柴火燃燒的沉雋香氣。

程瑜後知後覺地發現對方撫上了他的頸項，用拇指慢慢地摩挲耳後。他不喜歡與陌生人太過親近，更討厭肢體接觸，然而此時此刻，他卻覺得那手掌充滿溫暖，好似帶著熱焰一般輕輕撫慰，彷彿連心臟也感染了這股熱意，隨之鼓譟。

程瑜不自覺地哼了聲，其實他有點怕癢。

對方頓了一下，不過這一停頓並沒有太久，那隻手很快越發不安分地往他的領口鑽去。程瑜感受到頸邊噴著沉重的呼吸，對方傾下腦袋黏膩地細細嗅聞他，猶如在品嘗方才沿著下頷淌流的威士忌酒香。

雪松的味道更加明顯，侵略性地包圍住他，入侵他的思緒，在香氣的誘惑下肉體也隨之顫慄。

另一隻手掠過腰際輕輕爬入他的衣內，指尖一路順著腹肌往上撫摸。程瑜的腦袋逐漸發燙，他壓著那隻探入衣內胡來的手，卻像欲拒還迎，抵抗絲毫不起作用，T恤早就被掀起，露出緊實的腹肌。

灼熱的肌膚比平常更加敏感，頸邊的呼吸搔著心尖，程瑜偏頭閃躲，嘴上無意識地求饒，反而像是鼓勵，致使對方的動作越發大膽。呼息逐漸變成啄吻，點點落在唇邊、下巴、喉結、鎖骨，對方的嘴唇軟而嫩，偶爾情色地伸出舌尖輕舔。那人隔著衣物舔溼胸前敏感的紅點，程瑜哪堪得了這般折磨，舒服的呻吟忍不住逸出口。

他開始感到不對勁，危機意識總算被喚回。理智恢復以後，程瑜的脾氣跟著來了，他驚覺自己根本不曉得對方是誰，頓時以蠻力頑強地抵抗伏在身上的人，一副要拚個你死我活的樣子。

由於逆著光，再加上光線實在微弱，離真正清醒有一段距離的程瑜看不清對方的臉。大概是酒精作祟，也或許是對方在肉搏上高出一籌，那人只是輕輕轉個手腕，程瑜的雙手便被壓制在頭頂上方。

「放開！」程瑜一吼，踢腳想把對方踹下床，對方卻一扭身輕鬆分開他的大腿，憑著伏身的先機介入他的雙腿之間。雙腿一分開，腿間巍峨的東西就隔著褲襠撐起，不聽使喚地精神起來，硬得發痛。

程瑜全身的血液都往臉上衝，臉龐有如熟透的番茄，紅得能滴出血。他羞得無地自容，眼眶一痠，差點逼出眼淚。

「蒼、蒼璿，那個，我還在這裡唷。」

白禮的髮梢滴著水，上半身沒穿任何衣物，露出精壯的肌肉，下半身僅圍著一條毛巾。他在旁邊偷瞧了一小段時間，發覺劇情越走越歪，不得已只好出聲破壞林蒼璿的興致。

聲音打碎香豔旖旎，也打醒了理智。

林蒼璿放開手，緩緩起身，像頭吃不到肉的公獅狠瞪不識相的白禮，眼眶慾求不滿地發紅。程瑜隨即埋進自己的臂膀內，瞬間失去了反抗意識，蜷曲起身體遮擋住自己最不堪的地方，渾身顫抖著低咽。他根本不喜歡陌生人的觸碰，雖然生理反應情有可原，可是他討厭自己沉浸在這種無端的快感當中。

林蒼璿未發一語，拉過旁邊的絲絨被把程瑜掩成了大繭。白禮害怕地吞了口唾沫，指指前方的客廳區，留下獨自啜泣懊悔不已的程瑜。

在客廳對坐的兩人之間氣氛無比尷尬，白禮差點看了場活春宮，而林蒼璿不巧一點也不想被打擾，兩人都悶不吭聲。

白禮心想，拯救了程主廚的貞操不曉得能不能討點分數，又瞧瞧林蒼璿黑了的臉，只覺不妙，直到阿青拎著一袋新衣進門才打破僵局。體貼的阿青也順手替程瑜買了套衣服與解酒液，反正是白少爺的寶貝主廚，白禮不會說什麼。

白禮當著兩人的面窸窸窣窣換上衣服，也不怕露屁股給人觀賞，不過林蒼璿一點也不想看，一臉「看了傷眼」的表情，嫌惡地轉過頭去。

林蒼璿盯著阿青伺候程瑜喝光解酒液：「酒吐光了沒有？」

「一滴不剩，最後的都在我身上了。」白禮邊穿衣服邊問，「平常不是挺謹慎的，今天怎麼會落在周宜川手上了？」

林蒼璿悶聲說：「只要是我感興趣的東西，周宜川都有興趣。」

白禮套上褲子：「乾脆你把姓齊的打包賣給周宜川好了，讓他吃乾抹淨，最好連骨頭都不剩！省得麻煩事一堆。」

「在公事上我不能讓齊劭出事，他出事就是我的公司吃虧，我也很爲難。」林蒼璿揉著額角，似乎有點受不了。

「周宜川那什麼人，齊劭怎敢跟他扯在一塊？是不要命了？」

「周燮是我最大的合作對象兼投資人，陪他的兒子玩遊戲是我的職責之一，不過齊劭跟他搭上是我失算了。」

白禮撈出紙袋內的襯衫：「那程瑜又是怎麼回事？不要跟我說周宜川也想跟我搶主廚。」

林蒼璿輕哼一聲，露出了笑容。

依照白禮多年來對林蒼璿的認識，林蒼璿很常在被惹毛時露出令人毛骨悚然的微笑，這種微笑並非出自善意，而是恨不得把敵人踩死在腳下的冷笑。

「齊劭跟周宜川打賭，一共發了兩封訊息，一封給我，一封給程瑜，內容都是要人來接他。」林蒼璿似笑非笑，「結果，程瑜也來了。」

白禮瞪大眼睛。

今晚的劇本連林蒼璿都料不到，周宜川是有目的地接觸齊劭，可齊劭這白痴渾然不知周宜川的可怕，天真地以爲周大少爺對他有興趣，紆尊降貴親自陪他玩。

當然，他們的賭注內容就是想看林蒼璿的反應，看他是否會因爲齊劭的前男友大發醋勁。

「我操他媽的，嘴巴吃一個，手裡還要抓另一個，齊劭這麼貪心會有報應的。」

白禮套好襯衫，「好險你有叫阿青向我通報，眞有你的，能算到這一步，英雄救美說不定能博得一點主廚的歡心呢。」

「我的職責是陪玩，順便探探情報，破壞少爺的玩興是下屬最大的禁忌。」林蒼璿撐著下巴，淡淡一笑，「主廚斬不斷前緣反被推入火坑，白氏企業二代的白公子剛好經過，路見不平拯救帥哥，這情節安排得還恰當吧？」

白禮停下動作，像是想通了一道擺在眼前卻被忽略的關鍵，繼而吐出一口惡氣：「好吧，我懂了，讓程瑜認清事實也是件好事。」

阿青回來，熟練地替兩人備妥香菸，燈影下的林蒼璿透著一絲涼薄，冷笑了聲：「放心吧，即便你來不及，我也有辦法解決。」

「你不要出手比較好，拜託，我還怕你打死周宜川結果吃官司呢。」白禮一陣惡寒，接著低聲問，「這麼做就篤定小主廚能忘得了齊劭？」

「我很了解他。」林蒼璿攪著阿青方才遞上的蜂蜜水，「可能比齊劭還了解。」

白禮才不敢開口問林蒼璿是用什麼手段獲知情報，他心想，這輩子最不能得罪的就是這種滿腹心機的boy，幸虧自家公司股票林蒼璿也有一份，他爸爸老白又待林蒼璿不薄，不用怕被搞垮。

白禮陰惻惻地說：「那你倒是教教我該怎麼拿下程瑜，老白還不知道他不想來Bachique當主廚呢。」

林蒼璿挑眉，悠悠說：「這個人吃軟不吃硬。」

程瑜覺得自己彷彿飄在雲端，前方踏著夕陽餘暉而來的，是他養了十幾年的小黑，養得毛色油亮健康，熱情地舔著他的臉。

高中時期的他比現在更加沉默寡言，渾身充斥戾氣，彷彿隨時會拚命把人給宰了。他與父母相處不睦，一言不合便與脾氣火爆的父親拳腳相向，更和兩位妹妹無話可說，他是這個家最扎眼的那根刺頭，叛逆得像隻流落街頭的野狗。

那時候程瑜在懵懂之初驚覺自身性向，無處可宣洩自己的焦躁，只能緊緊壓抑在心頭。

有天，程瑜再度與父親大吵，他怒斥自己的父親是失敗的男人，叫父親去死，不要拖累家人。客廳內，母親不斷啜泣，而父親也咆哮著要他這個不孝孽子去死。

他想，對，他就是個孽障，這輩子注定沒辦法跟女人結合，注定無法組成一個完整的家庭，讓家人失望。

他穿著制服一個人跑了出去，赤腳遊蕩在夜晚的農田。他用制服的袖子緊壓額上被玻璃瓶砸出來的傷，血液染糊了前襟，像一朵又紅又豔如火灼燒的狂花。他父親下手總是狠毒，有時候程瑜會想，自己哪天被那個男人親手殺死也不意外。

他父親在生意失敗後，便一蹶不振，整日借酒澆愁、自怨自艾，早年有多意氣風發，如今就有多悽慘落魄。去年房市正好，父親把市區的房子賣掉還債，隨即舉家搬回鄉下的老宅居住，以酒精麻痺自我度日，而母親只能靠著女性普遍具備的毅力，獨自扶養三名孩子。

稍早回家看見母親臉上那片瘀青時，程瑜再也克制不住自己的情緒，衝去廚房拿出了鋒利的菜刀。他計劃著乾脆一刀捅穿混帳父親的肚子，讓那傢伙不得好死，再去自首，或者自裁結束這條造孽的命。可是，母親卻橫身擋在他面前，跪求他放過父親。

當下程瑜只覺得，爲什麼這個家庭這麼可悲？

於是父親一個酒瓶砸下來，程瑜眼前便開出一朵又一朵鮮豔的血花，染紅了視野，地板上星星點點全是他的血。母親的尖叫聲，和妹妹們的哭泣聲，構成那個仲夏夜最鮮明的記憶。

腳下柔軟的泥土帶著夏日特有的溫度，程瑜喘了口氣，用手背抹了抹模糊的雙眼。他自嘲地想，要是這時候遇到巡田的村民，八成會以爲他是地獄來的討命厲鬼。

他聽到一陣鈴聲，遠遠的歡快地叮噹響。小黑活潑地從遠處奔來，平常繫在圍欄上的狗繩不知爲何被解開了，像風箏的線，隨著四足飛奔而甩在後頭。小黑一跑過來立即繞著他轉圈，以爲自己的主人要帶牠去散步了，雀躍不已。

小黑從不嫌棄他，無論程瑜再如何威嚇怒罵，親人的小狗也只會搖搖尾巴當成主人在玩笑，親暱地舔著他的手、扒著他腳邊的泥土。

程瑜蹲下來，小黑舔著他滿臉的血，像是察覺主人的痛楚，發出了悲鳴。

他緩緩摟住小黑溫暖柔軟的身軀，順著頭頂與頸項烏黑油亮的軟毛，這是他唯一的救贖——

林蒼璿雙手環抱程瑜，僅用拇指與食指捏著鑰匙，準備開門。

他沒想到，睡懵的人還能迴光返照，十指突然插在他腦後髮間不斷地揉，把俊帥的髮型都揉亂成狗毛了。

程瑜靠在林蒼璿身上，嘴裡夢囈著些什麼，有點聽不清楚，還輕笑了聲，憐愛地繼續摸著林蒼璿柔軟的頭髮。

夢遊沒得救，林蒼璿暫時不理他，摸索一番總算打開門。走進玄關的瞬間，他先深吸一口氣，發現主廚今晚大概沒做飯，整間房內只有令人興奮的單身男子氣味。

林蒼璿踢掉自己的鞋，沒開燈，靠著窗外透入的一點路燈光線摸黑前行，程瑜家的皮革沙發小得可憐，林蒼璿把程瑜放倒在沙發上，整張沙發就被占滿，雙腿只能勉強掛在扶手上。

林蒼璿想起身幫程瑜脫掉鞋子，沒想到程瑜的雙臂依舊緊緊纏住他。

手指輕輕揉著頭皮與後頸，林蒼璿感覺這種摸法頗具深意，差點被摸硬了。他拉開程瑜的手，對方沉穩而規律的呼吸說明人還在睡夢中，微張的唇閃著一層潤澤，像是歡迎的信號。

林蒼璿笑了下，心想，睡得這麼甜，怎能這麼可愛？

他低下頭，唇瓣輕輕貼著程瑜的額頭，一點一點地緩慢印上。

程瑜只覺夢中的小黑好纏人，一下子舔他的下巴，一下子咬他的脖子，越發不乖巧。程瑜下了幾個指令，小黑先是乖乖照做，接著用溼潤的鼻尖輕碰他的臉，又開始舔他的脖子，朝他的胸口撓爪子，當他想發怒的時候，便埋入他的懷裡嗚嗚撒嬌。

程瑜束手無策，正考慮著要不要帶著狗一起離家出走時，遠遠地卻瞧見兩個矮小的身影，哭得驚天地泣鬼神，把田邊的夜鷺都給哭跑了。

那兩個身影一看見他就跑過來抱住他的腰，是他的兩個妹妹。

她們一個國中，一個才國小，身上制服還沒換掉，哭得眼皮都腫了，兩人受不了家中沉重的氣氛，於是壓抑著對黑夜的恐懼，出門找哥哥。可是她們找不到哥哥，結果只好放手一搏，解開小黑的狗繩，賭小黑會找到哥哥。

程瑜的臉黑了，他拿這兩個哭得慘烈的天真妹妹沒辦法，只好一手牽一個，讓大的牽著小黑，沿著田埂慢慢走回家去。

小妹一邊走一邊抽噎，問哥哥傷口怎麼辦，會不會痛？程瑜沒回答，小妹也不敢繼續問。大妹比較傻，又愛撒嬌，只是一邊擦淚一邊喊腳痛想回家。

晚風吹拂，稻穗搖曳，沿途夏蟲唧唧，螢火點點，程瑜牽著兩個妹妹的手，暖和了冰冷的心。他是哥哥，也是長子，父親沒用，至少母親和妹妹們還得有個依靠。

回到家，父親早就睡了，母親想帶他去醫院被他一口拒絕，便睜著紅腫的雙眼，拿著藥箱靜靜站在浴室邊。程瑜正眼也不瞧，胡亂洗把臉將結塊的血洗掉，頂著頭上赤彤彤的血口。兩個妹妹洗完澡，他馬上斥喝她們去睡覺。

他不想與母親多談，藉故去外面餵小黑，遠離他心中最大的不捨。小黑的眼神發亮，程瑜蹲下來摸摸牠的腦袋，又緊緊抱住牠。

他絕望地想，如果自己是個同性戀，媽媽跟妹妹們會不會對他失望？

小黑陪著程瑜，用爪子扒扒他的膝頭，哀傷似的發出悲鳴——

林蒼璿跪在沙發上像洩了氣，整個人都軟了，莫可奈何地嘆了口氣。

「不是說喝醉只會睡嗎？怎麼還哭呢？」他把臉靠在程瑜的頸窩，輕聲埋怨，「你要我怎麼辦呢？」

他依然趴在程瑜身上，怕驚擾了熟睡中的人，只得任由程瑜緊緊抱著。林蒼璿閉上眼，嗅到程瑜散發出的菸草氣息，在黑暗中像勾人的迷香，誘人沉淪。撐在兩側的手緩緩擁抱住溫熱的身體，程瑜微弱的泣音一點一滴打碎了他的心。

「你為什麼要哭呢？」沒人能回答林蒼璿的問題，話音迴盪在安靜的室內。

林蒼璿心情有點不好，他動了動嘴，一句愧疚的「對不起」卻無法說出口。

這張沙發太小，塞兩個男人實在有點擠，林蒼璿半個身子懸得腰痠，趴了一會兒才戀戀不捨起來。

程瑜蹙著眉頭，窗外路燈的微光反射出他臉頰旁的淚痕，上衣皺了，一角撩起至胸口，好一幅衣衫不整熟睡美男圖。

林蒼璿的心臟重跳一拍，他認為有必要執行一件重要的任務——替程瑜換衣服，換好衣服才好睡覺。

林蒼璿先乖乖地幫程瑜脫鞋，把鞋子放進鞋櫃後，又回到程瑜身旁看看人有沒有醒。程瑜酒量不差，喝多了頂多是睡，完全是挺屍的典範。林蒼璿有點不信邪，這熟睡程度超乎他的想像，他又湊近程瑜的臉龐，盯著長而濃密的睫毛，莫名地猜測起睫毛有幾公分長。

手機震動的聲音微弱傳來，林蒼璿以為是自己的，在身上摸索半天，才發現是程瑜的手機正盡職地提醒著有來電。

而那支手機墊在程瑜臀後的口袋。

林蒼璿替自己找了個完美且無法推託的藉口，毫不猶豫地往牛仔褲的口袋摸去。他可是從方才就很紳士地碰都沒碰過，連嘴都不敢親！畢竟自己若起火了，那可就不好玩了。

程瑜嗚了聲，稍稍掙扎，林蒼璿馬上安分了，只輕輕地抱起人，扒出手機。螢幕亮光略顯刺眼，林蒼璿瞇起眼，上頭來電顯示為齊劭。

他想也不想直接切掉，把手機扔在桌上。眼下換衣服睡覺比較重要，他沒時間讓混帳打擾他的興致。

林蒼璿讓程瑜的手環住他的脖子，正想把人抱起來，桌上的手機又開始震動，摩擦到桌面發出極大的噪音。林蒼璿嚇了一跳，不耐煩地選擇關機，再回頭看看程瑜，程瑜仍安然熟睡，絲毫不爲所動。林蒼璿大感佩服，恐怕即使隔壁失火了，程瑜也能繼續睡吧？他都有點懷疑威士忌裡頭是不是下了點藥了。

這間小套房共兩房兩廳兩衛浴，林蒼璿毫不費力地找到主人的寢室。

林蒼璿嘖嘖兩聲，自言自語：「程瑜是不是有潔癖呀？」

他先把程瑜放倒在床沿，被褥摺疊得整整齊齊，散發著陽光的氣味，令林蒼璿忍不住把臉埋在被裡嗅了嗅。但想起正經事，林蒼璿又趕緊替程瑜脫下襪子、外套，拉起整件上衣。

麥色的肌膚、結實的肉體，前額的髮絲落下，遮住了程瑜的眉眼，只露出高挺鼻梁與紅潤性感的唇。

林蒼璿有點後悔。

鬧過頭了，這下眞他媽過頭了。

Chapter 11

林蒼璿跪在床邊，陷入天人交戰。

趁人之危非君子，不過剛才都親過好幾口了，不差這一兩下。不不不，要是收不了手……

房內沒有空調，彷彿感受到秋末的微冷，程瑜哼哼地翻了個身，順手勾住旁邊的被子往懷裡抱，露出漂亮的背脊和側邊腰線，不知何時扯開的褲頭半露不露地探出一截深色底褲，正巧對上林蒼璿的視線。

林蒼璿感覺自己的所有血液迅速往某處集中，呼吸略顯困難，像餓昏頭的狼聞著肉就香，不知不覺便輕手輕腳摸上床，呼出的氣息熱成了火。

他在心裡面不斷告誡自己：就一下下，不能超過。程瑜，讓我親一下下，一下下就好。

這個想法十分危險，畢竟惡魔最喜歡考驗人的意志力。有多少墜入地獄的人後悔當初高估了自己的理性？不過當然，也有人心甘情願地爲了享受那一刻的極樂而墮落。

清晨三點，外頭靜謐無聲，彷彿全世界皆跟著程瑜一起陷入沉睡，只剩下林蒼璿如擂鼓的心跳，連他自己都聽得見。

他盯著程瑜光滑的背，掌心沿著腰線往上，緩緩摩挲。程瑜不像林蒼璿以往碰過的那些柔弱玩物，身軀充滿了雄性剛勁的美感，麥色肌膚下藏著強而有力的脈動，豹子般勻稱且充滿爆發力的肌肉，光是撫摸就能帶來極大的快感。

程瑜似乎被他弄癢了，翻了過來，林蒼璿內心直放煙火，毫不費力便得到他最想要的戰略姿勢，正面才能看清楚充滿情慾的臉，正適合現在。

黑暗中，肩頸的線條覆著一層絲綢般的微光，胸肌隨著呼吸規律起伏，胸前的乳尖因略低的氣溫而挺立。向下順著腹肌一路往隱密而不可言喻的地方去，隱約可見覆蓋著一層薄薄布料的貴重寶物，林蒼璿愣了下，臉上轟地燙紅了。

身經百戰的他此刻竟不知該如何下手，他一向將床上的主導權掌握得很好，這是他第一次覺得自己這麼孬，方才還在沙發那又摸又抱地疼愛，如今上了床卻臨陣縮了手腳。

他有如初嚐禁果的青澀少年，抑或是虔誠的信徒，膜拜著美麗得不可褻瀆的救贖，僅僅用目光描繪著這具身軀的輪廓，迷戀得不敢觸碰。

收斂起半開玩笑的心態後，理智一直叫囂著要他必須停下來，因爲萬一一口咬下，他肯定控制不了自己。他像在挑戰難關似的，對前方的未知感到恐慌，卻無法克制地想深入迷亂之中，想一頭栽入慾望漩渦裡頭，不顧一切地順從渴求。

他糾結得頭都痛了，至於是哪個頭就不說了。

程瑜沉沉地浸淫在夢中，身體卻彷彿感應到林蒼璿被苦惱燒得焦頭爛額，反射性勾著林蒼璿的脖子往自己懷裡帶，嘴上喃喃了些聽不清楚的話，並順便拍拍對方的腦袋。突如其來的驚喜讓林蒼璿嗚了聲，感覺下身勒得更疼，直接把臉埋在程瑜的頸肩處討安慰。

林蒼璿整個人趴在程瑜身上，僅僅用手肘撐出一點距離，程瑜的手臂圈住他的身體，臉頰還蹭蹭胸口，試圖找個舒服的姿勢繼續睡。他吞了口水，這一切都太犯規了。裁判，哪有人闖進禁區不射門的？更何況守門員都睡死了！

其實林蒼璿還是殘存了些理智，差不多跟頭髮一樣細細連接著他的腦袋。他很清楚自己假若啃下去，明天一早，不，不用說明天，這輩子程瑜都不會正眼瞧他。

不、不然，親一下就好……林蒼璿心裡另外一道聲音卻試圖斬斷勉強維繫的自制力，咆哮著程瑜醒來一定不會知道，他一定能掩飾得很好！

天使與惡魔在林蒼璿的頭頂吵得不可開交，他突然有點無力，洩氣似的緊緊回抱住程瑜。他們兩個就像情侶一樣擁抱著彼此，用體溫傳達親暱。

床不大，塞上兩個男人勉強還行，雖然不怎麼軟。林蒼璿放鬆下來，把整個身子壓在程瑜身上，雖然他看起來有些弱不禁風——這些年工作忙得日夜顛倒，飲食不正常，的確瘦了不少——該有的肌肉還是有，身高夠高的人，即使瘦了些，體重依然頗沉。

彈簧床繃出了點聲音，聽見程瑜哼了聲，林蒼璿慢慢地吻了他的臉頰。

程瑜偶爾會彷彿清醒了一兩秒，猶如安慰孩子一樣順著林蒼璿的背，回吻臉頰，林蒼璿一時間不可置信，好似被從天而降的大禮砸個腦袋稀巴爛。

程瑜吻著林蒼璿的臉龐，一點一點地琢磨肌膚的溫度，手也自然而然地回擁。林蒼璿連呼吸都忘了，他曉得自己的臉很燙，也許燒紅了唇色與眼眶，他從沒有體會過這種只爲了一個人心動雀躍的感覺。

好希望這一刻能永遠持續，就只有他跟他。

年紀也老大不小了，他居然還像個初戀的少年，內心狂躁卻手足無措。

程瑜的唇軟潤，和他日思夜想的一樣，平常看起來不可侵犯，吻人的時候卻很性感。林蒼璿輕輕扣住程瑜的下巴品嘗他的唇，氣息交纏，比任何催情的香氣更具效用，林蒼璿控制不住自己，直接捏著程瑜的臉頰強迫對方張嘴，纏上那香甜的軟舌。

不知道是不是他的錯覺，室內十分燥熱，威士忌的味道在嘴裡蔓延，混雜著菸草的氣味。

程瑜抽的菸是CASTER 5，很適合他，渾厚雋永，又意外有股奶油的甜膩。這個男人外表剛硬冰冷，心房似乎築著一道牆，不近人情，但其實是天底下最溫柔的人。林蒼璿從沒碰過這樣一個男人，溫暖、細心，總是在意想不到的地方烙下體貼。他怎麼可能捨得放手？這樣的人怎麼可能捨得放手？

程瑜的掌心帶著一層薄繭，順著林蒼璿的腰撫上了脊背。林蒼璿昂起身子想看清楚他的臉，兩人下身緊密貼合，可以感受到彼此熱情昂揚的地方。微光中程瑜睜著迷離的眼，半夢半醒間突然輕笑一下。

聲音慵懶而沙啞，充滿成熟男性的魅力。

程瑜吐著溫熱的呼吸，像個小鉤子把林蒼璿的心懸在尖上。林蒼璿低頭，試探地舔咬程瑜的頸肩，手指緩緩揉捏乳尖，想讓對方更舒服。程瑜開始低喘，欲拒還迎地輕推，卻挺著腰用下身貼著林蒼璿的胯骨，無意識地小幅度抽送，尋求更多慰藉。

下體傳來陣陣快感，男人都是禁不起撩撥的，林蒼璿的理智全數被擊潰。

他喊著程瑜，把這個名字當成浮木，一聲一聲地喚，痛苦又熱切，可惜救不回自己的沉淪。他的動作越發大膽，一路往下舔吻，以舌尖挑逗程瑜胸前的敏感，令程瑜情不自禁地喘息，難耐的呻吟更加誘人。

林蒼璿放縱自己，程瑜扭著身體，似是抗拒，然而雙手又緊緊扣著他的背，勃發的性器貼在一起，隔著布料都能感受到那股燙熱。

程瑜數度粗喘，從唇齒逸出的呻吟融化兩人的理智，程瑜被折磨到舒服得想哭，忍不住喊了一句：「齊劭……」

這句話如同一盆冷水當頭澆下，把林蒼璿全身給澆涼了，比強效鎮定劑更有用。手因發冷而不自覺抖著，林蒼璿的興致蕩然無存，甚至有點想笑。

自己到底在搞什麼？

林蒼璿靠著程瑜的枕頭，熱血逐漸退卻。今天晚上，程瑜從頭到尾都不知道身旁的人是誰，根本不知道。

林蒼璿雖然感覺可笑，卻一點也笑不出來。

他冷靜下來，輕輕在程瑜耳邊糾正：「你喊錯人了，記著，我是林蒼璿。」

天才濛濛亮，窗簾透出金色微光，程瑜睜開眼睛的時候，覺得自己彷彿一夜未眠，眼睛痠得睜不開，骨頭像散架了一樣，渾身痠痛。

他伸手往床頭一摸，平常放在固定位置的手機不在崗位上，他怎樣也回想不起手機去哪了。他只想起昨晚夢見年少輕狂的他差點鬧出家庭悲劇，還夢見小黑跟他去散步，這條狗一點都不乖巧，不僅虎撲在他身上，放開狗繩後還跑得沒影。

夢中他一直追在小黑後面，只想把狗繩扯回來，好累的一個夢。

程瑜有低血壓，起床後通常不會太快清醒，曾經好幾次把薄荷牙膏當洗面乳，換來雙眼暫時俱瞎的慘痛下場，以及腦袋瞬間清晰的良好副作用。

起身靠在枕上，大概是宿醉，他有些頭昏，一時半刻沒辦法站起。被子滑過胸口的觸感異於平常，他低頭一看，腦袋突然有個疑問。

爲什麼會沒穿衣服睡覺？

他掀開被子一角，喔，還穿著底褲。習慣良好的程瑜平時都會換上睡衣，因此不明白自己怎麼破了例。在腦子一片空白的狀況下，他給自己找了個解釋，昨晚多半是太累了，髒衣服脫了來不及換，只好穿著底褲睡覺……所幸沒有著涼。

他抓過床頭的時鐘，清晨六點，比慣例起床的時間晚了一小時，最近不用上班，是越來越頹廢了。他迅速起身，沒想到平衡感尚未歸位，雙腿一軟，膝頭往地板狠撞，痛得他差點嚎出聲。

程瑜四肢著地，嘶嘶抽著涼氣，全身上下的痠痛一湧而上。昨天到底幹什麼去了？

幸虧這間小公寓不大，且主臥附衛浴，他用匍匐的方式朝近在咫尺的浴室前進，沒兩下就到了門邊。浴室乾溼分離，髒衣籃內是他昨晚的衣服，他沒想太多，然而打開浴室門的瞬間，他霍然察覺有些怪異，卻又說不上來哪裡不對。

程瑜靠著淋浴間的拉門爬起身。

奇怪，太奇怪了，爲什麼理應乾爽潔淨的淋浴間，此刻水氣未散，還有些溫熱氤氳，像是有人剛剛使用過？

他臉都綠了。

不妙，不太妙。

冷汗從眉間流下，程瑜心中警鈴大作，認爲自己有必要趕快想起昨晚究竟做了什麼。他慌張地起身想洗把臉，讓自己清醒清醒，手搭著洗臉臺一抬頭，卻差點嚇得魂都飛了。

大量的點點紅痕散布在他的脖子與胸口之間，如盛放的花田，他還很白痴地心想，這不會是過敏發作吧——

怎麼可能！他媽的自己都想吐槽自己！這明明就是吻痕！操！

鏡中的他一頭亂髮，嘴唇比平常腫，除了吻痕，肩膀甚至有咬痕，只有臉色煞白如槁木死灰，程瑜嚇得都抖起來了。將近三十年的清譽就這麼毀於一旦了！

他跪下來，抱頭努力回想，腦海裡閃過秋香不斷蠕動的紅唇、Diana高衩裙下若隱若現的長腿……接下來是齊劭那王八笑容滿面躺在林蒼璿的腿上、周宜川的笑聲、高檔威士忌的酒味、林蒼璿冰冷的眼神跟……白禮！

程瑜簡直要崩潰了。怎麼是白禮！

等、等等，不對。瀕臨崩潰邊緣的程瑜把理智拉回了一點點，白禮怎麼可能知道他家在哪？根據上次的驚魂，他醒來應該要一樣在白禮的家才對。

即使心中有諸多跑馬燈狂奔，程瑜仍是勉強把自己的智商略略往上提，絞盡腦汁不斷地思考遺漏了哪些線索。

昨晚除了白禮以外——難不成是齊劭？

這個可能性高了些，也很合情合理。

程瑜慢慢冷靜下來，但依舊不爭氣地抖著手，好不容易擠出一點牙膏——雖然差點擠成洗面乳——慌忙就往嘴裡塞，拚命地刷。

他一邊刷牙，心頭一邊越來越沉重，內心死不想承認，腦海裡的線上小客服卻叮叮地不斷提醒，訊息一條一條彈幕似的占據了他的思緒，令他眼前發黑。

因爲他身上……什麼痛啦、不舒服啦、火辣辣地疼啦之類的感覺都沒有，可依照這些日子以來他對齊劭的認識，齊劭絕對不會是躺在下面任他胡來的人……

腦中太過理智的分析所帶來的折磨幾乎快逼瘋他，程瑜心煩意亂地漱口，把所有泡沫連同崩潰一起吐掉。

他喘了下，低頭用冰冷的水沖臉，眉睫的水珠弄得他視線模糊，抬起頭用毛巾擦臉的瞬間，他不經意地瞟到一旁的垃圾桶——裡面乖乖巧巧躺著三個用過的保險套，並貼心又熟練地紮了個結，防止外漏。

「我靠——」

程瑜崩潰大吼，差點把漱口水喝下去。

三個？有沒有搞錯？程瑜心想，自己何時興致這麼好了？

等等，現在不是誇獎自己的時候。他驚恐地盯著旁邊蒸著熱氣的淋浴間，滿地的水跡……程瑜立刻拔足狂奔，一路跌跌撞撞往客廳去。

客廳沒人，整齊乾淨得體現出主人一絲不苟的精神，程瑜拎了件外套便往外頭跑，也不管自己有沒有穿著上衣跟褲子。他衝出家門，掛在欄杆從四樓往下望，這個住宅區生活機能好、居民單純，住久了連隔壁街的居民有誰都能摸得一清二楚。

清晨六點的街仍殘存著睡意，只有樓下賣油條豆漿的小販活力十足地吆喝著，程瑜四下張望，沒看見什麼形跡可疑的人，或是從沒見過的車。

他倚著欄杆摀著腦袋，昨晚的記憶一團亂，程瑜只想咆哮。怎麼會這樣？昨天晚上到底是誰——

直到隔壁鄰居打開屋門，才把他從罪惡感中拉回來。老太太正準備出門買菜，門一開直接與程瑜打了照面，一早就有香豔鮮肉可以看，老太太自然笑得闔不攏嘴，還問他最近有沒有空，多來坐坐，來喝她孫子的滿月酒。

程瑜滿臉尷尬地打聲招呼，扯緊外套掩蓋惱人的紅痕，連忙躲回家去。

驚魂未定的他返家後第一件事，便是打開冰箱門，看看乾淨齊全的生鮮食材，這才稍微穩下心魂。他在坪數不大的廚房與客廳逡巡一圈，檢查是否有蛛絲馬跡，這才發現自己早已沒電的手機躺在客廳桌上。

程瑜想也沒想地拿起手機，一張紙片隨之幽幽飄下，落到地板上。

紙片看得出是從他家日曆撕下的一角，上面以蒼勁筆跡寫著幾個大字：「謝謝招待，愛你。」

還在旁邊畫了顆騷氣十足的愛心。

靠北！我他媽招待了什麼鬼？程瑜瞬間崩潰得不能再崩潰，直接跪在地上怒吼。他有必要！一定要！找出到底是誰！

程瑜逼迫自己回想昨天後來的記憶。昨晚他真的太醉，連膽汁都快吐出來了，腦袋裡面全是齊劭那王八的臉，後悔自己沒賞對方一拳。

場景轉到酒吧的洗手間，他只記得白禮聒噪地說著話，吵得他耳膜痛，說什麼……直男……緋聞？這兩個詞彙搭在一起，聽起來就很糟糕，程瑜頭疼地放棄思考。白禮跟一名青年……叫什麼來著？該不會是那個年輕酒保？

他最後的印象，是昏黃燈光與雪松氣味。

身爲廚師，長年累月的經驗令他的五感練就出極高的敏銳度，凡是嚐過的滋味、聞過的香氣，都會深深烙印在腦海。程瑜總覺得雪松香氣特別熟悉，似乎曾在哪聞過。

不對，這不是重點，重點是，他們是怎麼把他送回家的？誰告訴他們地址的？知道他住哪裡的只有齊劭跟……林蒼璿？

林蒼璿？

程瑜的腦中浮現大大的問號，馬上自己打了個叉。是齊劭的可能早已被推翻了，而林蒼璿昨夜的眼神像要將他千刀萬剮，沒趁機把他丟棄在無人山區就已經是萬幸了，還奢望姓林的送他回家？

難不成是那名青年？是不是白禮從林蒼璿口中問到地址，再請那名青年送他回來？程瑜的腦袋快爆炸了，他越想越焦慮，事情總有個源頭，而所有線索統統指出源頭是那個人——

白禮！

程瑜跑回寢室洗了個澡，穿好衣服，再把棉被枕頭拖到後陽臺晒。潔癖發作的他，完全無法忍受陌生人曾經躺過他的床。

過程中，程瑜還烤了個法式鹹派充當早午餐。

他在餐桌前支著腦袋，盯著完美而精緻的鹹派。花椰菜、黑橄欖與香菇切片先清炒過，灑上適量胡椒。小圓盤鋪墊一層酥皮，抹上薄薄的黑松露醬，再將可口蔬菜擺放上去，切點色彩漂亮的紅色甜椒與小番茄點綴，淋上混著牛奶、鮮奶油的蛋汁，烤個二十分鐘。派皮烤得微酥，蔬菜香與奶油混合出獨特的甜味，一點點胡椒不至於搶走黑橄欖的風華，然後派皮擠點檸檬汁，搭配黑松露的芬芳，爽口、清新，彷彿普羅旺斯夏天的風拂過，睜開眼，南法的藍色海洋就在眼前——

現在根本不是悠哉做料理的時候！

程瑜忍不住抱頭。每當焦慮或遇上不順心的事，他總會比平常更加花費心力做菜，這種習慣怎麼改都改不掉。

食物溫暖了空虛又疼痛的胃，本來享受美食必須專心，一口一口細細品嘗，感謝這份美味，但今天程瑜打破了自己的規矩。

因爲他想到，自己根本沒有白禮的聯絡方式。問林蒼璿？不如上網自己找答案來得更快。程瑜咬著鹹派，一手滑著手機查詢白氏企業的相關資訊。

焦慮與罪惡不斷鞭笞他找出答案，然而知曉了昨晚是哪位貴客臨門後，他該怎麼面對錯誤？下跪道歉嗎？程瑜還沒想好怎麼做。

很快，程瑜吃完鹹派，順便洗鍋洗碗，又把家裡面大掃除過。

他打了通電話去Bachique找白禮，對方回答老闆目前不在餐廳，請他直接來現場等。

程瑜盯著手機，心中充滿一種綿羊深怕入虎口的不安，直覺自己一旦踏入那間餐廳，恐怕將是有去無回，會被關進暗牢或被抓進庫房吊滿鮮肉的冷藏櫃裡，瑟瑟發抖……於是，他選擇了前往白氏企業的總部大樓，這樣至少還有逃跑的機會。

白氏總部位於南港，距離程瑜住的地方非常遙遠，他花了些時間才抵達。眼前的大樓跟其他林立的大樓沒兩樣，四四方方的水泥結構，沒什麼太大的特色，大門甚至沒有公司的標誌。

程瑜心中盤算著當面問清楚就好，不需要節外生枝，可當他向櫃臺詢問白禮在不在時，總機小姐卻笑容一僵，精緻的臉蛋上流露出驚恐，活像寫著「居然有人會找遊手好閒小白公子」。

程瑜無言，他不是故意要爲難總機小姐的，誰知道白禮在白氏企業那麼不重要。

總機小姐當機了一會兒，接著回過神，展現專業微笑請他稍等。她拿起話筒撥了分機，朝電話那頭嚴肅地「是是是」了一陣，突然站起來對程瑜九十度鞠躬，把他嚇了一跳。

她微笑說：「程先生，麻煩您稍等。」

不久，一名身穿窄裙的幹練女性出來迎接，開口便說：「程先生您好，我是白先生的祕書，敝姓伍。」

程瑜伸手與對方握了握，看著身材姣好、戴著黑框眼鏡的女祕書，他驀然意識到對方搞錯意思了，於是客氣地說：「抱歉，我想找的是白禮。」

伍小姐輕笑：「在樓上等您呢。」

她的身上帶著不容置喙的氣場，攜著程瑜搭乘電梯往四十八樓的總經理室去。

作爲前五十大企業，白氏企業的總經理室並不如程瑜預想中那麼霸氣輝煌，反而平平淡淡，白色天花板、深灰色地毯，角落邊的一盆虎尾蘭養得生機蓬勃，低調簡約，讓程瑜有種踏入公務機關的錯覺。

伍祕書倒了杯咖啡，讓他在會客室等候。會客室空間不大，靠近總經理室的那面牆是鏡面般鋥亮的落地玻璃，營造出寬闊的空間感。室內只有簡單的沙發跟茶几，茶几上擺著一盆萬年青，褐色皮質沙發看起來像骨董家具，充滿了懷舊感，程瑜開始猜想白觀森是個怎麼樣的人。

這位樸實的企業家怎會養出白禮這種騷包兒子呢？正當這問題在程瑜的腦袋裡打轉時，會客室的門被打開了。他立即起身，沒想到進門的不是他想見的白禮，而是白觀森親自來了。

白觀森頭髮半白，相貌英俊，瞇眼笑得溫文爾雅，連眼角的細紋都有如經過歲月薰陶，丰采迷人。他一身簡便的POLO衫與西裝褲，絲毫看不出執行長的派頭，反倒予人一種鄰家爸爸的親切感。

白觀森笑臉燦爛，伸手握住程瑜的手搖了搖：「程主廚，久仰久仰。」

程瑜緊張了起來，連忙道：「白先生，我是找白禮……」

白觀森「欸」了聲，支吾道：「那孩子昨晚……哎，不提了。」

程瑜心頭狂冒汗。爲什麼表情如此一言難盡！他就是想來問昨天發生了什麼事啊！

程瑜慘白的臉色全被白觀森看在眼裡，他像長輩一樣拍拍程瑜的肩，滿是關懷地說：「禮兒在裡頭忙一通電話，不好意思讓程主廚久等，所以我先來看看你。」

這份貼心與和藹出乎程瑜的預料，顛覆他以往在餐廳碰過的所有企業主的形象，完全沒有財大氣粗或不可一世的派頭。白禮眞的是他兒子嗎？爲何親爹這麼彬彬有禮，卻生出厚臉皮的兒子？

白觀森替自己倒了杯茶，笑著問：「程主廚最近好嗎？聽禮兒說你還在休假，沒關係，慢慢來，趁空檔好好放鬆。啊，這段期間的旅費也能報帳，不用擔心，盡情享受假期吧。」

父子倆說起話來都是滔滔不絕，這時又能看出基因遺傳的強大了。白觀森言詞間細心囑咐又略帶擔憂，一下子問程瑜最喜歡哪道法國菜，一下子擔心白禮對他好不好……

程瑜向來寡言，從不打擾別人說話的興致，他認眞地聽，漸漸從話語之中抓到一個明顯的問題。

正當白觀森惋惜著自己沒嚐過Hiver的美食的時候，程瑜單刀直入地挑明：「抱歉，白先生，我從沒答應過白禮要擔任主廚。」

白觀森愣了下，緩緩蹙起眉頭。

見對方流露出失望的眼神，程瑜立即明白了一切，顯然是白禮對自己的父親說謊了。白觀森一副不可置信的樣子，程瑜在心底嘆了聲，後悔自己講話太直接。白觀森待人真誠親切，他不該以直率去刺傷這男人的期盼以及愛兒心切。

此時程瑜發覺，沒了鄰家爸爸的和氣，白觀森總算有了點百大企業ＣＥＯ的架勢。白觀森先是沉默了一陣，接著雙手交疊於胸前，沉著嗓說：「怎麼回事？」

白觀森不苟言笑，使程瑜也不自覺地嚴肅起來，而白觀森說話的同時，轉頭瞪著明亮如鏡的落地窗，程瑜這才意識到那是一道雙面鏡。白觀森由怒轉笑，對著程瑜說：「程瑜，不好意思，勞煩你等我一會兒。」接著又恢復怒容，虎步踏出會客室。

雙面鏡後的白禮抖得差點摔下椅子，他急急忙忙衝出總經理室，拿起手機邊跑邊撥給救星，伍祕書從祕書室裡探出頭給他一個冷笑，等著看好戲。

白禮聽著電話，一邊往天臺的樓梯奔馳，沒多久電話接通，他急吼：「蒼蒼蒼蒼蒼蒼、蒼璿！救命啊——」

電話那頭林蒼璿嗯嗯哼哼的，猶如剛被吵醒的豹子，充滿危險性地說：「我在上班……一整晚沒睡，不想聽你說廢話。」

「程瑜果然來辦公室找人了，你他媽怎麼把他弄來的？這下可好了，程瑜跟老白說出真相了！」白禮在樓梯間轉了個彎，繼續往上爬，「程瑜的表情臭得像你強姦他一百二十萬次一樣，昨晚眞不該讓你送他回去的！」

林蒼璿輕輕笑了聲：「差不多了。」

「你他媽到底幹了什麼？你該不會犯罪了吧！」白禮崩潰地朝手機大喊，「你對我的主廚做了什麼！完了完了！你這個急色鬼，知不知道什麼叫做欲速則不達啊！」

林蒼璿悠哉地坐在自己的單間辦公室裡，隔著透明玻璃睥睨無頭蒼蠅般忙碌的眾生，笑著說：「我很體貼，什麼都沒做，只不過是開了三個保險套，在裡面擠了些沐浴乳。」

齊劭的位子空無一人，林蒼璿的心情很好。

「變態嗎……你現在的興趣是當變態嗎？」白禮喃喃道，越來越不懂老朋友的想法了，「現在該怎麼辦？老白要殺人了！」

「早上我是怎麼跟你說的？」林蒼璿懶懶打了個呵欠，「跪下準沒錯，不要再煩我了。」

白禮瞪著被切斷通話的手機，不敢相信。二十多年友誼這麼簡單就被掛斷，完全不顧老友死活！

負心漢！這個負心漢！有了新人就忘了舊人！

白禮憑著野獸般的直覺感受到後方有一股殺氣，白觀森握著扶手，一步一步踏上階梯，臉不紅氣不喘：「禮兒，好好跟爸爸聊聊，這是怎麼一回事？」

白禮臉色鐵青瑟瑟發抖，差點就下跪了。

不要小看年過五十五仍持續健身的男人啊！

究竟樓梯間發生了什麼慘案，在會客室喝著咖啡的程瑜無從得知。他看了看腕上的錶，等得有些無聊，期間伍祕書添了兩次茶水，並端了一塊用瀨戶燒盛裝的長崎蛋糕請他享用。

伍祕書曉得程瑜的職業，於是趁老闆還沒回來，開了個關於餐盤的話題，兩人一路從WMF聊到南部鐵器，相談甚歡。程瑜從伍祕書的長相與穿著猜測對方應當是幹練的女性，但與她交談後才發現意外風趣，在生活上還有點迷糊的反差萌——他絲毫沒有察覺大姊姊覬覦年輕弟弟的不良居心。

沒多久，白觀森拎著白禮出現在會客室門前，伍祕書識相告辭，臨走前不忘對小白公子冷笑了下。

白觀森臉色赤紅，怒氣都快從毛孔溢出，白禮原本死活不想進門，可一看程瑜那張冷面孔跟怒氣沖天的老白，頓時想著媽的乾脆豁出去了！

今天一早，林蒼璿打了通電話來，悠哉悠哉地說，如果想要程瑜答應當Bachique的主廚，那麼就要遵從他的指令。

第一個指令正是下跪。

白禮牙一咬，直接咚的一聲跪下，白觀森跟程瑜雙雙大驚，程瑜心裡猛翻白眼吐槽白禮這演哪齣戲，趕緊想把人扶起。

白禮默念著林蒼璿的第二個指令，認錯。

他深吸一口氣，隨即大吼：「程瑜！我錯了！我不該強迫你的！」

程瑜伸出的雙手還沒搆著，又是猛烈一抖，雞皮疙瘩掉滿地。這下白觀森也慌了，忍不住驚呼：「你、你到底做了什麼事情？」

白觀森看看一臉驚慌的程瑜，再瞧瞧臉上寫滿悔悟的白禮，心想，他這輩子還沒見過兒子認錯，連小時候偷林蒼璿考一百分的考卷改成自己的名字，白禮都沒這麼懺悔過。

「白先生，請不要這樣。」程瑜一說出口便發現兩位白先生都盯著他看，他咳了聲，「白禮，有話好好說，別這樣，你先起來！」

白禮不依，一股腦地把所有話倒出來：「是我不好！我不應該在李若蘭面前死要面子說你願意來我的餐廳工作！對不起啊，我沒料到局面會變成這樣，網路上那些鄉民的評論我也看了，我眞的不是故意要讓你如此難堪的。」

程瑜不擅長應付尷尬場面，冷汗直流，急急地說：「你不要再跪著了，我不是因爲這件事來找你理論的。」

白禮的告解已經把實情說出大半，白觀森恨鐵不成鋼：「禮兒，你、你這孩子，逞什麼能呢？快跟程瑜道歉！」

白禮再度匍地低頭，繼續懺悔：「程瑜，我眞的很對不起你，我不知道你還想回去Hiver上班，都是因爲我，李若蘭肯定不會接受你復職了，而且、而且，市區的所有餐廳都、都以爲……你要來我的餐廳了。」

「禮兒你這孩子、你這孩子！原來程瑜還沒答應！你這不就是騙爸爸了嗎？」白觀森「啊」了一聲，扶著額重重倒在沙發上，像頭痛發作一樣不斷揉著太陽穴，「程先生，抱歉，是我教養無方，讓小兒如此妄爲。」

程瑜有點發愣，驚覺這劇本走向偏離了軌道，往苦情虐心去了，於是連忙說：「等等，冷靜，我一點都不在乎能不能回去Hiver。」

無奈白觀森也是不太聽人話的類型，自顧自地接著罵：「禮兒！爸爸是怎麼教你的！你想開餐廳我就放手讓你去做，我認爲孩子有自己的一片天，從沒阻止過你做什麼，如今看來是我錯了，你瞧瞧你，都幹了什麼好事！」

白禮的腦袋越沉越低，差不多是無地自容快鑽進地板去了。

程瑜慌得焦頭爛額：「白先生，您別這麼生氣，我今天不是來講這件事的，我只是想來問……」

白禮回想著林蒼璿的第三個指令，冷不防悶聲一吼：「因爲我喜歡程瑜！」

兩人虎軀雙雙一震，程瑜只想當場暴斃。

這句話無比尷尬，活像告白，有辦法講出來卻臉不紅氣不喘也眞是奇葩。程瑜心想，自己又不是逼迫別人兒子出櫃的惡霸，爲什麼白禮就是有辦法詮釋出此等韻味！

白觀森陷入沉思，程瑜直冒冷汗。

他抖著唇，正想說些話的時候，就聽見白觀森低聲下氣地表示：「程先生，教子無方是我的錯，請你別怪罪他，Bachique是什麼級數我自己清楚得很，眞是、眞是對不起你……難爲你了……」

這下誤會大了！程瑜臉色青白交加，敢情白氏企業ＣＥＯ是個護兒狂魔，居然開始幫自己人求情了！此刻他簡直已經是逼迫別人出櫃又壞心眼的惡霸，專門欺負老弱婦孺！這劇本他拿不起啊！

程瑜來此處的本意並不是想讓他們父子產生嫌隙，況且倘若知道白觀森是這種個性，他根本不會說出事實，眞他媽後悔極了！

程瑜臉色難看，腦袋搖得像波浪鼓，手足無措：「白、白先生，不是，我沒有嫌棄Bachique的意思，Bachique在饕客之間的評價不錯，深受年輕人喜愛，我看過菜單，很創新，很、很、很、很有意思……」

程瑜絞盡腦汁誇獎Bachique，但無論他怎麼想，都只能說出「很有意思」，更多的就沒了。

「如果您最近沒打算找新工作，或許可以來Bachique試試。」白觀森苦笑了下，覷了眼跪在地上的白禮，嘆口氣，接著傾身向前，頗似對神祈禱的姿態，宛若肩頭有千斤重一般，沉重地懇求，「請您考慮一下Bachique。」

程瑜不是愛擺高姿態的人，因此險些被這句懇求活活嚇死，差點跟著白禮一起下跪。他臉色白得像紙，上頭寫了「悲劇」兩個大字，抖著聲音：「您、您說這什麼話……當然考慮……」

白觀森先是一愣，繼而露出笑容，猶如春風拂過歷經寒冬的荒蕪原野，令大地芳草復甦。程瑜幾乎要被這笑容給閃瞎，以ＧＡＹ的眼光來看，白觀森就是成熟有魅力的老帥哥。白觀森雙手握住程瑜的手，親切地搖了搖，感動地說：「程主廚，你果然是好人，啊，你眞的、眞的很體貼呢！」

白觀森對程瑜的稱呼立刻從「程先生」改回「程主廚」，好似已經認定這是事實。白禮還低著頭跪在地上，假裝悔不當初，實際上卻是快哈哈哈笑出來了。

他心想，哇哈哈哈，計畫終於成功啦！

在早上的那通電話裡，林蒼璿對他說：「程瑜這人吃軟不吃硬，不過你膝下沒有黃金，只有糞土，一點也不値錢，程瑜可能連正眼都不會瞧，所以重要的是白先生。記住，你爸爸的眞誠才是眞誠，才能打動人心，你那點矯情沒啥卵用的。」

雖然賣爸爸不太道德，但林蒼璿說的是事實。如果老白能解決程瑜，要白禮不要臉地跪著舔地板他都願意！

程瑜慘白著臉扶起白禮，白禮一副我知錯、我悔改、我豬狗不如的渣男苦情相，可憐兮兮地接過程瑜替他倒的咖啡。

白觀森心情轉好，突然想到：「哎，抱歉，都忘了程主廚是來找禮兒的。」

程瑜渾身脫力似的扶額：「我只是想來問問白禮，昨晚是哪位朋友送我回家的，我想專程謝謝他。」最後的「謝謝他」這三個字，程瑜像咬在嘴裡，不得不說出口。

白禮想起林蒼璿掛斷電話前的囑咐，那個胸有成竹的王八補了句：「要爸爸跟老朋友幫你搞定事業，都幾歲的人了，知不知羞？」

他完全可以想像電話那端林蒼璿嘲諷的表情。

「老朋友幫你解決問題，是不是該回報一下呢？嗯？」林蒼璿說，「程瑜等等一定會去白氏企業，如果他問了這句話，你記得要回答……」

白禮無辜地眨眼，擔憂地講出臺詞：「程瑜，你究竟對他做了什麼？」

程瑜臉色瞬間發白，手裡的杯子掉落在地，白觀森「哎」了聲，像個老媽子般嘴上說著「別擔心」，一邊出門要祕書去找清潔人員。

程瑜作賊心虛，抖著嗓說：「我、我什麼事都……」都都都……都記不得了！

白禮蹙起眉，上下打量他，欲言又止。

程瑜近乎咆哮：「昨晚送我回去的到底是誰！」

只聽白禮嘆了聲，又自言自語講了些「怎麼會這樣呢」之類的話，程瑜緊張得手心冒汗，幾乎想撲上去揪住白禮的領子一陣狂搖，叫對方快說。

最後，白禮過足了戲癮，才緩緩開口：「人家當初是好心，以爲你是正人君子應該不會……我勸你最好別相見，免得讓人家尷尬。」

程瑜險些直接死在現場。

Chapter 12

Selly蔡今年三十歲，海外知名大學碩士畢業，精通四國語言，年收百萬、坐擁豪宅名車。今天她穿著一件淺色連身洋裝，短髮低領襯托出不可褻瀆的冰山氣質，裙子短得令人遐想，露出一雙白皙如雪的長腿，腳下踏著白色高跟鞋。

實際上，這位冰山美人仍是小姑獨處，尋找男朋友中。

Selly拿著一疊待簽核的文件，經過大辦公室時順勢環視周遭一圈，被她眼神掃射過的同仁一個個趕緊低下頭，只怕自己不小心得罪了蔡助理。

眼尖的她發現齊劭的位子空著，今天沒來上班。

她在心底嘆口氣，決定放下手邊文件，先去替主管準備咖啡，沖淡他的怒氣。

Selly手藝極好，通常遞上一杯咖啡後，就能換得辦公室半天的風平浪靜。她的主管只喝她親手沖的耶加雪菲，當股市慘綠或資金焦慮時，需要雙倍的糖量，而若是齊劭請假，她的主管更是會陰沉得生人勿近，糖量得跟著翻倍。

托盤上是一只骨瓷咖啡杯，旁邊擺著數量多得嚇人的糖包，Selly推開獨立辦公間的門，林蒼璿卻在哼輕快的曲調。

幸好冰山美人的名號不是喊假的，泰山崩於前而色不改，Selly把咖啡放在林蒼璿左手邊的固定位置。

林蒼璿報表一頁一頁地翻，用口哨吹著不成調的曲，Selly豎耳聽不出所以然，身爲得體又善解人意的下屬，她打趣地問：「今天有什麼好事嗎？」

林蒼璿仍盯著報表，笑了聲，八竿子打不著邊地回：「糖包太多了。」

Selly不動聲色地收走，和林蒼璿閒聊幾句，三句不離公事與恭維。

她的主管容貌俊美，可眞正的個性並不像表面上如此溫柔和善，骨子裡聰明得可怕。所謂得罪了方丈別想走，上一個忤逆他的某經理早已被降職，怎麼死的都不知道。

Selly話說得小心翼翼，巧妙地試探主管今天的情緒，又不敢踰越自己的本分，深怕一時不察誤引核爆。

齊劭是林蒼璿最得力的屬下，是他一手帶出來的菁英，短短幾年便成爲襄理。不知從何時開始，公司茶水間內謠傳著林蒼璿對齊劭芳心暗許，所以只要一天不見齊劭，林蒼璿就會明顯心情不好。

Selly依照自己跟在林蒼璿身邊多年的經驗判斷，這男人個性神祕、行事詭譎，怎麼可能讓人抓到把柄？不過齊劭請假他脾氣就不好，倒是坐實了這個猜測。

林蒼璿手翻報告書，依舊輕快地哼著歌，Selly邊聊邊替他整理桌上的文件。

齊劭長相不錯，腦筋也聰明，以同期的人來說算優秀，不難理解此人爲何能入得了她主管的眼。

不過齊劭身邊有人並不是新聞，他每天都帶愛妻便當來，中午吃飯的時候打開飯盒簡直能射出光芒，連Selly看了也嫉妒。齊劭從沒說過自己的伴侶是男是女，也不曾正面承認自己有個伴，除了某次Selly不小心覷見他的左手無名指戴了戒指，但下午戒指就藏起來了，只剩一道淺淺的印痕。

大概是被搶走了才醒悟真愛是誰，她的主管才開始對齊劭另眼看待。

總之，帥哥不是已婚就是ＧＡＹ，這句話是血淚般的真理，著實可恨。Selly把糖包夾進資料夾，混在一疊簽核完的文件裡，隨口問：「真的不需要糖包？」

「今天不用。」林蒼璿對著她笑，「對了，Selly，妳先把齊劭的工作轉給二組的彩月，別讓他太忙。」

得到自己想要的答案以後，Selly沒多久就藉故離去。臨走前，她忍不住腦補齊劭躺在床上瑟瑟發抖的模樣，她的主管又是吹口哨又是心情好，該不會齊劭是下不了床，所以才請假？

辦公間的門關上，林蒼璿喝了口咖啡，繼續專心工作。

沒多久，桌上的手機震動，他伸手拿起，螢幕顯示是來自白禮的訊息。

「哈哈哈哈哈哈！成功啦！」

林蒼璿眉頭一皺。要不是小白心急把程瑜的名字列在餐廳資訊裡，還死皮賴臉纏得程瑜抓狂，他需要這麼費事嗎？

他順手回了句話給白禮：「老朋友能只幫你到這裡了，好自爲之。」

另一頭沒有立刻回覆，林蒼璿撐著下巴思索了一陣。該不會小白已經被程瑜打死了吧？好像不怎麼意外。

小白有沒有被程瑜打死，一整晚沒睡又專心辦公的林蒼璿現在得不到答案。他抬眼，目光正對齊劭空著的那張椅子，淺淺地一笑。

他只知道自己不用擔心齊劭究竟在誰身邊，是不是去看了場電影，是不是吃了頓美好而溫暖的料理，是不是正享受著那個人帶來的愛情了。

察覺自己的指尖不受控地發抖，林蒼璿打開抽屜拿出一盒BOSS洋菸，走出獨立辦公間，穿過眾人皆低著頭不敢抬首的大辦公室。雖然他面帶淺笑，周圍空氣卻像閻王出巡一樣肅殺，每個人都畢恭畢敬地尊稱他一聲協理。

辦公室裡常有人揣測，林協理可能是CEO的接班人，不過局勢未明，流言說出口會被殺頭的。

CEO膝下有一名在國外深造的長子，原本公司資深元老都認爲這間公司未來將由長子繼承，想不到幾年前林蒼璿意外殺出重圍，成了CEO跟前的紅人，跌破眾人眼鏡。

這個人是一團謎，沒人清楚他的來歷，也不懂CEO爲何會全盤信任此人。

但這幾年公司收益的確呈倍數成長，林蒼璿拿出來的成績令大家心服口服，證明他是靠自己的實力爬到這個位階。林蒼璿像操縱這個金錢世界的怪物，什麼都逃不過他的掌心，可即使如此仍難以杜絕悠悠之口，眾人總有八卦可以說。

他們說，林蒼璿怎可能光憑預測K線成長就能達到這等地位，此人的手段恐怕不是大家想像的這麼簡單。

位於頂層的CEO辦公室旁，有一間林蒼璿專用的休息室，是間小型套房，從廚房到客廳一應俱全。他進門後鬆開領帶，直接倒臥在沙發上，點起菸，漫不經心地抽著。

方才置於桌上的手機恰巧亮起，白禮回訊了：「【傳送一張照片】【傳送一張照片】【傳送一張照片】」

林蒼璿滑開手機，挑眉。

三張偷拍的照片，畫面有點模糊，都是程瑜的側臉，林蒼璿認出這是在Bachique的內廚房。

照片中的程瑜正聚精會神研究菜單，單手支著下巴狀似思考。秋末的臺北明明不冷，程瑜卻穿了件立領襯衫，神情嚴肅，散發出不可褻瀆的禁慾氣息。他想起程瑜乖巧的睡顏，跟平常的冷硬外表呈現明顯反差，折磨得他整夜捨不得離開，第一次感到睡眠不足是種值得。

林蒼璿把菸捻熄，在沙發上翻了個身，忍不住竊笑。程瑜怎麼這麼可愛，以爲立領就瞧不見吻痕嗎？

他把照片一一看過，接著存在手機中一個命名爲「524」的資料夾。他的手機裡面有上百本相簿，每本都以股號命名。

白禮再度傳送訊息：

「程瑜生氣了，該怎麼辦啦[cry][cry]」

「蒼璿大大救命啊！」

林蒼璿哼了聲，果不其然，甜頭的背後一定另有目的。小白就是這種個性，遇到問題總不設法自己解決，只會找他當救兵，數學考零分還「借」他的考卷當自己的。有看過考卷姓名欄塗立可白的嗎？簡直白痴。

他手指動了動，傳送回應：「手動再見拜拜不見。」

白禮立刻無恥地威脅：「不要見死不救！你不救我我就把事情都跟程瑜說！說你坑他！」

林蒼璿手一鬆，手機直接砸到鼻梁上，疼得逼出眼淚。他揉揉鼻尖，白禮果真沒什麼腦袋，明明是他們兩個人聯手坑程瑜當主廚，萬一程瑜知情了，他還會去餐廳工作嗎？

林蒼璿打了個呵欠，看在老白的面子上，他決定好人當到底，少讓白爸爸操碎那顆心：「請講，不要廢話。」

白禮傳了個影片，林蒼璿很快點開。

影片開頭的畫面晃得不可思議，伴隨著男人充滿怒氣的質問聲，林蒼璿好一會才總算看清楚，是程瑜抓住白禮的領子，猛搖著逼問：「你寫這個菜單是開玩笑嗎！」

程瑜另一手拿著食譜筆記本，殺氣騰騰，而白禮慌忙辯解。程瑜的臉近在咫尺，氣起來的樣子眉眼生輝，林蒼璿憑著鏡頭略高的角度眼尖地發現程瑜領口內的一點點痕跡。

他笑著看影片，在心裡替程瑜加油，希望小白快點被打死，然後起身前往茶水間倒水喝。

畫面晃來晃去，旁邊一名短髮女性蹲在餐檯邊啜泣，白禮不斷狂吼著：「軍秀！軍秀救命！」

這名女子正是白禮的副主廚，據說她每天哭著要離職。

劉軍秀並沒有救白禮，她一面擦眼淚一面歡欣地鼓掌，而蔬菜主廚、助理廚師、甜點主廚、肉類主廚等一干人圍在一旁，也紛紛拍手，還有人流下了欣慰的淚水。

影片戛然而止。

林蒼璿噗哧一笑，再把影片點開看過數次，最後忍不住哈哈大笑。

他傳送給白禮一段文字：「活該。」

惡人自有惡人磨，小白終於遭報應了。林蒼璿重新躺回沙發，把手機隨意一扔，想著老白總算不用操心了，滿懷欣喜地閉上眼睛安然睡去。

無論白禮再怎麼呼救，林蒼璿都聽不到了。

等Selly叫醒他的時候，大家已經要下班了，林蒼璿睡眼惺忪拿起手機一瞧，最新的訊息寫著：「蒼璿！程瑜來逼問我了！快來救我！」

程瑜不知道自己是怎麼回到家的，他滿身疲憊，比參加鐵人三項更累。

把外套往沙發一甩，程瑜從冰箱取出一瓶果汁，三兩下喝掉一半。真他媽受夠白禮了！他把果汁重重往桌面一擱，吐出惡氣。

白禮完全是個外行人，對於開餐廳只有片面知識，其餘一竅不通。廚房設備基本可行，動線也可以，然而最慘不忍睹的是菜單，那種可怕的菜單……難怪李若蘭會恥笑白禮！

天啊——

程瑜仰頭又灌了一口果汁。

來Bachique踩點的八成都是年輕客群，嚐個鮮，給個驚豔新奇的評價就差不多了。這種只靠嚐鮮客的餐廳絕不可能維持長久，抓不住老饕客，口碑很快便會一落千丈，被世人所遺忘。

難怪當他踏入內廚房後，廚房團隊全數停下動作，歡天喜地地求他留下，只差沒跪下抓住他的褲子不讓走。

副主廚劉軍秀雖年輕，但待過五星級飯店，資歷不算淺。她邊抹淚邊說，每天晚上像改作業一樣修正菜單，久而久之，她也差點被惡魔般的菜單破壞多年訓練出來的味覺了。最後她掩面痛哭，說自己某天晚上居然還覺得煎牛排配醃漬物很棒。

慘，太慘了！程瑜一聽，冷汗直流。這種程度的味覺破壞可以毀了廚師的生涯，沒有什麼事情比溫水煮青蛙更可怕了！

白禮還嘻嘻哈哈地說這樣的菜單很棒，絲毫沒有反省的意思，讓程瑜險些失手掐死他。

白禮就是半吊子開餐廳，只會行銷不會經營，連參考經典食譜都不懂。

後來，程瑜要求白禮再給他三天時間，讓他好好替Bachique修正當季菜單，否則Bachique就準備倒閉。白禮聞言嚇得抖如篩糠，點頭如搗蒜。

程瑜癱坐在沙發上，發覺自己又把一個爛攤子往身上攬了。不過白禮再怎麼胡搞，找的廚房團隊資質倒是不錯，每天在這種味覺轟炸之下工作，也眞難爲這群人。

晚間六點，他揉按著眼周，方才在餐廳品嘗過餐點，還不餓，劉軍秀在料理調配上有一定水準，只是與Hiver相比仍是天差地遠。

程瑜嘆口氣，再度喝一口果汁，眼角餘光瞟到電視櫃旁的紙袋，是林蒼璿上次送來的外套。

他忘記收起來，那東西就一直靜靜躺在櫃子旁。他想，開始工作以後會很忙，乾脆現在就把外套拿去寄宅急便吧。

當他一手撈起外套時，發現柔軟的麂皮夾克散發出一股混雜著皮革和雪松香氣的味道，像撩人的絲，勾住了他的心魂。

雪松？

爲什麼這味道如此熟悉？

程瑜的手在發抖。

不、不會吧？

昨晚的片段如人生跑馬燈快速閃過腦海，撩人的撫慰、身體的溫度、柔軟的唇與誘人的喘息，他似乎能描繪出對方的身影，聲聲溫柔的呼喚迴盪在耳邊。爆炸性的資訊幾乎擊潰程瑜，他意識到了一個極爲可怕的事實——

雪松是他最喜歡的香水味，所以能記憶不忘，而他認識的人中最頻繁使用雪松古龍水的，就只有……

林！蒼！璿！

我操！不會吧！

程瑜維持著撈外套的姿勢，內心卻正經歷史詩級宇宙大爆炸，三百六十五度無死角轟得他眼前一片黑暗。

林蒼璿酒後的眼角與眉梢、在峇里島縮在陽傘下的姿態、穿著西裝露出淺笑的模樣，畫面像快速播放的幻燈片，一張張迅速閃過。

最後一幕是白禮驚慌地出現，以及林蒼璿微怒的容顏，然而記憶就此中斷。

程瑜第一次這麼憎恨自己喝酒以後便記憶體不足，他迅速抄起電話，撥給剛才存下的那個手機號碼——白禮！

「您的電話正在通話中……」

手機那頭傳來的女聲扯斷程瑜的理智線，也差點讓他把手機折斷。外套一拎、車鑰匙一拿，他顧不得才剛返家，立即折回地下車庫，跨上檔車往位於市區的Bachique疾馳。

今夜Bachique預約滿檔，副主廚劉軍秀還在喊菜單的時候，程瑜從後門風風火火地衝進來，一副要把白禮碎屍萬段的樣子。

劉軍秀心一涼，上次的主廚還撐了一個月，這次居然只有一天就被得罪了！她朝蔬菜主廚的方向望去，發現對方同樣臉色慘白地回望她。

好歹也是五星級飯店出身的副主廚，臨機應變的能力至少是前百分之十的頂尖，劉軍秀馬上把單子拋給程瑜，苦情地大哭：「主、主廚！你看看今晚的菜單！請看看！白禮買的蔬菜竟然是、是綠胡蘿蔔，他臨時改成綠胡蘿蔔——」

劉軍秀聲淚俱下，百分之二十是演的，百分之八十是真情流露，她已經忍受不了嫩羊肩旁邊放青花菜配綠胡蘿蔔汁了，好醜，都秋季了，這種搭配吃得下去才有鬼。

程瑜的臉綠了，比青花菜配綠胡蘿蔔汁還綠。白禮腦子裡裝的是什麼鬼東西？他手捏單子，但沒忘記原本目的，眼神凌厲瞪著劉軍秀問：「白禮在哪裡？」

人沒被唬弄過去，眼看又要跑掉一個主廚，劉軍秀百分百崩潰本色演出：「我不知道！白禮去吃大便啦——」

「哇」的一聲，她又開始哭，毫無障礙地大哭。

從她爆發的眼淚，可以判斷這積怨肯定不止一兩天。劉軍秀哭得無法自拔，一旁的蔬菜主廚被逼得冷汗直流，緊急發訊通知白禮：「白先生你要被殺了要被殺了要被殺了！」

人正在酒吧摟妹的白禮看到訊息，瞬間把酒噴出來。

腦容量雖然不夠大，起碼還有危機意識，白禮很快猜到程瑜絕對是來逼問昨晚送他回去的人究竟是誰了。他連番安撫因爲被噴了滿身而氣惱的美女，一邊慌忙發求救訊息給林蒼璿。

手機毫無動靜，過了十分鐘仍沒有回音，此時另一頭的林蒼璿正在休息室呼呼大睡。

這一刻，白禮體會到同林鳥大難來時各自飛的處境，蔬菜主廚機關槍掃射般的訊息不斷傳來：

「白先生不能逃不能逃不能逃不能逃！」

「快出來面對！出來面對！出來面對！出來面對！」

「出來面對！出來面對！跟主廚下跪道歉！」

白禮拿著手機，兩眼發直。

他又不是受命屠龍的勇者，幹麼不能逃！而且跪也跪過了！

白禮趕緊回訊給蔬菜主廚：「拖住程瑜！」

接著，他裝沒事把手機調成靜音，繼續微笑與美女喝酒。反正程瑜又不曉得他人在哪裡，更重要的是溫香軟玉——雖然他發現自己拿酒杯的手在抖。

媽的媽的媽的，明明做壞事的人是林蒼璿！那傢伙到底在幹麼！

Bachique的廚房正處於一片混亂。

程瑜抓著點單，無語問蒼天。

稍早在他面前展現幹練形象的廚房團隊，原來都是演出來的。副主廚哭得無法自已，一邊哭一邊檢查雪酪、蔬菜主廚不知爲何猙獰地拿著手機輸入著什麼、肉類主廚手握鋼刀淚流滿面，甜點主廚也在哭……

這幫人跟白禮差不多，恐怕不是餐飲科畢業，都是戲劇系出身的。

劉軍秀端著一份雪酪，落著豆大眼淚抽噎道：「主、主廚，你看看這個甜、甜點可不可以……」

程瑜眞是服了她了，他嘆口氣，嚐了一口：「還不錯，有達到水準。」

劉軍秀破涕爲笑，淚水滑進了嘴裡，她悲慘地說：「程、程主廚，能不能不要走？拜託，如果連你都沒辦法救這間餐廳，那、那我也、我也沒辦法……」

廚房一干人停下手邊動作，前來遞單的服務生也不敢說話，爐火轟轟響燃著鍋湯，全部的目光都集中在程瑜身上。

程瑜皺眉，跟李組長一樣察覺事情並不單純，心中頓時了然。

有腦袋一點的人，或是想增進自身實力的主廚，多半不會想待在這家餐廳，以至於這群人像看見浮木一樣，緊抓著他不放，因爲這間餐廳與白禮無法給予他們上進的養分。

程瑜覺得肩上的擔子又沉重了點，他環顧四周，每個人都默默啜泣，活像正在料理一場生離死別的晚宴。

其實他答應了白觀森，早就逃不掉，壓根沒有辭職的想法。

程瑜沉思似的盯著手上的點單，眾人繃緊神經一聲不吭，連大氣也不敢喘。突然間，他哼哼地笑起來，笑得不懷好意，淚流滿面的劉軍秀用袖口抹去淚水，害怕地吞了唾液。

程瑜冷靜地開口：「告訴我白禮在哪裡，我就不走。」

二十分鐘後。

在酒吧裡跟小姐玩猜手機號碼遊戲的白禮，冷不防被人從後方拍了肩膀，那隻不速之手竟緊抓他不放。

突如其來的無禮行爲讓他微微惱怒，轉頭一看，魂卻差點嚇沒了。

程瑜面帶冷笑，一個字一個字說：「解釋一下，昨天晚上到底誰送我回去的？」

白禮腦海裡的跑馬燈竄過幾個大字——

「牆頭草，西瓜偎大邊，眾叛親離」，以及「從今以後，不要太常去同一家酒吧」。

Chapter 13

白禮不可置信地看著程瑜，沒想到廚房那票人竟然無情地背叛他！

程瑜不笑的時候像來討債的黑道帥哥，旁邊的美女察覺不對勁，藉口要補妝一溜煙地跑了。

程瑜的手緊緊揪住白禮的肩膀，手指都快嵌入肉裡。

白禮臉色發白：「我、我不是說了……你別問……」

「說！」

「我不會說的！」

要是把答案說出口，下一個殺人的就會是林蒼璿。俗話說的好，寧願得罪君子也不能得罪小人。

程瑜的火氣快溢出腦殼，咬著牙，一副活生生被逼良爲娼的模樣。他不敢面對心中隱約的答案，只想從白禮口中得到另一個驗證，以填補記憶的空白。希望上天能聽見他的祈禱，告訴他這一切都是誤會！千萬不要是那個人！

可是白禮死活不依，嘴巴閉得跟蚌殼一樣緊。

程瑜捏爛手中的紙袋，狠狠往白禮懷裡一塞，直接掉頭走人。得不到答案就算了，大不了他自己去問林蒼璿！

白禮滿臉茫然，低頭打開紙袋一瞧，原來是讓多年老友跟他打架的那件罪魁禍首，雖然這麼說不太精確，因爲那件外套後來被姓林、最近嗜好是當變態的蒼璿給搶走了，袋內這件是林蒼璿新買的，還在他面前炫耀過。

至於程瑜原本的外套，白禮不敢想像它的下場。

看樣子是林蒼璿自己不曉得在何處露了餡，白禮頓時安心了，於是愉快地直說：「哎唷，看樣子你都知道是誰了嘛！還來問個毛！你就當被狗啃，不對，正確而言就是被狗啃了。」

走到一半的程瑜渾身一僵，轉頭瞪著白禮，臉皮不知是氣得還是羞得赤紅：「你怎麼會、怎麼會，林蒼璿不是你男朋友嗎？」

白禮一口酒從鼻腔噴出來：「噗——」

程瑜掉頭便走，白禮急忙辯解：「你！你咳咳！你聽誰說的！等等等等，林蒼璿只是我朋友！我是直男！喂喂你聽我解釋！」

酒吧內的男男女女紛紛回頭探看吵鬧的源頭，程瑜頓下腳步，在正欲斥喝白禮閉嘴的瞬間，突然醒悟或許白禮所言不假，當初是他先入爲主地誤解了。

假如白禮不是圈內人，這對他來說很危險，他可沒想過要在新職場曝光自己的性向。警戒油然而生，程瑜旋即邁開步伐，頭也不回地走人。

白禮深覺這誤會非常不妙，比被林蒼璿棄屍還來得可怕。他在後方急吼：「你不信你去問蒼璿！我是直直直直直……」

玻璃門上金鈴響動，大門被推開，離門邊只有咫尺的程瑜，感受到秋末特有的溼氣與寒意撲面而來。

第一個闖入腦海的意象，是寒冷雨夜中的青苔，清清冷冷撫過他的肌膚。

林蒼璿的髮上掛著第一波東北季風帶來的微雨，進門後有些錯愣，繼而綻出笑容：「程瑜，你怎麼在這？」

程瑜愣住了，在他後面的白禮維持著緊抓紙袋的動作，呆呆地看著來者，猶如時間驀地暫停。

「你們兩個怎麼都在這裡？」林蒼璿神色自若，笑容溫暖和煦，「怎麼這副表情？」

「你……」程瑜才說了一個字，白禮已經反應過來。

媽的救星來了！

白禮放聲大吼：「蒼璿！你快跟程瑜解釋一下啊，我是直男，是直的！」

程瑜的臉色立刻難看幾分，捏緊拳頭，一股憋屈在胸口醞釀。

「你們之間到底有什麼誤會？」林蒼璿挑眉，眼角餘光瞥見白禮手中的紙袋，輕聲說，「還是小白又誤會了什麼？」

不等白禮開口，程瑜逕自越過林蒼璿，卻被一隻手攔下。林蒼璿笑著問：「你怎麼把衣服拿來了？」

白禮崩潰地插話：「蒼璿大爺，我的媽呀你終於來了，程瑜來問我昨晚的事情！

還說我是你男朋友！你能不能解釋解釋？」

程瑜腦門的青筋浮出，正當他想甩開林蒼璿的手時，林蒼璿突然笑出聲，如沐春風地說：「程瑜啊，昨晚你吐在我身上有什麼好逼問的？」

程瑜一時間宛如跌入外太空：「……什麼？」

白禮同樣滿臉問號。

程瑜扶著額：「吐在你身上？」

林蒼璿說的應該是嘔吐的意思吧？不是暗指用某種方式吐出什麼液體吧？白禮識時務地閉嘴，老朋友又在臨時瞎掰新劇本了。依照多年默契，反應跟不上不如靜觀其變，看林蒼璿怎麼收拾場面。

林蒼璿笑的時候眼角勾成鳳尾，彎彎地翹，俗稱桃花眼。他說：「我只是跟小白開了玩笑，昨晚我的衣服跟車子都遭殃了，這口氣嚥不下，順勢就騙了他。」

「靠！你竟敢騙我！」白禮抓準重點，戲劇性大叫一聲，「你這個天殺王八烏龜蛋，我還以爲你們兩個眞的有一腿！」

臉比鍋底黑的程瑜和被趁亂罵了一臉的林蒼璿同時無語。

程瑜整個人陰沉得如風暴來襲，用膝蓋想也知道林蒼璿說的不是實話，不然怎麼解釋垃圾桶內那三個證據？至於白禮，他不想花腦筋思考白禮的情商加智商有多低，這傢伙到底在演什麼？

程瑜毫不客氣地揪住林蒼璿的手臂，徑直往外走：「你出來！」

林蒼璿只假裝掙扎一下，便毫無反抗能力地被拖走，臨走前瞟了白禮一眼，潛藏恫嚇意味，白禮迅速從他的嘴型讀出幾個字：「王、八、烏、龜、蛋、是、誰？」

一陣惡寒上身，白禮打了個冷顫，扯緊手裡的紙袋。演戲太放感情難道錯了嗎！外頭落著細雨，寒意沁入骨髓，臺北的夜總是莫名其妙下雨。

程瑜沒有憐香惜玉的心情，扯得林蒼璿手臂有些疼，狹窄的防火巷讓霓虹照不進曖昧。

暗巷遠處有四名男女正抽著菸，聽不清楚在說什麼，嘻嘻哈哈的，沒管突然闖入的兩人。

程瑜環顧四周，確定不會被打擾後便鬆了手。他深吸一口氣，緩慢吐出，好似放掉千斤重的壓力。

林蒼璿揉著手臂，面帶笑容，假意問：「你想幹什麼呢？動不動就喜歡把人拉到暗巷來。」

程瑜不理會他，撐著額頭狀似思考，仍持續深呼吸，彷彿做足了所有心理準備才開口簡單地問一句：「我問你，昨晚到底發生什麼事了？你剛剛在酒吧對白禮說的是真的嗎？」

林蒼璿笑了笑：「你說呢？」

程瑜瞪著面前的人，突然想起浴室內那三個……淫行的證據，瞬間結巴了起來：「你、你、你，昨天晚上到底、昨晚到底是誰？」

林蒼璿挑挑眉，沉默不語，單手摩挲著腕上的袖扣，繼而笑出聲：「你爲什麼這麼執著？」

程瑜臉色有些蒼白，罪惡感跟事實的衝擊讓他近乎哀求地說：「不要耍我。」

「好吧，我承認。」林蒼璿聳聳肩，「是我送你回去的。」

「你騙人……」程瑜臉色白了一半，抖著嗓音，「你怎麼可能送我回家？你跟白禮、白、白禮他……怎麼會，不可能……」

「爲什麼不可能？」林蒼璿一瞬間明白了程瑜的誤會，立即澄清，「我目前單身。」彷彿講一次不夠，又再度強調，「單身喔。」

程瑜張著嘴，說不出話來，而且也不懂單身這件事有什麼重要的，得強調兩次。

程瑜虛弱地說：「所以昨天晚上……你說我吐了……白禮又說我、我，到底哪個是眞的，不要騙我，拜託。」

林蒼璿笑著說：「沒吐沒吐，別擔心，我的車子跟衣服都安好，我唬小白的。」

程瑜摀著腦袋：「所以你全部都是騙人的對吧……」

「眞是的，你要我說實話，又說我騙你。」林蒼璿似笑非笑，點著唇，上下打量程瑜，彷彿在估算身上的肉能賣多少斤兩，「我倒是想問問你怎麼猜到我這來的，是因爲找到我的袖扣嗎？」

程瑜丈二金剛摸不著頭腦：「袖扣？什麼袖扣？」

林蒼璿不知想起什麼好笑的事，笑得燦爛，露出明顯的犬齒：「我的袖扣不見了，昨晚不見的。」他伸出雙腕，既纖細又白皙，彷彿一折就會斷，腕上的黑曜石袖扣明顯少了一組，宛如決定性證據，「我猜八成是丟在你家，回去麻煩你幫我找找了。」

程瑜瞪大眼睛，盯著空蕩的扣眼發愣，腦子無法讀取任何資訊。

「還有，眞不好意思，用了你家的浴室。」林蒼璿似乎嫌不夠，接著火上澆油，「希望你別介意。」

程大主廚快被眞相給被打得魂飛魄散了，林蒼璿看著腦袋當機的程瑜，禁不住想笑。這時，程瑜突然迴光返照，崩潰地喊：「不可能——」

林蒼璿挑眉：「難道你不記得昨晚發生了什麼事嗎？」

程瑜臉色瞬間全白，林蒼璿的坦白能讓他石化一百年。

「昨晚啊，小白不曉得你家在哪，所以這個任務只好我擔下了。」林蒼璿咳了咳，略顯害臊，「想說幫你換套衣服比較舒服……」

如果現在有外星人降臨，狀況也不會比此刻更加離奇，因爲林蒼璿就是外星人，講著程瑜聽得懂卻無法理解的話語。

這句欲語還休停滯得有點久，正當程瑜瀕臨抓狂時，林蒼璿如願以償兼裝模作樣地講出最想講的一句臺詞：「我、我都說不要了。」

我操——你他媽不要什麼！

縱火犯林蒼璿怕火燒得不夠旺，繼續煽風：「本來想著，反正你做完就睡，我就當成是場意外，畢竟你什麼也不記得了。呃，我也不太算吃虧啦，吃虧當吃補嘛，無所謂了。」

「吃虧當吃補」這句俗語在此時歪得十分合理，程瑜的內心彷如有千軍萬馬奔過，也彷如掀起巨大的海嘯，差點把他捲走。滔滔江水一去不復返、大江東去、逝者如斯、時不利兮騅不逝！大概有一百萬種描述赴義送死的文句如病毒一樣灌入他的腦中。

若眼前有一把刀，程瑜大概會立即跪在地上，看是要切腹還是切斷管不住的下半身。

程瑜臉色蒼白如紙，想起了自己是吃人豆腐的混帳，還腦補了不少多餘的幻想。血氣上湧，脖子悄悄爬上赤色，不僅雙頰，連耳朵也染成赧紅。

見程瑜滿面通紅，即使心知肚明兩人間沒什麼，林蒼璿卻仍被程瑜的手足無措所感染。他心想，程瑜也太純情了，自己簡直是玩弄良家賢男的壞人，頓時忍不住一陣臉熱，耳尖也有點發燒。

看到林蒼璿跟著臉紅，程瑜更確信了這番話的眞實性。他抱著頭、扯著頭髮，不敢相信。

「噢對，因爲今早趕著上班，所以只好在你家洗澡。」林蒼璿似乎怕藥下得不夠重，補了句話，「雖然外衣都沒換……但貼身衣物總得換的。我的內褲放在髒衣籃，記得洗一洗還我喔。」

假如現場有個地洞，程瑜一定會毫不猶豫地鑽進去。言語能力近乎喪失，他咬著牙，半天吐不出一句話，只能用面紅耳赤來表達自己的態度。

遠處的電子招牌閃出銀光，薄薄地打在他臉上，更顯出火紅的一張臉。

程瑜純情無比，不擅長面對活色生香的豔情，對於這個一夜情的謊言根本招架不住。

本來林蒼璿還抱持著開玩笑的心態，如今這種心情卻蕩然無存了。

糟糕，完蛋了。

林蒼璿心跳加速，一股熱意悄悄從胸口爬上脖子。兩個人互相紅著臉不說話，粉紅旖旎圍繞，連林蒼璿這等老手也難爲情。

靜默許久，程瑜總算從嘴裡逼出了話：「我、我……對不起。」

這年頭哪還有人這麼老實的？林蒼璿萬萬沒想到，程瑜的第一句話會是道歉，不知不覺也結巴起來：「不、那個、我說，這不用道歉吧，也算你情我願的……」

程瑜依舊低著頭，死都不正眼看面前的人，眉頭擰成一團。林蒼璿可以瞧見他的耳垂透著豔紅，像熟透的莓果。

細雨霏霏，分明是即將入冬的夜裡，爲什麼卻渾身燥熱？林蒼璿有點受不了地扯開自己的領帶，也不太好意思看程瑜。程瑜的反應太可愛了，實在太可愛了，林蒼璿不禁像自己眞被怎樣了似的害臊，他甚至覺得若昨晚眞被程瑜怎麼了也不錯，弄假成眞他可以接受。

可惜了，爲什麼昨晚不是眞的……等等，萬年一號的寶座差點拱手送出去了，果然，男人爲了吃肉連節操都可以沒有。

林蒼璿咳了聲，呼出灼熱的氣息：「沒關係，你就忘了吧。」

程瑜還是不敢抬起頭，羞澀小媳婦似的，只是沒見過此種害羞到下秒可能會咬舌自盡的。

他依然無法接受事實，腦袋一片混亂，不敢相信自己連點記憶都沒有，可左思右想，又有點淡薄的印象，香氣圍繞與溫言軟語……程瑜喃喃說：「對不起，我、我眞的沒什麼印象，也不曉得竟然會……」

忘記是正常的，應該沒人比程瑜酒醉以後更會睡了吧？林蒼璿沒把這句心聲說出口，訕訕一笑：「不用這樣，我本來也不想讓你得知是誰。」

這句話是謊言，他才不會弄丟最心愛的袖扣呢。

程瑜抬起頭，既焦慮又不解地問：「你爲什麼不告訴我？」

林蒼璿聳聳肩：「讓你知道有比較好嗎？像現在這樣？嗯？」

程瑜的嘴角明顯拉了下來，瞬間又跌回羞愧與崩潰當中，除了對不起完全想不出第二句話，腦海裡一幕一幕上映著前男友跟姘頭的故事，然後姘頭跟自己亂搞，還卡了一個現任老闆可能是姘頭好基友的故事——電視連續劇都沒這麼複雜！

他搗著腦門，林蒼璿說的沒錯，眞相終於大白以後，他根本無法做出愧疚以外的表態。

程瑜低著頭，呢喃般問出一句：「為什麼是你送我回家？」

「我送你回家不好嗎？」林蒼璿的語氣中藏著一點酸氣，又擔心被聽出不對，趕緊補了句，「白禮又不知道你家在哪。」

也是。程瑜心想，昨晚那種處境，總比被前男友送回家來得好。他有點猜不透林蒼璿在想什麼了，既然喜歡齊劭，為何又送他回家？導致現在演變成這種無法收拾的局面。

程瑜認眞地思考，發現自己從來沒有眞正認識過林蒼璿這個人。

林蒼璿雙手抱胸，只覺程瑜這模樣太有意思了，不禁半開玩笑半試探地說：「罪惡感這麼強烈，不如對我負責……好吧，我吃虧點以身相許。」

程瑜想也沒想就答：「我不要。」他總算抬起頭直視林蒼璿，還一副「你在說什麼傻話」的表情。

小心臟瞬間被刺傷，林蒼璿整個人都不好了：「也不用回答得這麼誠實吧，你昨天才睡過我而已，現在就嫌棄了？」

「不，我、我不是這個意思。」程瑜又紅著臉低下頭，焦慮地揪著頭髮，話越說越小聲，頭也越垂越低，「對不起，這是意外，呃，不能這麼說，這是我不好，讓、讓你……不過還是謝謝你，送我回家，雖然我做錯事了……」

以後該怎麼面對林蒼璿這個人，他還沒拿定主意，只確定自己肯定會一輩子掛懷，就像白紙上的一點墨漬一樣，令人難以忽視。

林蒼璿察覺程瑜連手背都紅透了，忍不住笑出聲，捨不得再捉弄了：「聽說你找到新工作了，先恭喜你。」

話題跳得太快，程瑜臉上仍有些微紅，疑惑地問：「你怎麼知道？」

雨勢有漸緩的跡象，林蒼璿抹著鼻尖：「是小白告訴我的。」

程瑜「喔」了聲，依舊蹙著眉，雙頰帶著一層薄紅。

「小白做事情欠缺思慮，常常落東落西，天天拈花惹草，做錯事情又愛裝傻矇混。」林蒼璿撣開肩上的水珠，「但他是個好人。」

程瑜沒什麼反應，又「喔」了聲敷衍。

林蒼璿再度一笑：「程主廚別擔心，如果老闆太蠢，起碼Bachique福利不錯、員工素質也好，全臺北找不到這麼好的公司了。」

程瑜雖然把話聽進去了，不過他沒什麼興趣關心白禮，比起老闆本人，他最擔心的還是怎麼樣修改這家餐廳的菜單。

林蒼璿偏了偏頭：「怎麼還一臉憂愁呢，Hiver眞有這麼好嗎？」

程瑜不假思索脫口說：「差太多了，白禮跟李若蘭比，簡直是……」

林蒼璿抵著下巴，狀似思考：「我明白，某種程度上來說，小白的菜單是挺厲害的。」

白禮的厲害可是殺人等級的！程瑜綠著臉，連個評語都不想給。他揉揉太陽穴：「李若蘭受過訓練，她的品味是頂尖的，創新料理也是，Bachique要達到Hiver的水準恐怕需要很長一段時間的磨練。」

「給自己一點信心吧。」林蒼璿笑了笑，拍拍程瑜的肩膀，「沒試試看，怎麼曉得結果？」放手時還順勢理了程瑜肩膀的衣褶，這種看似貼心實則吃豆腐的舉動，令程瑜有些難爲情。

他悄悄地拉開兩人之間的距離，又不太好意思表現出抗拒。

「總而言之……」林蒼璿說，「Bachique不會虧待你的，再怎麼樣都還有老白的企業撐著，小白讓你生氣的話，老白也會替你出氣的。」

程瑜有點疑惑，從這番話來判斷，顯然林蒼璿和白觀森之間有一定程度的熟識。他突然好奇起來，下意識就問：「你跟白觀森是什麼關係？」

「多年老同學的爸爸而已。」林蒼璿答得輕描淡寫，好似無關緊要。

對於認識但並未深交的人，程瑜不太會懷疑對方話語中的眞實性，即便是謊言，那又與他何干？程瑜「唔」了聲，歉然道：「抱歉，我只是一時好奇，沒有探究兩位隱私的意思。」

林蒼璿淺淺一笑：「沒什麼，反正你遲早都會知道。」

旖旎泡泡所剩不多，談到公事，程大主廚便恢復了百分之六十的機能，而林蒼璿一貫是見好就收，不愛窮追猛打，沒氣氛硬要裝模作樣只會使人倒胃口，不過搞客套又會淪爲一般朋友，就跟邱泰湘一樣，這也不是他要的。

林蒼璿一瞧腕上的錶，對程瑜說：「竟然這麼晚了，你要一起去喝酒嗎？」

程瑜嚇了一跳，今晚已經夠嗆了，怎可能還有心情跟姦夫一起開心喝酒？他連忙拒絕，薄臉皮再度紅了起來。

林蒼璿呵呵笑，滿足了逗人的惡趣味，他頭也不回地揮手離去，臨走前還特意囑咐程瑜務必找到他的袖扣。

程瑜目送林蒼璿揮著手，再度推開那間酒吧的玻璃門，消失在視線範圍。雨後的空氣中飽含清新的水氣，程瑜不自覺地搓著手，攏緊外衣，冒著冷風騎上愛車回家去了。

回到家，推開掩緊的門扉，程瑜馬上開始地毯式搜索昨晚的犯罪證據。玄關、客廳、臥室、浴室、廚房，眾裡尋他千百度，最後在一處弔詭的地方找到了袖扣。

袖扣安靜地躺在碗櫥裡面。

程瑜看著那枚跟林蒼璿腕上一模一樣的袖扣，想不透爲什麼會掉在碗櫥內。林蒼璿半夜肚子餓嗎？

他停止無意義的腦補，緊接著去消滅髒衣籃裡面的淫行證據之二，乖乖洗好、貼心烘乾，用紙袋包起來像防止核廢料外洩一樣，塞在衣櫥的最深處。

此時，放在桌面上的手機震動，程瑜拿起來一瞧，是一張照片配一段文字，這種發訊風格已經是林蒼璿的代表。

「恩人的話要聽，不要亂丟東西。」

「『傳送一張照片』」

照片是白禮高舉紙袋，跪坐在酒吧某張桌上求饒的模樣。

Chapter 14

昨晚趁著失眠大致設計了四組菜單，不太習慣熬夜的程瑜，隔日一早就偏頭痛發作。

因爲是一個人住，家中的器具很簡易，但手搖式磨豆機跟摩卡壺依舊能沖泡出消除疲憊的咖啡。

早上九點，Bachique還未正式開店，不過劉軍秀已經發訊息通知程瑜進貨食材的種類、預約人數及VIP客戶名單。他啜了口咖啡，劉軍秀的工作能力不錯，只是愛哭了點，雖然哭哭啼啼也是被白禮逼的。

訊息最末，劉軍秀寫著：「請主廚過目，打擾休假了。」

看樣子劉軍秀眞的很怕他跑掉，不忘用稱呼讓他坐實Bachique主廚的頭銜。

程瑜順手回覆：「謝謝，我等會過去。」

桌上放了一本食譜筆記，是程瑜經年累月集結而出的精華。

Bachique的調性爲創新法式料理，如果強行調整成古典基本路線，恐怕會讓客人難以接受。程瑜花了點時間，以白禮的想法爲基礎，融合自己的經驗與風格，創造出新菜單，然而看起來活像某個瘋狂博士製造的合成物，宛如一鍋綠色雜湯散發著濃濃惡意，似乎挺不妙的。

他把餘下的咖啡一口氣喝乾，鑰匙拎著，出發去Bachique。餐廳位於鬧區巷內，附近住商混合，地點不錯。門前的侍應乖乖地打掃落葉，程瑜打了聲招呼後，逕自往內廚房走。

內廚房門口貼著一張告示：廚房重地，閒雜人等與白禮不得入內。

這標語有點奇怪，大概是白禮不懂閒雜人等的定義，所以乾脆直接把白禮獨立出來了。程瑜默默忽視標語推門而入，劉軍秀早已在裡頭執行出餐前作業，一見主廚進門，她立即丟下手頭的工作，咚咚咚地跑來匯報進度。

程瑜問：「白禮呢？」

劉軍秀原本彷彿散發開心小花的表情轉成嫌棄：「哼哼，小白先生還在睡吧，昨晚肯定是通宵喝酒去了。」

程瑜扶額：「他跟我約好今天要討論菜單的。」

一聽見有新菜單，劉軍秀雙眼瞬間睜大，綻放光芒，身高只有一百五十五公分的她活像某隻胖橘貓在裝可愛。

程瑜咳了聲，承受不太了刺眼的光芒：「那個，菜單還沒試做過，只是個概念性的東西而已。」他不禁稍稍拉開距離，「不行，等等，我不能誤導妳，要嚐過味道調整一下才能確定好不好。」

劉軍秀偏著頭，露出不解的表情。

程瑜難爲情地說：「白禮的想法有點可怕，我沒有十足十的把握，今天只是來討論活動主題跟……總之，我個人堅持半成品沒辦法……」

「我懂，我明白。」劉軍秀點點頭，一副痛心疾首的模樣，「無論有再多才華，搭配上白禮的想法就會變得跟糞土一樣，令人羞愧得抬不起頭。我之前也是不敢給朋友看菜單嗚嗚嗚嗚嗚……」

被說中難處，程瑜瞬間滿臉黑線，老實說他一點也不想把這驚天地泣鬼神的菜單提交出去。他揉了揉太陽穴，安慰又開始哭的劉軍秀幾句，深深覺得自己跌進了一個萬丈巨坑。

程瑜嘆口氣，無奈地說：「妳怎麼會選擇來Bachique這間餐廳？」

劉軍秀擦擦眼淚：「是大老闆挖角的。」

原來是白觀森，難怪劉軍秀逃不掉。一個人在坑內不寂寞，坑底還有一堆人陪，同是天涯淪落人的哀戚瞬間在兩人周身蔓延，冷風與落葉好似吹進了廚房內。

程瑜苦笑著對劉軍秀說：「別擔心了。」

劉軍秀頓時像被打了記定神針，安心地笑了，唯獨眼淚依然不停地流。隨後程瑜站在內廚房，盯著每一道流程，包含動線、鍋具、爐具、湯品、餐盤餐具，以及任何一處小細節。

基本上廚房團隊皆是專業出身，流程沒有太大的問題，程瑜借了幾個設計款瓷盤後就離開內廚房，在後門點了根菸，並打了通電話給白禮，卻未被接聽。

程瑜忍不住在內心抱怨這新老闆未免太不可靠，接著傳了訊息給白禮，也不管對方什麼時候會看見，權當通知，並不期待回覆：「菜單大致上擬好了，但沒試過味道，完成以後再通知你吧。」

程瑜朝天呼出一口煙，只覺麻煩無比。在Hiver時，他用腦子就能想像出菜色大致的味道，但被白禮這麼一搞……說什麼要配合餐廳當季活動，而秋天的活動主題叫做「愛情的失落」。失落個屁！難怪這一季都沒有情侶來預約！

程瑜暴躁地捻熄菸頭。

要說最佳試吃員，他只能想到邱泰湘。

程瑜家的廚房不算小，當初租賃的時候特別挑過。新食譜被夾在料理檯前，左邊的小音響播著音樂，程瑜仔細地切著早上剛買來的鮮牛肉。

阿根廷奇米丘辣醬牛肉，是能將牛肉的鮮甜與各式香料充分揉合的一道料理，檸檬、大蒜、月桂、奧勒岡等植物的香氣，一同融合在生辣椒與青蔥內，打成汁，再配上黑胡椒，便是這道料理最美麗的相陪。

而義大利傳奇調味料之一的巴薩米克醋——葡萄連皮熬成的醋——又以達到平衡的酸甜韻味，把所有食材襯托得更加鮮美。

緊接著是三峽龍井茶、枸杞、冬筍，與……滷梅干？

本季主題「愛情的失落」誠不欺我，程瑜拿著白禮的菜單，手在發抖。都感受到人生的失落了，還他媽的愛情的失落！

梅干菜洗淨，浸泡米酒與純釀醬油後，小火炒乾。

秋冬最適合自然野味，他把生牛肉抹上一層薄薄的黑胡椒跟橄欖油，以滷梅干發酵過的自然鹹味代替天然海鹽，雙面醃漬浸潤後，每分鐘翻面煎成自己最喜歡的熟度。梅干接觸到油與熱，散發出一股純然鹽香。

然後，程瑜把龍井茶葉用傳統搗缽攪碎，連同番茄一起煮得泥稠，並透過濾布去除不必要的雜質，剩下的精華連同泡了整晚的薏仁與糯米煮熟，再灑下切碎的干貝與焦糖洋蔥。

白蘭地酒醬和海鮮是絕配，但搭上龍井的醇香和番茄的甜酸就有點不妙，他決定這道開胃菜用白酒點綴就好。

托斯卡尼生火腿、櫻桃蘿蔔與冬筍，加上海苔果凍與當地橄欖油拼湊成冷盤，清甜爽口，可是添上芫荽與馬告的話……這種組合讓程瑜一度很想把愛情的失落進階成崩潰分手，不過他嚐了口滋味，發現有點意思。

野蕈菇清湯漂浮著枸杞，程瑜以為白禮大概是受中餐影響才會選用這些食材，然而白禮鄭重否認。他說，食材不分東西方，只有料理方式的差異，誰說荔枝龍眼入不了法式料理？這道清湯看似普通，卻是程瑜熬煮了五個小時以上的成果，佛手瓜、牛骨、蘿蔔、昆布、月桂葉、礦鹽，清水般的澄湯味道是一層接著一層，堆疊昇華。

冷盤、前菜、主餐與湯品皆已準備完成。

門鈴響了，程瑜看著牆上的鐘，花費的時間與預計差不多，也該是邱泰湘來的時候了。

他洗完手，打量著小餐桌上的幾道料理，雖然食材用得弔詭，水準應該能達到Hiver的等級。

門鈴再度響起，程瑜打開門迎接客人。

門外的林蒼璿燦笑著說：「Superise！」

程瑜呆愣在原地。

「我來還你外套，下次不要再亂丟了。話說你找到我的袖扣沒有？」林蒼璿站在門外，雀躍地說，「啊啊好香，你在煮飯嗎？」

程瑜腦門的青筋略略浮出，抓著門把不放：「我懷疑你每次都看準晚餐時間來找我對不對？」

林蒼璿一手指住門邊，用力抵著：「我才沒有！」

程瑜趁林蒼璿一時手軟，砰的一聲把門關上，林蒼璿在門外哀號：「開玩笑的啦——程瑜你開門，還你外套而已，不要把我想得這麼壞嘛。」

爲什麼這厚臉皮吃貨總能抓到他煮飯的時機？程瑜才不理他，任憑林蒼璿敲門裝可憐。

林蒼璿今天休假，應該說，身爲高層只要隨便開個口，連指甲痛都能成爲休假的理由。下午接到白禮的訊息，提及程瑜仍在設計菜單，還未試過味道，這句話立刻成爲指引他的一盞明燈。

他在門外嘆口氣，暗道自己果然不該如此心急。

「你爲什麼在這裡？」

仇人總是會狹路相逢，林蒼璿警覺地看向來者，邱泰湘手上裝著酒瓶的紙袋早已被捏得不成袋形。

方才那副可憐兮兮的模樣蕩然無存，林蒼璿的眉眼間存著冰冷：「原來是邱大少爺……不對，我該叫你什麼呢？」

邱泰湘把紙袋放在牆邊，渾身散發山雨欲來的陰鬱：「你爲什麼會知道程瑜家？」

林蒼璿嘴角扯出一個譏諷的弧度：「該叫你秋香嗎？用這種人模人樣的身分來找程瑜，我都要錯亂了呢，大少爺。」

邱泰湘二話不說虎撲上去，雙手揪住林蒼璿的領子。

因家庭背景的關係，邱泰湘自小學習過許多防身武術，並在祖父的督促之下練到了最高層級。他平常不隨意動用武力，因爲他深知自己的力量可能會導致對手身受重傷，所以時常壓抑自己避開蓄意挑釁的人。

然而今天不同，他唯獨受不了林蒼璿這個眼中釘。林蒼璿急忙向後退抵抗，邱泰湘雙臂肌肉一縮，欲借力將對方整個人摔出去。

這一霎，邱泰湘看見林蒼璿嘴角揚起冷笑，單腕旋即被林蒼璿擒住，肩膀則被另

一隻手扣住。

不對勁！

力量逐漸扭轉，往林蒼璿的方向傾斜，邱泰湘第一時間察覺眼前這人不好對付，急忙穩住腳步，用絞殺的姿勢扣住對方的脖子。

大門突然打開，拿著紙袋的程瑜呆呆瞧著門外對峙的兩人。

林蒼璿與邱泰湘也停止不動，發愣地看著程瑜。

很快，林蒼璿突然扯住邱泰湘的手腕大喊：「好痛！好痛啊！邱泰湘你放手！我好痛！」

方才那冷漠的神情不復存在，換成小白兔被欺負眼眶紅紅的模樣，邱泰湘先是一驚，接著咬牙怒吼：「你少來了！」

程瑜連忙介入兩人之間，掰著邱泰湘的手說：「邱泰湘，你冷靜點，不要這樣。」

邱泰湘放開手後，林蒼璿退了三步，咳得梨花帶雨，程瑜順著他的背，檢查脖子上是否有傷，焦急詢問：「你還好嗎？」

林蒼璿裝模作樣地搖搖頭，又咳了兩聲，眼角泛淚。

他媽咳個屁！邱泰湘快氣死了，忍不住跺腳指著林蒼璿：「程瑜！他怎麼會在這裡！你怎麼會跟他扯上關係！人家不要啦！」

邱泰湘一生氣，嗲音都出來了。

現在的處境就像一邊是惡龍、一邊是猛虎，雙邊齜牙咧嘴互相叫囂，打得天崩地裂，中間夾著一個滿臉黑線的砲灰人類。

他最近到底造了什麼孽，讓倒楣事接二連三地來？程瑜莫名想起餐廳小妹們常嘰嘰喳喳討論水星逆行，深覺自己現在的狀況根本是全宇宙眾星星都逆，不差他媽水星這一顆。

林蒼璿撫著喉嚨：「我什麼事都沒做，怎知道他就撲上來了……」

邱泰湘再度跺腳：「明明是你先惡言相向，現在還敢含血噴人！」

程瑜橫在兩人中間，一手推著邱泰湘的胸口：「你冷靜點。」一手抓著林蒼璿的手臂，「你不要說話。」

林蒼璿朝程瑜笑了一下：「好噢。」

邱泰湘見狀牙癢癢：「林蒼璿，你離程瑜遠點，不然別怪我不客氣！」

林蒼璿盯住邱泰湘，嘴角浮現冷笑：「你可以試試看。」

輸不起的怒火在邱泰湘心中熊熊燃燒，邱大少爺可沒嘗過此等羞辱滋味。方才林蒼璿那招壓制不像歪打正著，恐怕是有些底子。

雙方一觸即發，就在邱泰湘跟林蒼璿快打起來時，程瑜揪住他們，冷靜地說：「都進來吃飯。」

兩人虎軀雙雙一震，毫無抵抗地說：「好。」

程瑜曾經見過鄉下人對付猛犬打架，最簡單的方式就是端出熱騰騰的狗糧，兩條狗便會乖乖聽話自動坐下。程瑜習慣性地揉揉太陽穴，現在只能想像他們一隻是邊境

牧羊犬、一隻是大白熊犬，只要當成是聽不懂人話的大型犬，內心好像就能平靜許多。啊啊，他最喜歡大型犬了呢……

打開玄關門，兩位客人自動自發將鞋子擺好，全程不發一語，屈服於食慾的他們，巧妙地維持著不開口的平衡，連視線都不曾相交，彷彿誰先說話誰就輸了。

程瑜早已把餐桌布置好，其實他多煮了一份，原本是要打包給白禮的，沒想到半路殺出個程咬金。以後還是別多煮好了，怎麼只要多煮一點點，就會有某人來討食，難道林蒼璿內建雷達嗎？

邱泰湘趁林蒼璿不注意，偷偷湊到程瑜耳邊問：「寶貝，跟姊姊說實話，這傢伙爲什麼會在這裡？」

程瑜想也不想，下意識回答：「來討飯的。」

邱泰湘一陣無語，覺得自己好像沒資格說林蒼璿壞話了。

尷尬的來了，程瑜家就那麼一丁點，餐桌也就那麼點大，桌上兩副餐具，兩人面對面剛剛好，問題是誰可以跟主人一起用餐呢？林蒼璿跟邱泰湘總算正眼瞧向對方，不約而同地互瞪，空氣中擦出足以把人電成焦炭的火花。

邱泰湘按住其中一張餐桌椅：「你不要想得太美了，滾旁邊去。」

林蒼璿皮笑肉不笑：「呵呵，你家祖訓不是禮與仁爲美德嗎？有點禮貌好嗎？」

剛從冰箱端出冷盤的程瑜插話：「啊，兩位直接就坐吧。」

邱泰湘和林蒼璿同時沉默。

史上最惡劣的燭光晚餐就要在今晚誕生了。

邱泰湘花容失色：「小瑜等等，你現在是要我跟這傢伙面對面一起用餐嗎？人家不要啦！」

林蒼璿同樣有些驚慌：「程瑜你開玩笑的吧？論先後順序，你應該要跟我吧？」

邱泰湘狠瞪林蒼璿：「什麼先後順序？」

林蒼璿哼了聲：「你遲到了，當然是我先選位子。」口氣像是程瑜有邀請他來用餐一樣。

程瑜把兩份冷盤擺到餐桌兩邊，第一百二十次催眠自己最喜歡大型犬了，按住他們倆的肩膀冷冷說：「你們是客人，當然坐餐桌。別吵架了，坐下吃飯。」

從這兩人的相處態度來看，積怨已非一兩天的事，他不想去了解他們之間的過節，探人隱私不是他的強項，目前只能盡量減少雙方的摩擦。

邱泰湘張大嘴巴，顯得不可置信，他咬牙怒視林蒼璿，林蒼璿則是一臉不爽卻不敢張揚。邱泰湘哼了聲，轉換模式，獻寶似的拿出紙袋內的酒瓶：「小瑜呀，我今天帶了一瓶法國隆河Syrah紅酒，不錯吧！」他睥睨了林蒼璿一眼，彷彿在說「空手而來簡直不像樣」。

程瑜眼神亮了起來，吹了聲口哨，簡短地評價：「挑得不錯。」

蘊含強烈莓果與胡椒辛香的紅酒，配上微帶鹹酸的牛肉一定不錯，猶如德式酸菜料理的粗獷搭配。

程瑜替冷盤淋上橄欖油，愉悅地拿起紅酒端詳。

林蒼璿露齒一笑，同樣撈著紙袋內的東西：「程瑜，我也帶了東西，昨晚你……」

程瑜向來是動作比說話還快的人，他立刻扔下紅酒，摀住林蒼璿的嘴阻止他繼續說下去，平時冷得要命的薄臉皮整個紅了起來。

明眼人都聽得出「昨晚」這個詞有問題，邱泰湘瞬間臉黑，忍不住啐了聲：「昨晚？小瑜，昨晚怎麼了？那傢伙做了什麼？那紙袋是什麼？」

程瑜依然紅著臉，內心咒罵著林蒼璿，對邱泰湘搖搖頭，一副此地無銀三百兩的樣子：「沒、沒事，一件外套罷了……牛排煎熟後的十分鐘內是最佳賞味期，冷盤先用，別耽擱時間了。」說完，他裝沒事拿著紅酒轉身取玻璃杯，卻顯得欲蓋彌彰。

邱泰湘瞪著銅鈴大眼，看看程瑜熱到發紅的耳背，再看看林蒼璿那得意的嘴臉，還帶著濃濃的王八勁。

邱泰湘對林蒼璿太熟悉了，也提醒過程瑜，卻沒想到仍是被鑽了空子。林蒼璿的目標是齊劭的話他不管，但如果是程瑜，他便忍無可忍：「林蒼璿，你到底想做什麼？我醜話先說在前頭，你敢對程瑜下手……」

程瑜開封紅酒，細嗅軟木塞的酒香，把紅酒倒入醒酒器。察覺氣氛不對，他適時地抬頭盯著他們倆。

兩隻大狗狗同時接收到主人的目光，立即以無害的眼神回望，裝乖坐在位子上等飯吃。擁有多年馴犬經驗的程瑜擺出了誰敢吵誰就沒飯吃的架勢，兩人即便有再多仇恨，美食當前，也只能安分忍耐。

主人酒都還沒倒好，林蒼璿不敢動餐具。他覷了一眼令人垂涎的漂亮冷盤，用只有邱泰湘聽得見的音量說：「我想好好吃飯，不要把你的掌控欲延伸到這裡來好嗎？」

「你！」邱泰湘警惕地望了下正在廚房忙碌的程瑜，同樣用僅有身邊人聽得見的音量回答，「不要在程瑜身上使出你那些自以爲是的手段，我最瞧不起你這種人了！」

「你瞧不起我？」林蒼璿注視著認眞醒酒的程瑜，輕聲說，「呵，也太過分了吧，閣下的姊姊可是很喜歡我呢。」

一股怒氣油然而生，邱泰湘狠瞪林蒼璿：「你少胡扯了，我才不信她會同意那份對天鼎集團不利的合約！」

「那份合約是你親愛的姊姊擬定的，與我無關，她想圖利我是她的選擇。」林蒼璿朝著邱泰湘笑了，「怎樣，戀姊情節的少爺吃醋了嗎？」

「雪莘不會犯這樣的錯。」邱泰湘壓著桌緣，鋼爪般的雙掌緊捏桌角，「我警告你，少用周家那些骯髒方式滲透進天鼎集團！」

程瑜搖晃著醒酒器，其實他能聽見邱泰湘與林蒼璿兩人正斷斷續續地耳語，只是雙方刻意壓低了音量，他聽不清楚談話內容。邱泰湘帶來的這款紅酒的醒酒時間大約是兩至三小時，透過換瓶醒酒可以壓縮單寧軟化的時間，完全釋放葡萄酒的香氣。

酒液被燈光染出漂亮的紫紅，程瑜注意到桌邊交談變得略爲激烈，再度往餐桌的方向一探，兩隻大型犬瞬間恢復成乖乖端坐的模樣，咧著白牙對他笑，只是笑容有些僵硬與虛僞。

桌上的銀叉動都沒動，程瑜好奇地問：「怎麼不開動？冷盤是生火腿、海帶與冬筍，我想味道應該不至於太奇怪。」

邱泰湘還沒開口，林蒼璿就搶著說：「想和你一起品嘗。」

這話說得曖昧，大概只有程瑜感受不到那份矯情，邱泰湘立即怒瞪林蒼璿。見他們仍不動餐具，程瑜拿他們倆沒轍，笑了一下：「快好了，再給我三分鐘。」

主人轉身打開櫥櫃拿取餐巾，兩人馬上繼續對峙，和平假象已不復存。

林蒼璿不想理會邱大少爺的無理取鬧，厭煩地說：「這份合約是你親愛的姊姊親手拿給我的，不信的話去問她。」

「我親口問過雪莘，天鼎集團根本沒有與周家合作的意願！」邱泰湘仍不打算放過林蒼璿，「我不曉得你究竟用了什麼骯髒手段搞到那份合約，不要以爲有楊實罩著就能爲所欲爲。」

林蒼璿頓了頓，琥珀色瞳仁明顯緊縮。

「這件事與楊實無關。你憑什麼斷定是我手段骯髒？」林蒼璿挑眉輕笑，邱泰湘緊緊握拳，骨節喀喀作響。林蒼璿的眼底並沒有笑意，只有深不可測的寒冷，「論下流手段，我還得請教邱雪莘呢。」

程瑜把葡萄酒緩慢倒入兩只玻璃酒杯，突然驚覺事態不妙。他趕緊拋下手邊的東西：「秋香！放手！」

邱泰湘惡狠狠地揪著林蒼璿的領子，把人直接拎了起來，林蒼璿也沒有裝出先前的柔弱姿態，目光透著冰寒，他猛力緊扣邱泰湘的手腕，蓄勢待發，彷彿要掰斷對方的骨頭。

邱泰湘雙眼和猛獸一樣變得腥紅，從牙縫迸出惡毒的話：「像你這種不知哪來的私生子，沒資格喊她的名字！」

Chapter 15

自來水嘩啦啦流瀉，程瑜清洗著價值不菲的設計款餐盤。

方才的場面有點難堪，他第一次看見向來寡情如同浮世孤雲的林蒼璿，露出憤怒且痛苦的眼神，頓時感覺自己好像從沒認識過這個人。

後來只有邱泰湘留下，林蒼璿說句再見便離開了。

事後邱泰湘也後悔了，告解似的滔滔不絕，程瑜大致理解了他們兩個不合全是因爲商業戰爭。

程瑜沒有過問任何細節，只是靜靜聽著邱泰湘近乎哽咽地懊惱自己的魯莽。但邱泰湘沒有再提及任何林蒼璿的隱私，那句「私生子」隨著憤怒出口以後，就在懊悔中消失了。

邱泰湘第一次說起自己的原生家庭，他說天鼎集團的下任CEO，是大他三歲的姊姊，邱雪莘。

名校學生會長、擊劍高手、一流騎師，彈得一手優美的鋼琴，而油畫是她自小的興趣，前往國外名校留學，達成各種人生成就並順利畢業以後，邱雪莘便直接進入天鼎集團高層。

她是個擁有完美人生的女神，邱泰湘從小到大都仰望著，追也追不上。

程瑜曾在電視上看過她，一頭及腰的長直髮，精緻的臉蛋流露出溫柔，穿著雪白合身洋裝，講起話來輕輕細細，好似沒有脾氣。比起實習CEO，程瑜覺得邱雪莘更像活在高塔的柔弱公主。

說起她的時候，邱泰湘的語氣夾雜著仰慕與嫉妒。程瑜心想，邱泰湘的女裝癖也許有部分是來自對姊姊的嚮往。

這樣一位完美的公主，即將引領偌大的天鼎集團。

而部分版圖與天鼎集團重疊的周氏，十分樂見這名公主繼位。

螢光幕中的周燮一身筆挺淺灰西裝，不像六十幾歲的中年男人，舉手投足充滿穩重與自信。數十支麥克風全擠在周燮面前，只見他笑著表示，恭喜天鼎集團由長公主繼位。

那語氣彷彿是替天鼎感到遺憾，明眼人一看就知是擺明了瞧不起邱雪莘。

手握無數政商界資源的周燮，是誰都得罪不起的人物，其中當然也包含了天鼎集團，而他旗下最大的合作投資公司正是由林蒼璿所把持。

「當你長久凝視深淵時，深淵也在凝視你。」邱泰湘酒醉似的喃喃說出來自尼采的格言，仰頭將紅酒一飲而盡。

他說，林蒼璿與周家早就分不開了，程瑜，記住我的話，他們都不是好人。

而程瑜告訴邱泰湘，他找到新工作了，是白氏企業投資的餐廳。那一刻，他從邱泰湘的眼中看出了不解與抗拒，程瑜苦笑了下，要邱泰湘別多想，會去Bachique是看在白觀森的面子上，林蒼璿只不過是因為白禮才和他有接觸，沒有什麼企圖。

最後，邱泰湘黯然離去，臨走前眼眶還紅著。

程瑜關閉水龍頭，用潔白的乾布把餐盤擦乾。

今夜的插曲，讓他不經意得知了林蒼璿的背景——私生子。這個字眼任程瑜再怎麼努力想忘記，都徒勞無功，彷彿早已透過耳膜烙入腦海。

他聽齊劭說過，林蒼璿的個性與脾氣難以捉摸，有點扭曲，公司裡幾乎沒人敢在林蒼璿面前造次。但身為直屬下屬，齊劭認為那不是病態惡質，只是愛鬧彆扭罷了，畢竟習慣猜測別人想法的人，往往也會擔心自己被看穿。

最後齊劭下了結論，林蒼璿是個防備心極強的人，或許這種人都害怕受傷。

程瑜用毛巾擦手，正好瞥見放在中島檯面上的黑曜石袖扣，燈光下的寶石漆黑又沉重，透不出光澤。

程瑜回想起自己與林蒼璿的諸多片面之緣，皆是由於齊劭的關係，他確實並未真正認識過林蒼璿。

他只覺得這男人永遠帶著笑容，善惡不明，他參不透。

正當程瑜走神到九霄雲外時，客廳桌上的手機傳來斷斷續續的震動。他擦擦手，過去拿起手機一瞧。

「我後悔逞強了，請問晚餐能打包嗎？」

看著林蒼璿的訊息，程瑜無言以對。

說好的個性難以捉摸在哪？

林蒼璿這次發文沒附圖，不太像他的風格。程瑜撐著下巴思考了一陣，其實他不太擅長安慰人，通常都是直接以行動安撫，可面對林蒼璿這種類型，他還真不知道該怎麼辦。

程瑜：「你還好嗎？」

林蒼璿：「不好。」

程瑜蹙起眉，正在思考怎麼回應時，那頭又傳來訊息。

林蒼璿：「我好餓 :(」

程瑜不禁失笑。林蒼璿居然還用哭臉表符，都幾歲的人了，裝什麼可愛？

林蒼璿：「今天的晚餐看起來很好吃 :(」

程瑜：「下次再請你。」

林蒼璿：「真的嗎？:D」

程瑜：「嗯。」

林蒼璿：「是主廚特製豪華晚餐，不是路邊陽春麵吧？:3」

程瑜：「特製的。」

林蒼璿：「太棒了！:D」

程瑜：「有什麼忌口的？」

林蒼璿：「除了貝類以外的海鮮都不行:O」

林蒼璿：「還有前世恩人跟香菜也不行，拜託:(」

程瑜想起了林蒼璿啃蘿蔔串的模樣。

程瑜：「你恩人很多。」

林蒼璿：「恩人太多我也挺吃不消的:|」

程瑜再度勾起一笑：「那時間另外約。」

林蒼璿：「約假日可以嗎？:V」

程瑜心想，表情符號的花樣可眞不少，順手回覆：「可以。」

整點的鐘聲響起，程瑜抬頭一看牆上時鐘，晚間十點。他認眞地思考與林蒼璿相約的日期，如果正式開始上班，就不太可能在假日排休了，例假日對服務業而言是戰場……那大概只剩後天了。

程瑜正想詢問後天可不可以，突然間想起桌上的那枚袖扣，順道一問：「我找到你的袖扣了，爲什麼在碗櫥裡面？」

另一頭靜了很久，正當程瑜以爲林蒼璿不打算聊的時候，突然收到了回覆：「因爲我看著你就餓了，想吃你。」

想吃？想吃他所以要拿碗筷嗎？程瑜把手機拉到鼻端前，雙眼都快瞪穿這段文字了。這話裡是眞的含著曖昧，還是他把玩笑想多了？

程瑜倏地回憶起昨晚的林蒼璿，暗巷裡霓虹微光映在緋紅的臉頰上，害羞時睫毛顫動著……

他啐了聲，作賊心虛似的關閉螢幕。管他媽林蒼璿還回什麼鬼話！

隔日一早，程瑜又在同一時段出現在Bachique，白禮打了個哈欠，盯著辦公桌上那只淺灰色的便當盒，日本製，一共三層，造型簡約，琺瑯材質。

白禮的眼眶下方有濃重的黑眼圈，想必野了一整夜，他開心地搓著手：「新菜單試過味道了嗎？哎呀哎呀！這該不會是特地準備給我的吧？」

程瑜準備把擺盤照片一併傳給白禮，低著頭說：「新菜單大致沒問題，等會給你還有軍秀嚐嚐。」

「你要現場做給我們吃？」白禮滿臉感動，「所以這便當盒是讓我外帶當消夜嗎？你好體貼喔！」

「想太多了。」程瑜還在挑選照片，語氣冷靜，「如果你等一下有空，麻煩把這個便當拿給林蒼璿，一樣是新菜單的菜色，給他當中餐，我欠他的。」

白禮滿臉問號：「所以昨天他沒吃到飯嗎？」

程瑜迅速抬起頭：「果然是你！難怪林蒼璿來的時機這麼恰巧！」

白禮咧嘴一笑，把便當盒收下：「不打擾主廚了，你先跟軍秀討論，我把這東西送過去，不然有人會生氣氣的。」

程瑜本來正想問白禮意見，白禮卻已經把便當裝進小布包一拎，跨著長腿出門了，臨走前還裝可愛地給他一個眨眼。

程瑜目瞪口呆望著白禮絕塵而去。今天不是來討論菜單的嗎？爲什麼他的新老闆如此不負責任！行政主廚是掛名的而已吧！

白禮匆匆離去，待在Bachique的時間不過二十分鐘。程瑜臉色鐵青踏入了內廚房，眾人瞬間噤聲，只有劉軍秀壯著膽子跟程瑜匯報今日狀況。

程瑜大概曉得爲什麼白禮會被視爲遊手好閒了，因爲他根本不想工作，甚至連新菜單都不太關心。

但其實白禮不是不關心菜單，他只是更怕得罪林蒼璿罷了。他猜得出爲什麼程瑜不親自交給林蒼璿，畢竟爛貨前男友在同一家公司，見了面多尷尬？更何況是替別的男人送便當。

他好心走一趟，順便消遣林蒼璿，找死也不失爲人生的一種樂趣。

Bachique就位於CBD，走路到林蒼璿的公司只需十五分鐘，騎YouBike大概幾分鐘就能抵達，白禮可是號稱腳踏車狂飆俠。

太陽很大，白禮瞇眼望著高聳入雲的建築，騎腳踏車不是難題，比較煩的是等電梯。他打了通電話給林蒼璿，兩人約在中間樓層的露臺碰面。

高樓層的風極強，白禮攏著大衣，「耶嘿嘿」地把東西交給林蒼璿，活像不法交易——白禮故意把便當放在小紙箱內，跟林蒼璿說這是老白最新的投資計畫要麻煩他過目，打算給對方一個驚喜。

林蒼璿前額的髮絲亂飛，臉臭得彷彿白禮欠他一百萬，東西拿了就轉身走人，只含糊說了個「謝」字。

白禮在露臺大喊：「昨天沒吃到晚餐對不對！哈哈哈哈哈哈哈！」

眞他媽王八蛋。林蒼璿挾著紙箱，用背影送給白禮一個中指便推門離開，徒留無限迴盪的狂笑聲。

經過強風洗禮，林蒼璿細軟的髮絲早已亂得不成樣子，略長的瀏海遮住單邊眉睫，他忍不住在心裡大罵只有白痴才會在颳東北季風的時節約在室外露臺碰面。

電梯逐漸往上，直達七十七樓。

門一開，外頭等電梯的人看見林蒼璿，自動讓出了一條路。林蒼璿沒說謝謝，只報以輕輕微笑。他穿過大辦公室，虛脫似的回到自己的座位，感覺像跑了三千公尺一樣累。

最近美股動盪，不是好現象，他昨晚熬夜，今早又錯失吃早餐的機會，僅以方才Selly給的一杯咖啡與巧克力條勉強果腹。林蒼璿把紙箱放在自己面前，嘆了口氣，如果健康都貢獻給工作，現在賺的錢也只是給未來養病用罷了。

有人敲門，林蒼璿抬起頭，齊劭就站在玻璃門外。

那張年輕的臉龐有些消瘦，林蒼璿手指一勾，齊劭隨即推門進來。

齊劭臉上籠罩著濃厚的倦意與失落，林蒼璿望著他，笑了一下：「打起精神，你這樣怎麼面對客戶呢？」

齊劭苦澀一笑：「我還好的，您放心，不會給您帶來困擾。」

「我跟ＣＥＯ提過，目前不太想放你去南部出差，畢竟我身邊還得有人協助。」林蒼璿拿起Selly煮的咖啡，啜了一口，「但無論我怎麼百般阻攔，還是得問你本人的意願。你考慮得怎樣？」

兩人間的距離很近，咫尺而已。齊劭的指尖不偏不倚地碰在桌緣，若有意似無意地輕撫筆尖：「我想要多在工作上衝刺，好讓我……」

「你認真的？」林蒼璿抬起頭，與齊劭四目相望。

齊劭嘴唇發抖：「對，我、我不應該，我太感情用事了。學長，我不應該把感情帶來工作的，我知道……」

林蒼璿輕嘆了口氣：「沒關係，多久我都等你。」他再度朝齊劭微笑，開玩笑似的說，「等你回來工作。」

齊劭那張向來無憂的臉龐擠出一個欲哭的笑容，看起來就像天真的孩子失去了最美好的夢想。

林蒼璿幾乎快哼出歌來，轉而忙著整理辦公桌面，用說話掩飾自己的情緒：「你這樣我很困擾……幸虧還有二組的彩月能代理你的工作，回來記得買個伴手禮給她。

唉，沒有你公司該怎麼辦……」

他打開白禮給的小紙箱，裡面卻不是他以爲的一疊資料，而是裝在布包裡、漂亮又精美的三層琺瑯便當盒——而用過這個便當盒的某人前男友正站在他面前。

林蒼璿差點嚇出心臟病，迅雷不及掩耳地蓋起紙箱，警惕地望向齊劭。

齊劭被他嚴厲的眼神刺了一下，慌張地說：「學長，你怎麼了？」

這次給的驚喜實在是太刺激了！

闖入林蒼璿腦海的第一個念頭，就是一定要宰了白禮。

齊劭蹙起眉，傾身順勢把手搭在林蒼璿肩上：「學長，你還好嗎？要不要緊？」

林蒼璿瞬間回神，冷靜地說：「我想到一件很重要的事情，麻煩你找Selly來我這一趟。」

齊劭沒來由地緊張，二話不說迅速去找鼎鼎大名的滅火隊蔡助理。

當Selly面無表情踏入林蒼璿的辦公室時，她那位難搞的主管只說了句：「齊劭決定去南部出差，所以今晚料亭就讓彩月跟他一起去，讓他體驗一下南部企業的作風。」林蒼璿敲著面前的紙箱，節奏輕緩，接著說，「我有件急事要先處理，到中午前都不要有人來打擾我。」

Selly領了命，踩著高跟鞋踏出獨立辦公間，辦公間玻璃在Selly關門的瞬間變成了霧白不透明，明擺著告知大辦公室的眾生，今日不宜接近林協理。

誰都不曉得，平時刁鑽又難搞的林協理，此時正在裡頭三百六十度花式各種狂拍食物照，而他所謂的緊急大事竟是吃便當。

Bachique的預約總是滿檔，雖然程瑜還沒正式加入工作團隊，不過廚房的主導權基本上已經在他手中。

畢竟以往李若蘭的地位相當於行政主廚，沒事不會整天在廚房把自己熱出一身汗，餐廳大小事都扔給了程瑜處理，在高強度環境中待了九年的程瑜，要掌握Bachique的團隊是易如反掌。況且廚房團隊的資質本來就相當優秀，這間餐廳最大的難題其實只有白禮。

白禮對經營的確有一套，但有別於李若蘭利用嗅覺、味覺對食材進行系統化的建構，白禮太愛發揮創意，甚至無視了各類菜系的隔閡，一心只想讓食材配合他擬定的行銷策略來進行料理。這對程瑜來說是種未知的挑戰，他戰戰兢兢，只求扮演好主廚的角色。

Bachique體恤員工，將景觀較差的樓層內側闢為休息室，提供員工洗澡、小憩以及喝茶聊天，完全適合喜愛打混摸魚的白禮。程瑜在休息室洗把臉，見到鏡中人滿臉疲態。

白禮還沒回來，於是程瑜只好自己作主公布新菜單。廚房眾人淚流滿面，啪啪啪地鼓掌，終於有像樣的菜單，大家差點就要放鞭炮慶祝了，尤其是劉軍秀，她感動得只差沒打電話回家報平安。然而當程瑜和劉軍秀討論菜色時，劉軍秀張著純眞大眼，突然一臉茫然地問：「主廚，你過敏了嗎？」

嗯，對，是過敏，脖子的吻痕稍微淡去，看起來就像過敏——蔬菜主廚從後方默默把劉軍秀拖走。

程瑜端詳鏡中的自己，還好這些痕跡不算過分，至少天氣冷了，可以穿高領掩蓋。他抬手看錶，晚間七點半，今天秋香沒有回訊息，大概是回家族去了，那個如同冰棺的家，邱泰湘自己是這麼說的。

打開休息室裡的員工置物櫃，專屬主廚的大空間冷清地躺著一只皮夾、兩串鑰匙與手機。程瑜是個很簡單的人，沒太多瑣碎物品。

他穿起外套，拎了鑰匙，準備離開。

手機不識時務地震動，是標題聳動的新聞推播，報導某某街區發生了某某事件。程瑜察覺通訊ＡＰＰ多了許多訊息，全是來自林蒼璿，便順手滑開螢幕。

「太開心了！」

「[傳送一張照片]」

「[傳送一張照片]」

照片裡的林蒼璿左手拿著筷子，由上往下自拍，和桌上的便當盒一起合照。他笑起來的樣子很好看，露出明顯的酒窩，連眼睛都瞇了起來，是由衷地喜悅。比起之前那種只是展示美貌的照片，與虛情假意的周旋，程瑜莫名升起一種感覺，這才是林蒼璿真正的笑容。

吃個便當有這麼開心嗎？程瑜輕笑了一下。

第二張照片是洗得乾乾淨淨的便當盒，擱在窗臺邊晒陽光。照片下方，林蒼璿留了一段文字：「怎麼還給你？」

留言時間是下午一點二十分。

程瑜回覆：「剛準備下班，現在才看見你的訊息。」思考了一下，他接著補上一句，「放你那沒關係，我不急。」

他打算關閉手機螢幕，卻見傳出的訊息顯示已讀，對方很快回應：「現在拿給你好不好？」

程瑜想起林蒼璿把手機當成命一樣，時時刻刻拽在手裡不放，於是也立刻回傳：「不急。」

林蒼璿：「拜託送我個藉口，因爲我不想參加晚上的聚餐，救命。」

程瑜一陣無語，原來還能這樣。

林蒼璿：「除了便當盒，這個就當成是謝禮。求程瑜解救！」

林蒼璿：「[傳送一張照片]」

程瑜一看，隨即挑眉。照片裡是一袋棒壘球打擊場的代幣，放在林蒼璿的潔白掌心上。

程瑜：「你怎麼有這麼多代幣？」

林蒼璿：「我朋友送的，反正放著也是放著，不如趁現在用掉。」

程瑜躊躇了一陣，還沒得出結論，林蒼璿又傳訊：「我一個人玩太無聊了，要不要一起去？」

程瑜鬼使神差地回了個字：「好。」

等他驚醒的時候已經來不及了，他瞪著自己發出的訊息，只覺又莫名其妙著了道。

即便是被占人便宜的愧疚纏身，又或者是出於廚藝之路上需要有人客觀評價的心態，程瑜也不認爲自己會答應林蒼璿這個邀約。他想了想，或許是太久沒打球了，有人作伴也不錯吧。

林蒼璿：「去新莊的打擊場，空間比較大，而且離你家近。」

這一瞬間，程瑜眞的後悔答應林蒼璿了，什麼地方不選，偏偏選了新莊打擊場。

他昧著本心回覆：「可以。」

林蒼璿：「我在貴陽街的那家日本料亭，你知道嗎？」

程瑜從腦海撈出記憶，那是一家預約制的日式高級料亭，作風神祕，注重客人隱私，網路上幾乎搜尋不到內部資訊，他只聽邱泰湘提過一次用餐經驗。

程瑜：「聽過。」

林蒼璿：「那先約在你家？我可以去你家把便當盒給你，你拿著便當盒騎車應該不方便吧？」

料亭離他家不遠，又剛好和打擊場順路。程瑜的確不想帶著便當騎車，檔車就是有這種麻煩。

程瑜：「好，二十分鐘後見。」

回完訊息，他關閉手機螢幕，鑰匙一拎，離開Bachique。

他和齊劭第一次約會正是在新莊打擊場，那時候是他們認識的第一個禮拜。約在打擊場一點也不浪漫，這個場所只剩道別與重新出發的意義。

程瑜不是什麼佛系青年，可以轉瞬遺忘過去，他還沒放下這段感情帶來的痛苦，記起打擊場的初次約會沒有欣喜，只有瘡疤似的厭惡。現在的他不想回憶過往，即使是一點點也不想，偏偏林蒼璿無心揭起他的痛楚。

他不打算追究齊劭與他之間的問題點，兩人光是價值觀就天差地遠，直到自己置身事外以後，他才終於明白。

程瑜很快回到家，先從儲藏室拿出球袋，裡頭有兩支塵封已久的木棒，與一支最近新買的鋁棒。打擊手套也還在，保存得相當良好。

放在夾克口袋的手機震動，程瑜拿起來一瞧。

「你到家了嗎？我在樓下了。」

程瑜提起球袋跨出玄關，從四樓走廊就能看見站在大樓底下的林蒼璿，正靠在他的大車旁揮著手。

程瑜走下樓，林蒼璿已經來到大樓門口等候。

林蒼璿穿得正式，淺灰色三件式西裝與皮鞋，不像來打棒球的風格。程瑜打趣地說：「剛談完生意，爲什麼不順便吃飯？這麼想打棒球嗎？」

林蒼璿笑了，微長的瀏海遮住半邊眉眼：「除了貝類以外的海鮮我都不吃，他們還約吃日本料理，八成是想殺我，我只好派下屬去陪客戶了。」

所以，今晚不會突然出現礙事的傢伙，林蒼璿很篤定彩月會隨時回報狀況給他。

程瑜不是會多想的人，也不喜歡揣測別人的言外之意，壓根沒連結起林蒼璿的下屬就是齊劭。他只是在心裡糾結，穿西裝打球行嗎？

但借衣服給別人挺怪的，而且說不定人家有潔癖，一點也不需要這種好意，於是他什麼也沒說。

程瑜笑了笑：「那準備出發吧，我應該會提早到，到了就先等你。」

大樓的樓梯間只有一盞暗黃吊燈，便宜的暖色塑膠罩營造出某種情調，燈光昏昏弱弱，照得空氣充滿熱意。林蒼璿臉頰紅潤，天生膚白的他總帶著一股青春氣息。

林蒼璿依然笑著，眼角微勾：「不如你騎車載我去。」

程瑜頓了下，眼中寫著詫異。

林蒼璿繼續說：「那裡不好停車，找不到停車位很麻煩。」

「你確定？」

「方便嗎？」

程瑜思索，「唔」了聲，最後說：「都可以。」

夜很冷，寒風凜冽，程瑜的體溫炙熱，林蒼璿貼著程瑜的腰，汲取對方身上的美好。球袋給林蒼璿背著了，肩膀上的重量不算輕，他的心卻是飄的。

林蒼璿明白，程瑜心中分得清楚舊情人出軌的主因，只把他當成一個普通人，即使程瑜同意讓他靠近生活領域，心中也是一片清明，不帶旖旎。

然而這一切仍得感激齊劭的變心——齊劭甚至曾經親口說，程瑜不適合他，他要的是學長。

雖然林蒼璿有時候會想，若是有一天程瑜知道了一切，會有什麼反應？

他利用齊劭的貪婪，讓程瑜傷心了。

林蒼璿緊緊環住程瑜的腰，此刻能觸碰程瑜，簡直美好得令他無法想像，即便就此死去也值得，下地獄都無所謂了。

紅燈亮起，倒數九十八秒，程瑜停車挪了挪身子，隔著衣服掰了下林蒼璿的手腕，含糊不清地咕噥：「不要抓這麼緊，鬆手。」

「抱歉，風好冷。」林蒼璿忍俊不禁，改成揪著夾克的腰側，程瑜又是一縮，「而且球袋太麻煩了，我眞的抓不到後面的握把，我不知道你這麼怕癢。」

下車時，林蒼璿搓著手臂，球袋已經把他的西裝勒皺。程瑜停好車，順手就把球袋提起，背在自己身上。

非假日人潮不多，球速一百四十的球道幾乎沒人使用。

林蒼璿表示自己從未來過，要程瑜示範一次，程瑜毫不猶豫地選了最高球速。姿勢完美、動作標準，揮灑出男人的力量。二十顆球全數打擊出去，林蒼璿頓時看呆了。

齊劭喜歡叨叨絮絮地不停說自己的事，林蒼璿一開始嫌煩，後來阻止不了，就換個心態當廣播聽。齊劭曾說過，他們第一次約會，程瑜一點也不浪漫，居然選了打擊場這種地方，傻得有點可愛。

齊劭還說，程瑜打擊的時候很帥。

有關程瑜的每一件事，林蒼璿都記得。

程瑜神情專注，一次次的揮棒展現出力與美，跟他想像中差不多，很帥，眞的很帥。

走出球道，程瑜似乎不太滿意，掂量著手中的鋁棒。

林蒼璿臉上微紅，毫不保留自己的仰慕：「你好厲害，眞的。」

程瑜揉著手腕，笑了笑：「換你了，你可以從球速九十開始抓球感。」

林蒼璿跟程瑜借了鋁棒，脫下外套躍躍欲試，同樣選了最高球速，並沒有聽從程瑜的建議。

一開始不意外地揮棒落空，程瑜在場後看，林蒼璿果然是初學者，姿勢不太正確，穿著西裝也伸展不開手腳。但漸漸地，林蒼璿抓到了訣竅，連連擦棒，程瑜挑眉，沒想到林蒼璿看起來弱不禁風，竟還有些運動細胞。

二十球下來，近半數擦棒滾地。

走出球道的林蒼璿搖搖頭，也揉著手腕：「很難啊，而且手腕好痛。」

程瑜像個教練一樣評價：「以初學者來說表現不差了，球感挺強，多練習一定能打得不錯。」

林蒼璿試探著說：「那你教教我？」

程瑜不愧是桃花絕緣體，正經八百：「沒什麼訣竅，多練就可以。」

林蒼璿又笑了。

他把鋁棒交給程瑜，二十球過後，程瑜踏出球道，林蒼璿拿著兩瓶運動飲料等著他，小狗似的乖巧湊上來。

程瑜自然地收下林蒼璿的善意，這回倒是沒什麼掙扎。林蒼璿看著他扭開瓶蓋，張嘴咬著瓶口豪飲，喉結上下滾動。重新蓋回瓶蓋後，程瑜抹了抹嘴唇：「你怎麼不喝？」

林蒼璿擺擺手：「等我打完。」說完，他再度拎著鋁棒上場。

棒球的確是能紓壓的好運動，打擊出去的瞬間，彷彿也把壓力給揮出場外，同時慢慢能理解這個運動迷人的地方。林蒼璿很快抓到訣竅，雖然無法盡善盡美，二十球近半擦棒滾地，但已經勉強能揮出一、兩次漂亮的外野高飛。

他連續打擊三局，手感漸佳，第四局太累了，不得不下場換人。

程瑜坐在休息區啜著飲料，林蒼璿球感很好，只可惜體力太差，看起來也沒什麼肌耐力。林蒼璿攤開手，細皮嫩肉的掌心磨出一層紅腫。程瑜皺著眉問：「痛嗎？」

林蒼璿搖搖頭，額上薄汗晶瑩，笑著說：「太久沒運動了，我得喘一下，接下來都換你上場吧。」

程瑜沒有推託，拿著球棒踏上打擊區。

幾局下來，返回休息區，林蒼璿早就不在位子上了，連帶著隨身物品也不見。程瑜尋出門外，林蒼璿坐在圍牆花臺邊吐著煙圈，身旁擱著球袋、外套、鑰匙等家當。

林蒼璿朝他揮手，遞了根菸。

程瑜把菸咬在嘴裡，渾身摸了個遍卻找不到打火機。林蒼璿靠過來，菸尾紅點灼灼，他微啞著嗓音：「我也是跟路人借的火。」

兩根菸互相引火，兩人身體靠得很近，氣息交纏，程瑜幾乎可以看見林蒼璿長睫的顫動。林蒼璿的呼吸猝不及防地侵襲他的領域，他甚至能嗅到對方身上若有似無的香水味，撩得發醉。

這牌子的菸不是程瑜習慣的種類，渾厚嗆人，侵略性強烈，他一個不注意便咳了出來。

林蒼璿把菸從嘴裡扯出，錯愕地問：「怎麼了？」

程瑜咳了兩下：「沒抽過這牌子。」他再度抽一口，味道讓他聯想到傳統威士忌，充滿泥煤與火炭的香氣，「嗆了點，但還不錯。」

林蒼璿放心地笑了：「你眞厲害，幾乎棒棒全壘打。練多久了？」

程瑜沉浸在菸草中，呢喃似的說：「我高中是棒球社的。」

林蒼璿輕笑：「難怪這麼厲害。現在還有在打棒球嗎？」

程瑜搖頭：「很少了，頂多打社區棒球。」

程瑜的肌膚是蜜糖般的麥色，天生的色澤，咬上一口像能嚐到裡頭的甜。林蒼璿不著痕跡地瞟過程瑜，呼出煙息：「說到棒球，我高中時本來也想參加棒球社，同儕多嘛，好玩，不過悲劇的是我一晒太陽就皮膚過敏，只好選柔道社。」

程瑜忍不住挑眉：「柔道社？你嗎？」

林蒼璿哈哈大笑：「我當年還拿過全中運亞軍呢。」

程瑜跟著笑，露出單邊酒窩：「眞的假的？」

「對啊，從高一練到高三，差點把我的學業也賠進去了。」林蒼璿朝天吐煙，「那年全中運因爲一個小失誤，結果我輸了，教練氣炸，下場直接賞我一拳，打得鼻血直流，之後我就不練了。」

程瑜的笑容僵住，林蒼璿補了句：「後來我找了白禮還有幾個朋友，半夜把教練那臺福特的四個輪子戳爆，搞了幾次之後，他就不敢再找學生麻煩了。」

「太誇張了。」程瑜又失笑，「那現在你還練柔道嗎？」

林蒼璿再次抽了口，星火即將燃盡指間的菸：「現在工作太忙，連吃飯都快湊不出時間了，哪還能練體能。」

「工作以外也要注重健康。」程瑜盯著林蒼璿的手腕，不經意地說，「你太瘦了。」

路燈迤邐下一地如冰的光，林蒼璿那雙清亮的眼睛詫異地凝視著程瑜，連菸灰抖在膝頭也絲毫未察。

程瑜驟然想起自己是占人便宜的惡霸，居然還敢評論對方的身材，臉一下子炸紅。他搖著手，結結巴巴說：「不、不對，那個，我的意思是、是健康的重要性。」

「喔——」林蒼璿故意拖著長長的尾音，低頭捻熄菸，「的確呢，工作太忙，每天都和超人一樣……今天只喝了杯咖啡跟吃了一條巧克力，然後中餐就是你的料理，到現在還沒吃晚餐。」

程瑜不可置信地看手錶：「快十點了還沒吃晚餐，你不餓嗎？」

「習慣了。」林蒼璿聳聳肩，把菸屁股丟進旁邊的菸灰桶，笑嘻嘻地說，「不過被你這樣一說，我覺得有點餓了，可能是運動讓肉體恢復知覺了。」

程瑜也把菸捻熄：「你吃路邊攤嗎？我知道附近有一家不錯的麵攤。」

「吃啊，當然吃。」林蒼璿露齒一笑，「誰不吃路邊攤呢？」

程瑜不禁莞爾。邱泰湘就不吃。

這次沒打幾局便結束，程瑜其實意猶未盡，但他還是拉著林蒼璿跨上檔車，鑽入迷宮般的巷弄裡。夜幕低垂、氣溫下降，林蒼璿感受到冷風灌入袖口，凍得發抖。畢竟西裝太薄，任亞熱帶的冬天再怎麼相對宜人，也擋不住東北風的徹骨寒意。

前方紅燈，程瑜停車，安全帽都沒脫便拐進超商，等他出來的時候，手上已經多了兩包暖暖包：「這給你，都忘了今晚是第一波寒流，雖然有點克難，不過勉強能禦寒。」

林蒼璿看著手裡的兩包白兔暖暖包，輕輕一笑，只拆了一個，另一個收在西裝外套內。

重新跨上檔車，大概五分鐘左右就到了一家巷內的小麵攤，塑膠棚下只有兩、三組客人。程瑜說這家麵攤只開消夜時間，用料新鮮，老闆講究乾淨，只是太吹毛求疵，許多客人都嫌上菜速度慢，不過程瑜認爲好吃才最重要。

老闆是個中年人，冷冷淡淡的，絲毫沒有向客人打招呼的意思。

程瑜自己拿了菜單，找了張桌子，隨便點了幾樣菜。一碗鴨油飯、一碗麻油麵線、一盤滷豆皮、百頁豆腐、海帶、隔間肉、梅花肉，配上甜鹹酸菜和燙青菜。再點了盤冷筍沙拉後，程瑜在菜單撇上兩碗餛飩湯，才交給老闆。

遞單子沒多久，一桌子的菜統統上了，比別人都來得快，惹得隔壁桌乾瞪眼，顯然程瑜是熟客。

林蒼璿毫不客氣地動筷子，捧著鴨油飯一口接著一口。不愧是大廚推薦，這間店的白米飯比高級料亭來得香，淋上一勺子熱鴨油，油而不膩，滿齒留香。

程瑜則一口麵線一口餛飩湯，還沒吃完一半，林蒼璿又跟老闆叫了碗陽春麵。程瑜嚇了一跳，看他細細瘦瘦的，沒想到食量驚人，吃飯速度也快，活像餓了半輩子。

林蒼璿笑嘻嘻地說：「這家太好吃了。」

這是他開飯以來的第一句話，先前都忙著嚼美食。除了追加的陽春麵，林蒼璿又點了菜捲跟油雞，全部掃進了肚子裡。

最後是林蒼璿結了帳。

回程的路上，又圓又大的明月高掛，林蒼璿從來不曾覺得月亮如此燦爛。他捏著懷裡的暖暖包，縮在程瑜背後躲風，身軀輕輕貼著前面的人取暖。

程瑜的體溫熨貼又舒服，讓林蒼璿想起程瑜喝醉的那個夜晚，兩人在床上相擁，像沉入了無邊的海洋，肌膚貼著肌膚，舒服得令人暈眩。如果能再有一次，那該有多好？

車停了，十二點鐘響打碎了灰姑娘的舞會，美好幻想終究得回歸現實。

程瑜停好車拎著球袋，在樓梯間跟林蒼璿告別。

林蒼璿雙手搓著暖暖包，在程瑜準備上樓的那一刻突然說：「哎，程瑜，約這禮拜六中午行不行？」

程瑜困惑地回望，停滯三秒，大夢初醒似的說：「啊，可以，沒問題。」

林蒼璿揮揮手，朝他一笑：「好，再見，確切時間我們再約吧。」

程瑜揮手轉身，頭也不回地跨上樓梯：「沒問題，先這樣，晚安了。」

林蒼璿目送程瑜消失在樓梯轉角，然後縮著身軀回到車邊，抬頭一望，四樓的燈還沒亮。他靠著車子，從口袋裡掏出菸盒，接著在身上摸索一會，找出一只Zippo打火機，點了根菸抽起來。

四樓的燈亮起，主人回家了。

林蒼璿雙手環胸，藏在外套裡的暖暖包持續帶來溫暖，令他渾身酥爽。

他拿出手機，上頭顯示有數百則訊息，他點開其中一則彩月的訊息：「協理，我們剛離開料亭，齊劭似乎並不願意去南部出差，連對方都看得出來。」

而另外一則來自齊劭：「學長，能不能出來吃個消夜呢？想跟您報告一下晚上的事情。」

「抱歉，我還在忙。」林蒼璿面無表情回覆，「今晚跟對方聊得愉快嗎？去南部要好跟他們打好關係唷。」

Chapter 16

星期六的早晨，驕陽活力十足，陽光透過窗簾灑入室內。

程瑜打開啤酒仰頭豪飲，低頭繼續製作他的料理。

揉合辣椒、咖哩、薑黃、印度香料及蜂蜜，土耳其考夫特牛肉咖哩是一道非常適合冬天的餐點。

牛絞肉灑上胡椒、鹽、月桂葉、荳蔻與橄欖油，用手揉捏成粗條狀，下鍋煎成金黃色。咖哩醬與番茄放入食物調理機，別忘了還有去皮的生薑，打成泥狀，然後倒入煎牛肉的炒鍋，將椰奶與炒過的四季豆一併下鍋。

接著，程瑜毫不猶豫地在考夫特牛肉咖哩中加入百香果，回神的時候已經來不及挽救，百香果肉如同戰艦被擊沉在咖哩海裡，想撈也撈不出來。他把這個錯誤歸咎於白禮，這人的實驗精神把他給害慘了。

小火熬煮，舀匙希臘優格，搭配檸檬汁，程瑜用小碟子淺嚐一口，優格的酸氣與百香果的清甜恰如其分地扮演調和的角色，把咖哩的膩轉化成爽口。

沒想到誤打誤撞，還挺不錯的。

他昨天收到母親從東勢寄來的水果——葡萄、蓮霧、芭樂、百香果及火龍果，還有一瓶特製金棗醬。都說一個人吃不完了，母親依舊深怕他餓著似的，活像把整個水果攤都給寄來了。

旁邊的印度香米炊熟，散發出蘭香，程瑜用銅盤盛裝牛肉咖哩，而香菜是偏食狂的前世恩人之一，所以他改成用西洋菜及薄荷點綴。他還多做了印度薄餅，除了咖哩牛肉，開胃菜的生火腿無花果、蜜漬玫瑰瓣與紅酒醬、些許芝麻葉，也可以一起享用。

時間充裕，他仔細處理前菜，黑松露與乾煎蒜片，配上浸潤過黑糖、鹽巴與金棗汁的鴨胸，表皮以熱火烤得薄脆，底下抹了鴨肝慕斯，白底瓷盤裝放上紫蘇與紅梅，妖嬈美人的氣質就出來了。

鍋裡的湯還在熬煮，盤子沒來得及擺齊，門鈴便響了。

「這麼早就到了？」程瑜打開門迎接林蒼璿，驚訝地說，對方手裡捧著一瓶高級法國酒。

「有早嗎？我可是睡醒才過來的。」林蒼璿把酒推到程瑜面前，程瑜一看酒標就知價格不菲，林蒼璿彷彿讀懂他的心，馬上說，「我不曉得帶什麼來比較好，你別推辭，這也是人家送的，不要介意。」

程瑜先把林蒼璿迎入門，遲遲沒收下禮物道謝。林蒼璿脫了鞋子，規規矩矩擺好，朝著程瑜笑：「收著，等會喝，好酒就是要找對時機品嘗，現在不拿出來分享，還等什麼時候？」

「不過這也太……」程瑜蹙起眉頭，「太奢侈了。」

「跟你一起喝怎會奢侈？」林蒼璿把酒瓶往程瑜懷裡塞，「而且白白吃主廚一頓，這瓶拿來當禮物剛好，我不吃虧的。」

說著，林蒼璿深吸一口氣：「好香啊，眞香。」

浸淫在美食的香氣與造訪單身男子公寓的快樂當中，林蒼璿俊美的臉上綻出光彩，相當開心。他身上不是平常穿的西裝，似乎將彬彬有禮這層表象也給脫去了，一身T恤牛仔褲顯出隨性與稚氣。

程瑜要林蒼璿隨意坐，林蒼璿卻跟在他身後，又把這丁點大的家當成大觀園般，好似每一處都新奇。

程瑜把酒擺在中島，只當這人是隻有吃貨屬性的大型犬，提到吃的就變得親人，開心得直打轉。

「啊啊，好香，原來是牛肉咖哩。」林蒼璿踱到餐桌旁，點著下唇，端詳桌上的菜餚，「眞棒，還有前菜，也太棒了，太完美了，程瑜你眞的好厲害。哎，有什麼需要幫忙的嗎？我可以幫你把酒杯擦乾淨。」

程瑜扭開水龍頭洗手，被誇獎得有些不好意思：「這我來就好，你先去客廳等，快好了。」

林蒼璿選擇當個聽話的孩子，因爲聽話的孩子有糖吃。他也不拘束，窩在客廳小沙發上揪著抱枕，把看程瑜做菜視爲享受。程瑜拿濾網認眞除去湯底浮渣，接著重新打開抽油煙機，吸納熱氣與空間中過度複雜的食物香氣。

從林蒼璿的角度只能看見程瑜線條分明的背、漂亮勻稱的腰，偶爾看得到專注的側臉。他雙手環著抱枕，半張臉埋入柔軟之中，光是客廳沙發都能使他浮想聯翩、怦然心動，更何況本人就站在眼前，可惜程瑜根本記不得那夜的事。

手機在口袋裡拚命震動，可林蒼璿才不管，眼前美景最重要。

正當他瞧得入迷時，門鈴響了，而程瑜並沒有注意到，林蒼璿瞬間像頭警犬一樣豎起尾巴警戒。

到底是誰會選在這個時機來找程瑜？

熱烈的心隨著揣測往下墜入一潭寒泉，他在腦中迅速模擬所有可能發生的情況。會是誰呢？他冷笑了下，無論是誰，都不准破壞他這點得來不易的幸福。

門鈴只響了一次便失去動靜，林蒼璿邁開雙腿，擅自替主人開了門。

門外的白禮張大嘴巴呆立，門內的林蒼璿瞪大眼睛。

林蒼璿毫不猶豫就要關門，白禮趕緊雙手箝著門扇阻止：「林蒼璿！你不要忘恩負義便當情！今天你要是不開門，老朋友我就生氣！是朋友就開門！」

林蒼璿那張溫良的面具在老友面前徹底毀滅：「你來這裡湊什麼熱鬧！你他媽的還敢跟我提便當！飯菜全亂成一團了是不是你讓便當在車籃裡面亂搖！給老子滾回去！」

白禮一腳卡住門縫，扯開嗓子大吼：「程瑜！你老闆要死在林蒼璿手裡了！程瑜救命啊！」

兩人抓著門，一人抵著一邊，使著蠻力互推。廚房裡的程瑜端著淺碟準備嚐味道，一隻手懸在空中。喔喔……這次是什麼，邊境牧羊犬跟哈士奇打起來了嗎？

程瑜放下碟子，朝林蒼璿說：「忘了跟你說，我還邀了白禮一起討論菜單，想說你們兩個認識。」

林蒼璿悲憤得想仰天痛哭，一個不注意便讓白禮鑽了空子，抽身入內。進門的白禮大笑三聲：「怎樣、怎樣！驚喜吧！」

豈止驚喜，簡直絕望，說好的兩人甜蜜蜜午餐呢？林蒼璿額頭貼在冰冷的門板上，殺人的心都快冒出頭了。

「小地方隨便坐，先喝點飲料。呃，檸檬水可以嗎？」程瑜把手擦乾淨，對兩人說，「再等我五分鐘就能開飯了。」

「你慢慢來沒關係。」白禮的字典裡面沒有「禮貌」兩個字，馬上聞香歡歡欣欣滾至廚房，探看程瑜煮了什麼好料，「哎唷哎唷！天啊！」

林蒼璿仍貼著門板，整個人悶得像條死魚。

「唷喔！」白禮突然大叫，指著中島上的紅酒，「唷唷唷！瞧瞧，一九八〇的Lafite Rothschild！」

程瑜笑了笑：「是林蒼璿帶來的。」

「原來如此，我還在想這瓶酒跟林蒼璿放在酒櫃死都不給我碰的那瓶一模一樣呢。」白禮賊賊地笑，盯著林蒼璿的背影，「原來是他送的呀，唷呵，拿來這裡獻寶啊。」

「吵死了。」林蒼璿轉了過來，額頭一片紅痕。

「千躲萬躲，還是躲不過我白禮喝你這瓶酒，哈哈哈哈哈！」白禮捧腹大笑，趴在中島上，程瑜跟著綻開笑容。

林蒼璿看見那單邊酒窩就放棄掙扎了，他輕嘆一口氣，決定算了。

開胃菜、前菜與湯品是下一季的重點，程瑜上菜前先說明了做法與概念。這幾天與白禮接觸，讓程瑜有了些心得。白禮對食物的熱情來自於父母親對美食的偏執，在這種環境下成長的他，培養出了十分講究又挑剔的舌頭，連掛星的餐廳都能挑出毛病。

可惜這人老犯懶，總是只落下一個概念、一段文案，甚至是一袋菱角，隨隨便便就交代了對下一季主題的想法，前幾任主廚胡亂捉摸出來以後，往往又會遭受白禮無情的批判，通常原因都是不夠他回味。畢竟白禮吃過無數料理，想讓他感受到新意自然極難，這一點令程瑜相當焦慮，戰戰兢兢的，一直忍不住想抓住白禮的衣領逼他講心得。

林蒼璿插起一小塊鴨胸，細細品味。

白禮則啜了口紅酒，銀叉戳著旁邊點綴用的紅梅，簡單下了句評語：「好吃。」

程瑜自己也吞下一塊鴨胸，如鯁在喉，這評語聽不出好壞，他憂心地蹙起眉。

「味道很好，鴨肉也很軟嫩，裡面的甜是黑糖跟什麼……我吃不太出來，有點酸氣。」白禮再塞了一口鴨胸，囫圇咀嚼，「是甜醋或巴薩米克醋嗎？」

「是水果吧？」林蒼璿用餐巾抹著嘴角，「冬季水果大概就這類味道。」

「唔，海鹽、黑糖，撇除紅梅跟紫蘇，煙燻的鴨肝慕斯……」林蒼璿再嚐了一口鴨胸，「是金棗嗎？蜜漬過偏甜的金棗。」

程瑜與白禮瞪大眼睛看他。

「哇嗚，蒼璿……」白禮率先驚呼，「你還是這麼厲害，味覺跟狗一樣強。」

林蒼璿額上浮出青筋：「彼此彼此，你也跟豬一樣會吃。」

這段對話突然開啟了兩人對求學時期的回憶，白禮很小的時候就認識林蒼璿，然而兩人究竟是鄰居還是什麼關係，白禮言談間並沒有提及太多，程瑜也沒有問。

男人憶起少年時，就跟講起當兵一樣滔滔不絕，彷彿能藉此追回總是帶著盛夏氣息的青春。

但林蒼璿跟白禮的青春沒什麼好說的，既沒有少女漫畫裡欲拒還迎的朦朧情愫，也沒有運動漫畫裡的熱血沸騰，只有高中少年的臭酸汗味。

如果高中生活是一本青春漫畫，那麼白禮肯定是主角旁邊的砲灰配角，把主角光環當作庇蔭，最擅長的技能是搞笑跟找死。兩人之間，除了他偶爾被林蒼璿陰，或是被林蒼璿坑，以及偶爾的偶爾換他挖坑給林蒼璿跳，沒有任何不屬純純友誼的恩恩怨怨。

白禮對於林蒼璿是又愛又恨，雖然其實他從沒討厭過林蒼璿，反而像個抖M一樣跟在林蒼璿身旁。況且他一有事情，林蒼璿都會出面解決。

有時候白禮也想不透自己爲什麼這麼M，或許是受老白對林蒼璿過度關心的影響吧，總放不下在意的人……不過他很清楚自己的性向，絕對不是那種在意。

白禮頓了一下，喝了口酒：「跟著林蒼璿的好處，大概就是成績有人罩、分組作業有人扛，偶爾被坑還是划得來。」

許久以後，不再那麼膚淺和天眞的白禮，恍惚之間明白，林蒼璿對他的幫助，可能只是在回報他父親而已。

林蒼璿滑著手機螢幕，突然淡淡說：「程瑜啊，你想不想看白禮高中時的照片？」

白禮坐立難安，幾乎快跳起來：「你手機裡幹麼放我高中的照片！」

「方便逢人就陰你啊。」

「陰三小。」白禮拿叉子不禮貌地指著林蒼璿，「有種就打開你的524相簿讓大家參考啊。」

這瞬間，林蒼璿有如當頭被敲了一棒，白禮見狀一愣，額頭冒出冷汗，知道自己嘴賤過頭了。

程瑜叉起一塊鴨胸，再度把兩人當成了他最愛的大型犬，冷靜地瞧著雙方互瞪。

紅酒入喉，他內心一嘆。哎，這酒，眞棒。

空氣中充滿尷尬，程瑜沒想太多便問了一句：「524是什麼？」

他明顯感受到白禮的冷汗像瀑布般狂流，林蒼璿則是神情莫測。

各人造業各人擔，在被老朋友殺掉之前，白禮決定先開口承擔：「沒啦，那是、是、是一支讓林蒼璿重挫的股號啦……」

林蒼璿無言以對，簡直神比喻。

那支讓林蒼璿重挫的股號，眼下正在中島旁邊啜紅酒，張嘴只回了聲「喔」，心想，據說林蒼璿最厲害的正是操盤，百戰百勝無往不利，恐怕是真的跌了個大跤，才會把敗績存在手機裡，時時刻刻提醒自己。

白禮緊急轉了話題：「對了，程瑜，你高中讀哪裡？」

程瑜替他們兩個斟酒：「我高中在臺中念書。」

白禮又問：「那你有參加社團嗎？」

「有，棒球社。」

「好玩嗎？」

「很累。好玩。」

程瑜的話總是簡短，不拖泥帶水，很難聊起來。他就是這種個性，也不知該多說什麼，畢竟他的青春如此晦澀，像活在臭溝底的一朵狂躁的花，仰頭能見到天光，低頭是髒汙黑暗，無處宣洩，寂寞得可怕。

林蒼璿輕輕一笑，接口問：「你打哪個位置的？」

「三棒。」程瑜思索了一下，「有時打第五棒。」

林蒼璿喝口酒：「這麼厲害，長打率一定很行。不過你們教練也真夠偏心的，居然沒讓你打第四棒，這麼疼四棒嗎？」

「是啊。」程瑜的腦海浮現一張年少的臉龐，上頭總有塵土，揚著桀敖不馴的笑。他盯著紅色的酒液，聲音像遠方傳來，「他很厲害，所以一直打四棒，教練很喜歡他。」

程瑜也很喜歡他。

封閉的校園生活並不精采，程瑜對於性是朦朧的，甚至是冷感，他對女孩子沒有太大的慾望，也沒喜歡過同性。

除了那個四棒。

這位萬年四棒是校園裡的風雲人物，性格開朗，笑起來陽光，身邊總不缺女伴，而他最好的朋友正是程瑜。

在球隊的時候，他們是最佳拍擋，平時一起上下學、假日一起練球、夏天一起蹺課吃冰，冬天甚至偷偷在化學教室煮薑母鴨。程瑜只有兩個妹妹，沒有別的手足，自然就把他當成了兄弟。

是什麼時候開始喜歡上對方的，程瑜也不曉得。

那人說，女朋友纏人，煩都煩死了，還不如跟程瑜混在一起來得快樂。他爽朗地笑，像烈陽一樣炙熱，燒得程瑜體無完膚。

心中升起的異樣感受令程瑜驚慌得有些無所適從，他們騎著腳踏車，後座的程瑜站在支架上，按著那人的肩膀，感受掌心底下充滿力量的肌肉，夕陽明明已是溫溫的，卻烤得他皮膚發燙。

那人也是個奇葩，他帶程瑜回家玩，竟趁父母親不在拿出暗藏許久的小黃片跟好朋友分享。程瑜臉都綠了，青春期男孩的要面子在這時候特別礙事，想逃又深怕被誤會自己不行，不過他的確沒看過這種片子，只好硬著頭皮被迫觀賞一場肉色大秀。

開戲不到十分鐘便迅速進入主題，程瑜吮著可樂，沒什麼感想，說不上無聊，也沒什麼興趣。就兩條肉，不，三條，呃，怎麼又加入了一個……他揉揉眼，剛剛才練完球，其實有點想睡。

正當程瑜轉頭想對身邊人說累的時候，正巧對方也看著他，滿面通紅地詢問——我能在你面前打手槍嗎？

說完，褲頭已經扯下露出一截內褲，精悍的下腹線條一覽無遺。

程瑜立刻把滿嘴可樂噴在對方臉上，顧不得對方哀號著眼睛好痛，自己落荒而逃，衝去廁所解決硬得不能再硬的下半身。

跟好朋友看片還一起打手槍是什麼概念？

從那天起，他滿腦子全是對方的身影，只有幻想著那人的身體，程瑜才能體會到什麼是慾望。

程瑜頓時明白自己不妙了。

畢業以後出社會，他到臺北工作，那人也在臺北工作，他們一直都是好朋友，偶爾約出來打打棒球、吃消夜，那人也會向介紹程瑜剛認識的女朋友。十年了，那人永遠不曉得有人暗戀自己十年，直到結婚了，都沒有發覺。

程瑜回過神，白禮還在吵著說也想去打擊場玩，而林蒼璿雙眼注視著他，直勾勾地，彷彿看透了他腦海的所有畫面。

程瑜別過頭，藉故打開門窗通通風，離開現場。

這頓飯吃下來花了三小時，並不算短，白禮的滔滔不絕就占了三分之二。然而比起白禮這個只懂享受的傢伙，林蒼璿的評價來得實用得多了。

程瑜送走了他們倆，臨走前，白禮匆匆交代幾句構想，又是某種奇特的儀式性行銷，同時不斷地望錶，顯然有什麼急事。程瑜沒多問，只說改天再討論。

林蒼璿走出門，白禮已經先走一步，皮鞋敲得地板喀啦響，下樓得急急忙忙。

下午四點半，程瑜把所有碗盤洗得乾淨發亮，地也掃過一遍，順便倒垃圾。當他準備痛快洗個熱水澡時，桌上的手機震動，他拿起來一瞧。

林蒼璿：「我到家了，今天的料理好好吃超好吃！:)」

程瑜：「好的，謝謝，你喜歡就好。」

林蒼璿：「紅酒好喝嗎？:)」

程瑜：「很棒。」

林蒼璿：「不要告訴白禮，我還有一瓶 :D」

程瑜被逗樂了，嘴角勾出一點微笑。

林蒼璿：「還有下次機會嗎？」

林蒼璿：「我可以幫你評價新菜單，比小白還有用。」

林蒼璿：「對了，下次一起去選酒好不好？我想買幾瓶酒回家放。」

程瑜猶豫了一會兒，琢磨幾番，最後才送出：「好。」

Chapter 17

臺北的天氣總是陰晴不定，過午之後便開始下毛毛雨，高溼度的寒氣像把錐子刺入肌膚，冷得骨疼。

程瑜把自己裹成了大毛繭，只剩半張臉露在外面。長年待在餐廳廚房，他練成了極耐熱的體質，最高紀錄是整個夏天都可以不用開冷氣睡覺，但冬天就不行了，耐熱多半就怕冷，尤其是臺北的低溫，簡直要人命。

下午兩點半，他捧著素色木盒走在街上，趁上班休息的空檔替林蒼璿送便當。

今天是他開始新工作的第七天，而送便當原本是白禮的任務。白禮每天都會替林蒼璿準備飯菜，他常一邊挾菜裝盒一邊碎念，林蒼璿就算餓到快昏了也不可能離開辦公室，即使想邁開腿走出門，也會有人擋在他面前哭著求他簽完文件再走。而這人嘴巴刁，過於油膩的便當不吃、食材不合季節不吃、褐色滷煮物太多不吃、海鮮類不吃、配色太醜不吃、刀工太糟不吃，所以助理替林蒼璿買的午餐，他大多不愛，不愛便乾脆不吃。

簡言之就是難伺候。

爲了避免老朋友餓死，白禮只好肩負起送便當的重責大任，至於餐點內容當然是程瑜一手包辦，有時候還會放點新菜單的菜色，畢竟林蒼璿的評語比白禮有用一百倍。

今天白禮沒來上班，廚房的每個人都見怪不怪，好似根本沒有這個老闆。

程瑜一大早就收到白禮的簡訊，請他幫忙送午餐便當給林蒼璿，時間是凌晨四點。低血壓的早晨很難清醒，他還以爲這是惡作劇簡訊，直到清晨跟劉軍秀一起去採買食材，才驚覺這件差事有多麼不妥。

林蒼璿在的那棟辦公大樓高聳入雲，遠遠便能瞧見，再過兩個紅綠燈就會抵達。程瑜原本萬分抗拒，一度打算拜託劉軍秀幫忙，只要想到前男友跟林蒼璿在同一間辦公室，他就胃疼。沒事何必碰面？

但後來他換個角度想，拜託劉軍秀送便當，勢必得犧牲她的休息時間，這很不恰當，而且自己有必要東躲西藏嗎？又不是做了什麼虧心事，替老闆的朋友送便當與前男友何干？有了充分的心理建設，程瑜立刻進入無敵狀態，做什麼都覺得光明磊落，動搖不了。

大樓前庭廣場寬闊，強烈高樓風颼得程瑜臉頰發疼，忍不住攏緊身上的外套。遠處一臺計程車停下，一名婦人打開車門，一手一個吃力地提著購物袋，狂風掃過，她一個踉蹌跌坐在地上，袋裡的柳橙與橘子滾了滿地，像長腳的金豆子，任意在廣場亂竄。

程瑜見狀跑過去替她一一拾起，矮小的婦人年約五十歲，披著粗呢大衣，穿著樸素的裙裝，頭髮被吹得散亂。她一邊撿著橘子，一邊急急忙忙跟程瑜道謝。

程瑜把橘子全數放回購物袋裡，替她拎了一袋：「這太重了，我替妳拿吧，妳想去哪裡？」

婦人揩著身上的大衣，喘了口氣，臉龐帶著健康的紅潤，兩道粗眉襯得她精神奕奕：「哎，多謝你的幫忙，我們先進大樓，這裡風太強，快冷死我了。」

程瑜乾脆將手裡的便當交給婦人，自己則替婦人把兩個購物袋都提上。他走在前頭替婦人擋風，婦人捧著程瑜的便當木盒，掩嘴呵呵笑，直稱讚程瑜這種年輕人難得。

一進大樓，熱烘烘的暖氣撲面而來，令骨頭都酥爽起來，一瞬間讓程瑜聯想到Bachique的廚房內，那裡是個冬天避寒的好地方。

「一下子冷一下子熱，溫差太大會讓人頭痛。」婦人一進大樓內便解開大衣扣子，拿手帕擦拭額頭的雨水，揮手要程瑜放下購物袋，「年輕人，謝謝你，都進來了，我拿就好，不用這麼麻煩的。」

程瑜搖搖頭：「沒關係，不麻煩。妳想去哪一樓，我替妳拿。」

還沒問到婦人的目的地，大樓管理處的接待小姐已經小步跑來：「張太太，您還好嗎？我幫您提東西吧，來，先來這裡，我替您按電梯。」

婦人把頭髮順整齊，笑著打發對方：「不用不用，妳不用提，照樣七十七樓，謝謝了。」

看來這名樸實婦人恐怕來頭不小，連管理處的人都出來迎接。不過程瑜沒把這點放心上，萍水相逢，不必問人身分，專心當搬運工就好。

小姐將他們送到電梯前，開門就能上樓。電梯內的樓層指示燈高速攀升，婦人緊緊抓著大衣，咳了聲，笑容可掬地問：「年輕人，你叫什麼名字？」

程瑜也報以微笑，直接告訴她真實姓名。婦人笑起來的樣子非常親切，穿著打扮也不太像有錢有勢的太太，反倒像溫暖的鄰家伯母。

她問程瑜：「那你要去哪裡呢？耽誤了你的時間，真不好意思。哎呀，我太貪心，不該買這麼多橘子的，可是好便宜呢，看起來又漂亮，你說是不是？」

「現在正是時節，當然要多買點。我剛好跟妳同一樓，不會耽誤。」

「你是來上班的嗎？是哪間公司的？」婦人上下打量程瑜。

「我不是來上班的，來替人送東西。」

「欸？這樣呀。」婦人的表情略顯失落，嘴角的和善笑容依舊掛著。

電梯一下子抵達七十七樓，程瑜有些耳鳴。門一開，富麗堂皇的梯廳牆上綴飾了藍色的英文ＬＯＧＯ，林蒼璿的公司就在眼前。

上市上櫃的投資公司，與周家關係密切，暗地裡藏著汙穢與各種商業算計，被邱泰湘形容成龍潭虎穴跟惡魔之窟，卻簡潔時尚得跟設計公司沒兩樣，充滿昂揚朝氣。

「怎麼沒個人？我太早到了嗎？」婦人傾身往公司門前一探，又低頭瞧瞧自己腕上的小金錶，疑惑地說，「這不是三點了嗎？程瑜，程瑜小朋友，東西就先放這吧，先放地上，沒關係，等等會有人來拿。」

程瑜點點頭，還沒把東西放下，公司玻璃門一開，走出一名貌美的短髮女子，白裙細高跟，襯托出冰山美人般的氣質。

婦人熱情地喊窈窕女子：「Selly，妳來得正好，幫我拿進去吧，放茶水間分大家吃。」

程瑜蹙起眉頭，細腿細胳膊的女孩子怎麼拿得動這麼重的購物袋？他對著婦人說：「還是我幫妳拿進去？」

婦人笑著說：「這怎麼好意思？不用不用，你提上來就很累了，不用了。」

Selly蔡看見那兩大袋橘子差點昏倒，一聽不認識的帥哥願意提東西，趕緊說：「太太，我叫人來幫忙吧，這橘子好多，我也提不動。」

婦人雙手插腰，嘖了聲：「蒼璿呢？他人去哪了？叫他三點在梯廳等我，人呢？」

聽到關鍵字，程瑜瞪大眼睛，轉頭瞅著身邊的矮小婦人。

Selly嘆口氣：「協理昨天又熬夜，今天沒吃中餐，剛剛在會客間滑手機滑一滑，就睡著了。」

婦人跟著嘆了聲，不忍心地說：「這孩子就是這樣，老是不珍惜自己的健康。」

她回過頭看身旁的程瑜，親切地拍著他的手臂，「謝謝你的幫忙，我真的很感激，趕緊去忙你的事情吧，剩下的我來就行了。」

程瑜平靜地說：「我就是來找林蒼璿的。」

婦人跟Selly皆是一愣，婦人哈哈大笑，拍著程瑜的肩膀：「來來來，快，進來坐。」

程瑜提著兩大袋橘子，幾乎是被婦人推著走入公司。一進門，來往辦公的眾生見了婦人皆低頭請安：「CEO午安」、「執行長午安」、「執行長好」。

程瑜的腦子一片混亂，發現自己無意間幫助了很厲害的人。

在Selly的引領下，程瑜被送入一間會議室，兩手的購物袋早就被另一名男子接手。白色皮革沙發、玻璃茶几、藍灰橫紋地毯，室內空間不小，隱蔽性高，充滿令人放鬆的氣息。程瑜端著Selly遞上的咖啡，空調薰得醉人，帶著一股馬鞭草的清新味道。

婦人把木盒還給程瑜，輕輕地梳攏髮鬢：「你來找蒼璿有什麼事情嗎？」

看人果然不能只看表面，這一瞬間，她的氣場完全變了，轉成不容忽視的氣勢。

程瑜手指敲著便當木盒，簡單地說：「送飯。」

婦人挑挑眉，嘴角漸漸綻出笑容，露出潔白的牙齒：「哎，程瑜小朋友，我叫楊實，你可以稱呼我張太太，但其實我不太喜歡冠夫姓，你稱呼我太太就可以。」

程瑜點點頭，心裡有個底了，這人應該是林蒼璿的老闆。

楊實脫下大衣，掛在會客室的衣架上，一旁Selly在她耳邊悄悄說了幾句，楊實沒回話，而是轉過身對程瑜說：「蒼璿在後面。這孩子眞夠討厭的，上班偷懶睡大覺，你認爲我該不該扣他薪水？」

程瑜笑了一下，聳聳肩。

楊實又朝他和藹一笑，接著與 Selly 一同離開，留下滿臉錯愕的程瑜。

現在是什麼情況，人怎麼就走了？

他啜了一口咖啡。喔——好喝。但問題是，人怎麼就走了？

程瑜把咖啡喝光，對於美食，他的準則是絕不浪費。方才楊實說林蒼璿就在後面，於是他拎著便當盒，懷著疑慮推開室內另一道門。

木門厚實且沉重，後方是一覽無遺的小小茶水間，小沙發上擠了個長腿男子，呼呼大睡，睡姿有些拘束，渾然不覺有人闖入這方小空間。

在這裡睡覺，是想嚇壞泡茶的助理小妹嗎？

程瑜思索著到底是要任林蒼璿繼續睡，還是把人叫醒。瞧著手中的木盒，如果不趕緊吃東西會壞掉，況且剛才那名冰山女說，林蒼璿沒吃中餐。

程瑜總算明白爲什麼白禮如此關心林蒼璿了，這人一天沒便當就不吃飯，怎麼令人放得下心？

他盯著林蒼璿的臉龐，五官端正，的確很漂亮。他輕手輕腳蹲在林蒼璿身旁，推著對方的肩，小聲地喊名字。

林蒼璿被擾得受不了，緩慢地醒來，長睫輕搧，睡眼惺忪地轉頭盯著程瑜。

程瑜輕聲說：「醒醒，吃飯了。」

林蒼璿眨眨眼，眼神中仍帶著迷茫，含糊地嘟囔了聲：「我在做夢嗎？」

程瑜從沒看過林蒼璿帶著傻氣的樣子，突然覺得好笑：「對，你在做夢，不早了，打算睡到幾時？」

林蒼璿彷彿還在夢中徘徊，輕輕地蹙起眉，接著迅雷似的出手一扯，把程瑜緊緊擁入懷裡。狹小的沙發擠了兩名成年男子，彈簧發出抗議，程瑜緊急撐住扶手，防止自己的重量全壓在林蒼璿身上。

腰被雙手纏著，十指箍著背，程瑜能感受到林蒼璿發熱的身軀與肌肉。林蒼璿一頭扎入他的頸窩，迷戀地呢喃：「程瑜……」

茶水間暖氣烘得空氣乾燥炙熱，外頭安靜無聲，只有小冰箱的運作聲嗡嗡響著。林蒼璿這聲名字喊得微弱，像細小的幼貓哀鳴，貼在程瑜耳邊傾訴。

程瑜不明白林蒼璿的心意，所以他才願意踏入這間公司。因爲不明白林蒼璿的心意，所以他不認爲需要躲避，把這一切當成寬恕之後的普通交流。

即使遇見齊劭，林蒼璿對他而言也只是個一般朋友，兩人之間坦蕩蕩的，沒什麼好誤會。

林蒼璿早就曉得白禮不來了，凌晨四點，夜店剛結束營業，小白就發了封訊息給尚在熬夜的他。了解好朋友脾性的好處莫過於此，偷懶還能找到對方樂意接受的藉口——小白說，請你最喜歡的人幫你送飯，完成你的願望，要不要？不要拉倒。

他當然說好。

結果他期待了整天，心情雀躍，猜想著今天踏入這間辦公室的人究竟會是程瑜，還是其他人。

如果程瑜親自來了，那麼就是把他當成了路人，心無雜念。雖然令人難過，但能見到程瑜還是開心的。

不屑吃下屬買來的滿嘴醬油味的茶色便當，忙到忘記助理奉上的充飢點心，林蒼璿靠工作讓自己不要太過開心、不要太過牽掛。最後，他等得睡著了，他想著程瑜，盯著茶水間的銀燈管，喝了口咖啡，就不知不覺睡著了。

被擁抱的那瞬間，程瑜彷彿跌入了無盡的海洋，冷冽的雪松混著溫暖的氣息，撲面而來，頸窩之間的溫度燙得他暈眩。之前的片段回憶如同電影影格，一張一張發著銀光，無聲地闖入他的腦海，燙熱體溫摩挲著敏感肌膚，醉人的氣息，昏黑的夜裡沒有燈，有人溫柔地喚著他的名字……

一股電流從程瑜的腳底竄上頭頂，他立即舉起手，勢如破竹地往林蒼璿額上拍下去。

「嗷！」林蒼璿摀著額頭，疼得屈起身子，什麼愛意、旖旎、粉紅小泡泡都被一巴掌打散。

程瑜滾下沙發，幾乎是連滾帶爬逃離巨型犬的襲擊。

「嗚……」林蒼璿從沙發上坐起，摀著額頭揉眼睛，如夢初醒，「你怎麼在這裡？」

「你搞什麼！」程瑜整個身體都貼到牆上，面目猙獰地怒吼，紅透的臉頰出賣了他的害臊。

「你也太用力了吧？」林蒼璿喃喃呼痛，依然揉著額頭，「腦袋都快被你拍破了。」

程瑜的臉紅得快滴出血，咬牙切齒：「你在跟我開玩笑嗎！」

林蒼璿疑惑地「欸」了聲，持續揉額頭，睡眼惺忪：「唔……我習慣抱著東西睡覺，忍不住就……嘶，好痛……程瑜，抱歉，我不是故意的……不好意思。」

林蒼璿態度磊落又無辜，沒有吃人豆腐的愧疚，可程瑜仍像隻充滿戒心的貓一樣躲得老遠，搓著手臂忍住身上不斷湧出的雞皮疙瘩。

林蒼璿痛苦地哀號了聲，手放下，白皙光潔的額頭浮現紅通通的五指印。程瑜見狀瞬間閉嘴，把所有罵人的話全數吞入肚，臉色慢慢轉青。

林蒼璿皺起眉毛：「我的額頭是不是腫起來了？」

豈止腫起來，簡直像貼了塊阿嬤做的紅龜粿一樣滑稽。不要小看球隊三棒的瞬間爆發力，手勁強得可以打爆人的腦袋。

林蒼璿嘶嘶抽氣，精緻的臉龐皺在一起，程瑜連忙拿乾淨的餐巾紙——差點拿成抹布——並打開冰箱取出冰塊，用水浸溼，替他簡易地冰敷。

林蒼璿敷著額頭，可憐兮兮地問：「抱歉，嚇到你了嗎？」

「沒、沒事。」程瑜趕緊搖頭，蹙起眉，像老大哥一樣訓話，「下次注意點就好，不要這麼沒戒心。」

家有兩妹妹的程大哥有個缺點，遇上對於肢體互動沒什麼界限的女孩子（也包括柔弱的男孩）就會忍不住訓個兩句，像武俠小說裡正氣凜然的盟主，只懂練劍，渾然不覺柔弱男孩其實是飢腸轆轆虎視眈眈的狼王。

林蒼璿眼神飄忽，假意問道：「你怎麼會來我公司？」

程瑜想起了什麼，把桌上的木盒推到林蒼璿面前：「白禮今天休假，他要我給你送便當。不過我只能趁上班空檔，所以晚了點。」

程瑜一邊說，一邊動手把木盒的綑帶拆開，木製食盒一共兩層，上層是結合芝麻葉、黃芥末籽、紅椒與切丁黃瓜的義式番茄盅，以及薑汁照燒豆腐、越南涼皮蔬菜捲夾托斯卡尼生火腿，主菜是去骨的醉酒玫瑰雞與紅棗枸杞。

下層爲雙拼盒，左邊是噴著香氣的牛蒡段木菇炊飯，上面灑著一點點白芝麻，右邊是富含維他命C的蘋果、葡萄與芭樂。

「花了一點時間，趁空閒做的。」程瑜掃視過飯菜，幸虧沒有鬆散或變形，他一道一道說明，「紅棗補氣、薑汁驅寒，蔬菜量足夠，肉類也夠，五穀根莖類略少沒關係……你該多吃點水果。」

林蒼璿飲食習慣不佳、有一頓沒一頓，蔬菜量攝取不足，而白禮又是隨便亂配大王，根本不考慮營養問題。反正都有心要做便當了，程瑜乾脆卯足全力，用心準備。

林蒼璿目瞪口呆，幾乎嚇著了，攤在他眼前的食盒猶如璀璨的小金山，只差沒條奔龍飛出、穿入雲霄，放出金光閃瞎他的眼。

程瑜自信地笑了笑：「怎麼樣？」

林蒼璿回過神，綻放出燦爛的笑容：「太、太棒了！」

他雙頰紅潤，咧嘴露出八顆白牙，笑瞇了眼，發自內心地喜悅，結果換程瑜差點被這笑容給閃瞎。他有點不習慣林蒼璿這種眼神，眼角好似帶著桃花鉤，撩人不用錢一般，無意識地放電。

程瑜稍稍後退，逃避與對方視線接觸，拍腿起身：「我回去了，不打擾你。」

林蒼璿摀著額頭的冰包，融化的冰水隨著抬頭滑落下巴：「這麼快？我幫你叫計程車，外面應該很冷，搭車回去吧。」

「不用，我還要去銀行一趟。」程瑜搖手，人已經跨步到了門邊，「那，再見了。」

說完，程瑜打開門，消失在林蒼璿的視野內。

林蒼璿靜靜地望著門片好一會，他沒有追出去、沒有體貼地把人送至門口、沒有親自開車載程瑜回餐廳，沒有溫言軟語對程瑜說好聽的話、親著對方的臉頰道別。他把冰包拿下，用旁邊的紙杯盛裝，額頭仍紅腫一片。

他執起筷子，同樣是木製，跟食盒是一套。

這是程瑜的善意，不代表這樣的付出就是愛情，至少他八字都還沒一撇。

林蒼璿挾了一塊肉，配著一口飯扒進嘴裡。香菇獨特的氣味揉合了新鮮牛蒡，米香、肉香、酒香充分展開。

很好吃。

他一口一口慢慢品嘗，旁邊手機連續震響也不理。

大概是手機響太久了，助理Selly忍不住來茶水間找人，但推開門，見她的主管正在享受佳餚，Selly臉色瞬間丕變，話都沒說出口又縮回去。

沒多久換了個人，楊實大剌剌地闖進了茶水間，雙手插腰站在林蒼璿眼前。林蒼璿只顧吃飯不顧老闆，依然專注享用美食，沉浸在富含玫瑰香氣與紹興酒香的幸福之海裡。

「唷，小帥哥替你送便當呢，看起來眞不錯。」楊實瞧著精緻的食盒，挑眉，「準備得這麼豐盛，好吃嗎？」

林蒼璿沒空說話，悶頭吃飯，只用點頭回應。

「額頭怎麼了？」楊實笑嘻嘻地湊到沙發旁，緊挨著林蒼璿的手臂，「剛才玩太凶磕著了？」

林蒼璿斜瞟了她一眼，繼續嚼他的飯菜。

「難得有其他朋友來找你，是不是該介紹給我認識？」楊實繼續說，「哎，我看那孩子挺不錯的，剛剛是他幫我提橘子呢，這麼善良的年輕人不多見了。你怎麼看？」

林蒼璿總算吞下滿嘴飯菜，吁口氣：「他是白禮的朋友。」

楊實不依不饒地追問：「白禮的朋友就不是你的朋友？那孩子挺帥的，你喜歡嗎？」

「記得阿青嗎？」林蒼璿挾了塊豆腐放在飯上，楊實在腦海裡搜尋這個名字，只記得是個年輕的身影，來過幾次，「跟阿青一樣，都是白禮的跑腿。這年頭好人真的很少見，會幫忙白禮的人更是少見，而且他不是我們這圈子的人。」

「這樣啊？」楊實略感失落，嘴角仍掛著微笑，換了個話題，「再過幾天就是周孌金孫的滿月酒，也沒聽你說不去，怎麼就推掉了？」

林蒼璿嚐了口豆腐，薑汁的辛辣與乾煎蛋豆腐的軟嫩相得益彰，香氣流連唇齒之間，他感受那滋味好一會，才說了句：「我有約了。」

楊實挑眉：「有約？你約了誰？」

林蒼璿朝她曖昧一笑：「不告訴妳，很多事情說出來就不會實現了。」

楊實嗔怪地推了林蒼璿一把：「不老實！那我怎麼辦？你把我一個人丟在龍潭虎穴，就不怕我被那些怪物吃掉嗎？」

「楊實。」林蒼璿又低頭扒飯，「以後妳就不用怕了。」

楊實愣了愣，皮笑肉不笑地盯著他：「你說的倒容易。」

✕

忙碌了一天，程瑜到家的時候已是晚間十一點。主廚的任務除了掌握料理、控制成本以外，更得管理各項細節，上至客人對餐點的反應、食材產地履歷、廚房作業流程，下至服務生的服裝、禮儀，室內鮮花及桌巾擺放方式等各項事宜，都必須精準地做到完美。

他累癱了，差點就在沙發上睡著。

程瑜揉揉眼，強迫自己清醒，他把外套掛在衣架上，拿出錢包跟手機，順手刷著訊息，爲數不多的訊息中包含母親的叮嚀、妹妹的撒嬌以及前公司同事的哀號，總共二十來條。

其中一則吸引了程瑜的注意力，是林蒼璿傳送了張照片。

在上次邀約吃飯之後，林蒼璿已經有好幾天沒聯絡他了。見面時滿懷熱情，結束了卻不留下一片雲彩……程瑜猛然想起衣櫃深處還有一袋「證物」。糟糕，上回忘記還了。

程瑜點開訊息，照片是兩張棒球票，下方寫著：「廠商給的票，送你。」

球賽時間是四天後的晚上，剛好程瑜休假。

Chapter 18

林蒼璿：「你是棒球社，應該喜歡看棒球吧？」

程瑜：「不留著自己去嗎？」

林蒼璿：「我身邊沒有棒球同好，給你剛剛好。」

程瑜琢磨著。他的球隊朋友都在臺中，如果找老朋友一起去……最近那人的老婆剛生了一對雙胞胎，連出來吃頓飯都難，怎有時間看球賽。找秋香？秋香不喜歡人擠人的地方。左思右想，似乎沒有其他人對棒球有興趣。

手指無意識按在螢幕上，輸入框裡的頓號排成了一長串，他逐個刪去。反覆思量猶豫之後，程瑜動手輸入：「你看過棒球賽嗎？」

林蒼璿：「只看過電視轉播。」

程瑜：「球賽那天晚上有空嗎？要不要一起去？」

林蒼璿：「好啊，一起去:D」

表情符號重出江湖了。

程瑜還在推敲林蒼璿使用表情符號有無規律可循，順手回了句：「球賽七點開打，我可以替你準備晚飯。」

這幾天，在程瑜的操持之下，Bachique的菜單推陳出新，這全是拜白禮的瘋狂創意所賜。白禮有時候剛睡醒，胡亂丟幾把去市場買回來的劍筍跟檳榔花，便能充當本季主題，叫「海濱之鄉」，剩下的就由主廚發揮想像力。

程瑜只能換個心態，管他是海濱之鄉還是其他的什麼，劫難當磨練，兵來將擋。揉合傳統法式料理與在地季節食材，有時候連程瑜自己都看不懂菜單，甚至木材都能成爲提味，但嘗試過後漸漸玩出了滋味，他也不排斥持續創新打破傳統了。

白禮在宣傳上的確有他的一套手段，畢竟大學時除了把妹以外，課業也並未完全落下，他念的可是行銷相關的科系，鬼點子多，正適合發揮。

美食饕客網上評價刷出新高，故事性、視覺美感及味蕾饗宴，多重衝擊帶給客人們不曾體驗過的樂趣，餐廳預約電話不斷，連平日也一位難求。當然，程瑜的負擔跟著翻倍，廚房的工作一向不容出差錯。

程瑜解開扣子，脫下工作制服，摺好塞進背包，換上便服與一件厚外套。他跟劉軍秀道別，而劉軍秀縮著脖子，臉上略帶歉意，爲了主廚休假日還來加班感到不好意思，因爲現階段的她還沒能完全達到程瑜的細膩標準。

下午四點，臺北依舊陰雨，冷得侵人骨髓。程瑜背起背包離開餐廳，撐傘前往捷運站。

很不幸的，球賽正好是在降雨機率百分之八十五的今晚。

搭捷運的好處就是能趁空檔做些事，車廂搖晃、人潮洶湧，程瑜和一名婦人擦身而過，找到空的拉環後站定，一隻手從口袋拿出手機打發時間。

他點開通訊APP，林蒼璿簡潔地留言：「拜訪完客戶以後就下班。」

文字裡讀不出情緒，時間是三十分鐘前。

程瑜盯著訊息一會，單手打字回覆：「下雨了，球賽應該會取消。」

對方沒有立即回應，大概正在工作。程瑜又傳了幾段話，接著把手機放回口袋。

列車到站，他穿過年輕OL的身側，走出車廂。外頭大雨滂沱，如水瀑罩頂，手上的傘勉強可以遮雨，但腳下的鞋與褲管卻在走出捷運站的五秒後，徹底溼透。

程瑜花了不少時間才到家，途中還去了趟市場，回家後他立刻換上乾淨的衣服，草草吹乾頭髮。

下午五點十四分，他把手洗乾淨，著手處理食材。

即使在雨天，黃昏市場也沒有歇業，主婦們的購物興致未被大雨澆熄，一個個持著菜籃在其中穿梭。程瑜喜歡市場，每次來都有尋寶的驚豔，他買了血橙、西洋梨、萵苣、龍蒿，和臺東產的紅藜，以及明天打算給白禮的野生稻米。食材很多，程瑜在中島慢慢分類，這是他最喜愛的時光。

透過揀選、列整、組織的過程，能得到一種近似禪意的寧靜，雖然做菜的時候總會不由自主憶起過往的時光，程瑜不確定自己何時才能斬斷這習慣，只能希望時間會帶走一切。

切開菜葉經絡、捏碎帶殼種子，猶如在重組自己的人生，包含工作、愛情以及原生家庭，切斷、破壞，再重生。

他把齊劭封鎖了。

同時，他盡可能不再去酒吧，最常光顧的消夜攤也放棄，遠離兩人曾攜手踏過的每個地方後，世界彷彿靜了下來，讓他更能專心在每一刀之上。

傷會癒合，逐漸被遺忘，今後他的人生裡不會再有某人的身影。

程瑜把堅果、各類種籽、燕麥與果乾打成帶粉的顆粒狀，這是他每日的早餐，配上一勺藍莓與牛奶當成燕麥粥，或摻著麵粉煎成鬆餅，與酪梨、起司、水波蛋一起享用，富含纖維與蛋白質，能使他到中午都不會感覺飢餓。

窗外的動靜吸引了程瑜的注意力，雨勢狂猛，宛如颱風侵襲，急急打在玻璃上。晚上的球賽確定是泡湯了，程瑜伸手一構手機，螢幕上，林蒼璿四十分鐘前只回覆了一個字：「好。」

程瑜把手機放回中島上，洗手過後繼續切菜。

秋香最近陷入低潮，因爲他不想去Bachique用餐，可又想念程瑜的手藝，程瑜不知該哭該笑，只打趣地說了句「活該」。

這幾天秋香在忙天鼎集團的工作，雖然他自立門戶開了家科技公司，但自己的姊姊有難時，他還是該幫忙。天鼎集團虧損連連，報導大肆渲染邱雪莘經營不善，邱泰湘說這是周家的手段。程瑜是個良好的聆聽者，任由邱泰湘傾訴自己的煩憂，畢竟秋香已經連續好幾天沒去Hēraklēs吸收小男孩的精華了，苦不堪言。

門鈴響起，程瑜放下手中保鮮盒，在餐巾上胡亂抹淨雙手便去開門。

門一開，寒氣與水氣直衝入室，風聲呼嘯，人還沒見，微弱的聲音先傳入耳裡。

林蒼璿抖著嗓說：「好冷啊，程瑜救命。」

程瑜愣了下，林蒼璿縮著脖子抱臂發抖，容顏透著鐵青，頭髮溼淋淋的，鐵灰色西裝擰得出水，淺色公事包更是成了深褐色，活像穿西裝游過泳。

「你怎麼把自己搞成這樣？」程瑜抓著林蒼璿的手臂往溫暖的室內扯，將大門緊緊掩上，不讓絲毫冷風再透入，「你沒開車嗎？怎麼溼成這樣？」

「我、我開車，但今天換了助理，是個……」林蒼璿牙關直打顫，一臉說不出的無奈。

水滴沿著下巴滑落，他縮著脖子，不停發抖，簡直像隻落水狗。程瑜抓著他的手臂，想拖他去浴室換件衣服，林蒼璿急忙推託：「欸，等等，我全身都在滴水，哎，這樣會弄溼你家。」

「不要緊。」程瑜皺著眉，「你先去浴室沖個熱水澡，我拿乾淨的衣服給你替換。」

林蒼璿抖著手脫下皮鞋與西外套，渾身頻甩水花，令程瑜的雙袖也溼了大塊。寒流來襲，加上大雨傾盆，林蒼璿只差沒凍成冰塊了。

程瑜趕緊進了主臥室，在櫥櫃裡翻找出一條嶄新的大浴巾，讓林蒼璿先擦乾頭髮，避免頭疼。回到客廳時，林蒼璿已經鬆開褲頭皮帶，溼答答的西裝長褲跟著深藍色領帶委屈地躺在地板上。

林蒼璿很高，腿很長，兩條白皙長腿映入眼簾，僅剩襯扣與襪子，溼透的白襯衫貼著肌膚，若隱若現。

程瑜差點踢到沙發摔倒，崩潰大吼：「等等！你脫褲子幹麼！」

林蒼璿神情疑惑：「總不能弄溼客廳的木地板吧？」接著，他動手解胸口的扣子，一顆一顆往下開。

高中時代，程瑜原本是打算練投手的。他把手上的大浴巾揉成一團，起手、抬起單腳，用上臂肌肉與扭腰的力量將浴巾當成棒球，使盡吃奶力氣甩到林蒼璿臉上。林蒼璿擋不住作用力，後腦直擊大門，嚎了聲痛。

「別鬧！」程瑜紅著臉，怒氣沖沖地吼，「直接去浴室沖澡，不要管地板了。」

「你該不會在害羞吧？」林蒼璿整個身子靠在門片上，腦袋蓋著大浴巾，嘻嘻笑起來，「我有的你也有，有什麼好害羞的？」

程瑜默不作聲，紅著臉把林蒼璿的溼衣服一一拈起。

「我的身體你不是看過……該不會忘記了吧？」林蒼璿用浴巾揉著頭髮，程瑜無法看清他的表情，只聽見略帶輕佻的話語，「想不想趁現在重溫一下？」

對方有意暗示那個失憶的夜，程瑜不經意瞟了眼那青白的腿與扣著襪子的纖細足踝，立即別開視線，略帶羞惱地說：「你怎麼話這麼多？再不快去洗澡就別吃飯。」

程瑜挾著溼衣服轉身就走，落荒而逃似的。他也不想表現出這種羞怯怯的蠢樣，只是面對林蒼璿的玩笑，他總是以難應付。

講到吃的是效果絕佳，林蒼璿果斷地擦乾頭髮跟肌膚，不敢又造次地脫下溼得若隱若現的襯衫。但程瑜突然有點後悔了，他低頭搗著額，避免正眼對上林蒼璿，萎靡地指著前方，示意浴室的方向。

溼黏的襯衫、晃蕩的下襬遮住挺翹的臀，底下是白皙長腿與扣著襪扣的黑襪，膝蓋以上肚臍以下好似什麼都沒穿……

根本沒有比較好。

程瑜連耳根都紅了。

林蒼璿原本還在笑，卻連打了三個噴嚏，只得揉著鼻子踏入浴室。直到蓮蓬頭水聲響起，程瑜才敢進主臥室。

他揀了幾件新衣服，摺疊好放在浴室門口，林蒼璿身材跟他差不多，且略瘦，尺寸應該沒問題。至於貼身衣物……程瑜猛然想起衣櫃深處有那件林蒼璿遺留的東西，於是又紅著臉，把那條內褲拿了出來，連同袋子一併放在新衣服旁邊。

室內殘留雪松與微淡麝香，在冷空氣中特別明顯。

程瑜把地上的雨水抹淨，回到自己的崗位繼續料理。林蒼璿這個澡洗得特別長，跟他老愛在浴室敷臉刮毛的妹妹一樣久。

外頭雨勢漸歇，程瑜也剛做好主餐孟買烤雞，副餐則是藜麥與番茄辣椒莎莎醬，置於煎得香酥的蔬菜歐姆蛋之上。

林蒼璿神清氣爽，脖子上掛著一條毛巾，悠哉悠哉地晃出浴室：「哦！好香！是烤雞啊，看起來好漂亮！」

程瑜背對著他，灑上茴香籽與黑芥末籽：「吹乾頭髮了嗎？不吹乾點會頭痛。」

林蒼璿繞過中島，直接湊到程瑜身旁，興高采烈瞧著那盤顏色漂亮、冒著香氣的料理：「沒問題的，洗完熱水澡以後舒服多了。」

靠得太近，林蒼璿身上是程瑜慣用的肥皂香氣，檸檬與馬鞭草的氣息。程瑜把雞肉劃到小盤，混合小菠菜葉稍微拌散，漫不經心地問：「你怎麼會弄成這樣？」

「哎，說來話長。」林蒼璿忍不住蹙眉，「我原本的助理，就是你上次來公司看到的那個，身高一七五的漂亮女孩，她叫Selly。Selly今天請假，公司臨時找了一個新人跟我出差，新人來沒幾個月，反正他的任務就是幫我開車，沒太困難，我也不在意他是不是夠資歷……總之，這一切都是我的錯。」

程瑜覷了他一眼：「然後呢？」

林蒼璿雙手環胸，滿臉無奈：「那個小笨蛋臨時說不舒服要回家，告訴我車子停在河濱公園的幾號車位。我走出客戶的公司大樓時，外面已經在飄雨了，身上唯一一把傘不巧就放在車內，我心想，反正停車場在附近，用不著再買一把傘，如果下大雨跑過去也不是問題。結果事情根本不是我想的這麼簡單。」

「我在河濱公園找車找了快半小時，後來雨滴大得跟黃豆一樣，我第一次感受到原來雨打在臉上這麼痛。」林蒼璿嘆了口氣，「我打電話給那個笨蛋，問他車到底停在哪裡，他講了半天，一樣說是河濱公園的幾號車位，我問他是不是公司大樓旁的河濱公園，他卻支支吾吾。原來新助理記錯了，他是停在對邊那個公園，距離我的位置起碼有八百公尺……所以，我在豪雨中跑了八百公尺，平時瀟灑的形象都沒了。」

程瑜勾起嘴角，開玩笑地說：「眞難爲你了，那個人得罪了林協理，明天不用上班了吧？」

林蒼璿一愣，被近距離的單邊酒窩閃得有些昏頭，隨即說：「我開車過來的途中，他就傳了辭職簡訊給我，內容寫得淒楚無比，搞得我好像是壞人一樣。我有這麼可怕嗎？」

那半邊的酒窩還沒消融，程瑜回應：「該不會是你平常的形象，會讓人不由自主覺得你很凶？」

「我可從來沒罵過誰，也沒懲處過任何下屬，這誤解眞大。」林蒼璿聳聳肩，「我想，是別人不認識我，也沒有嘗試過理解。」

「你不用想太多，那個新人助理的態度很不成熟，不需去猜測那種人的想法。」程瑜把銅盤擺在中島上，擠了檸檬並加入一勺酸奶，「理解是要互相的。」

林蒼璿輕輕一笑：「是嗎?那你想理解我嗎？」

程瑜抬頭盯著他，挑眉：「你平常講話都這麼不正經嗎？」

林蒼璿依然漾著笑容，透露出一絲眞實情緒：「看對方是誰，我也不是這麼隨便的。」

程瑜沒有意識到林蒼璿言語中暗藏的一點點期盼，對他而言，在這個圈子裡，撩撥的話誰都能脫口而出，一塊錢都不値。正因爲分不清楚眞心或假意，他從不主動把自己代入別人的話語，無論對方是直男還是同志，只是當朋友，就劃分清楚界線最好。他保護自己的方式，便是在心房構築起一道又一道無法逾越的高牆。

所以，他沒往其他方面想，只當是玩笑話，以爲林蒼璿的失落只是由於主管不好當，犯了高處不勝寒的寂寞。

程瑜抬抬下巴朝前方示意：「先去餐桌等我，馬上好了。」

林蒼璿把脖子上的毛巾掛在餐桌椅上，乖乖就坐。程瑜先將主菜、沙拉擺好，回頭開冰箱取了兩瓶生啤酒，開口說：「原本想帶簡單的印度薄餅和啤酒去看球，很可惜下雨了，但……喝啤酒還是必要的。」

林蒼璿露齒一笑：「謝謝你邀請我來吃飯。」

「不用客氣，一餐換一張熱區票，很划算。」今晚比賽的是程瑜最支持的球隊，遇雨天順延，也不知道能不能湊上休假日。他打開啤酒，啜口湧出的白沫，「湯還在鍋裡熬，等我們吃完飯，差不多也好了。」

「廠商會不定時給我公關票，以後都送你吧，如果有時間再一起去看。」林蒼璿接過程瑜遞來的啤酒，「今天是什麼湯？」

程瑜拿著盤子替兩人夾沙拉：「新菜單，呃，白禮說想試試看豆漿。」

林蒼璿差點把嘴裡的啤酒噴出來：「小白是吃永和豆漿得來的靈感嗎？」

「嗯……據說是去吃鹹豆漿得到的靈感，差不多。」程瑜把沙拉盤遞給林蒼璿，心底佩服林蒼璿實在挺了解白禮，「你想試試看新菜單嗎？」

「當然，只要是你做的料理我都吃。」林蒼璿順手接過道了聲謝，執起叉子，「吃永和豆漿還能玩出新花樣的，大概也只有他了。」

「你眞的很執著於食物。」程瑜笑了一下，「有人說過你是個吃貨嗎？」

「沒有，其實我沒這麼挑嘴，以前三餐有麵包就能果腹。」林蒼璿叉起沙拉裡的風乾生牛肉片，「只是體驗過什麼是好的生活後，就回不去從前了，畢竟由奢入儉難，這點套用在美食上也一樣，一旦吃過眞正美味的，就會覺得我以前吃的是什麼垃圾食物……」

「是嗎？」程瑜說，「有時候垃圾食物也挺不錯的，例如啤酒。」

林蒼璿綻開笑容，拿啤酒與他互碰：「啤酒是精神糧食，不一樣。」

兩人仰頭大口大口地灌酒。

林蒼璿放下酒瓶：「你想知道我第一次嚐到你的料理，是什麼時候嗎？」

「什麼時候？」程瑜蒐羅著記憶，從腦海裡撈出一點印象，應該是齊劭辦的一場派對，是他無名指戴上戒指的那天。但他說：「我忘記了。」

林蒼璿似笑非笑，眼眸直視著他。程瑜再度喝口酒，品嘗沙拉中的酪梨，避開視線接觸，只聽林蒼璿說：「我很久以前去過一次Hiver。」

「真的？」程瑜抬起頭，「覺得怎樣？」

「那時候不曉得你是副主廚，我還在想，李若蘭頂著精緻妝容、頭髮捲翹有型，打扮得這麼漂亮，有可能下廚料理嗎？妝怎麼都沒花呢？」

「她很厲害的。」程瑜被逗笑了，把剩下的沙拉分配給林蒼璿，「無論是化妝還是廚藝。」

「不愧是雜誌綜合評分最高的女強人。」林蒼璿低頭繼續用餐，一邊打趣地說，「不過啊，直到小白開餐廳以後我才明白，原來餐廳裡最辛苦的不是光鮮亮麗的老闆，而且老闆也不見得會做菜，他們背後都有一個支撐起這一切的工作狂，辛苦你了。」

「這是拐著彎誇獎我嗎？」程瑜左臉頰凹著酒窩，林蒼璿忍耐著想戳下去的衝動，而程瑜說，「你不也是工作狂？」

林蒼璿挑眉。

程瑜「唔」了聲，略顯不好意思：「我聽白禮說的。」

「照顧任性的老闆可不容易呢，你應該很有心得。」林蒼璿用叉子在空中畫了個圈，「我老闆就是上次你幫她提袋子的那個人，她叫楊實。」

「很難想像她是CEO。」程瑜喝了口啤酒，「比較像鄰家媽媽。」

「我跟了她快十年，像不像鄰家媽媽我是不清楚，魔鬼上司倒是真的。」林蒼璿嘖嘖兩聲，「人若到了一定年紀，好像都會返老還童變成孩子脾氣。」

「你老闆很難搞嗎？」

「豈止難搞。」林蒼璿低著頭小小聲抱怨，「我最近買了新房子，結果她也吵著要一間，要我幫她選。她說，新房子必須地段好、格局佳，尤其廚房要美觀又高機能的。重點是我不會下廚，怎麼了解好不好用？」

「你跟你老闆感情似乎不錯。」程瑜接收到了林蒼璿的求救訊息，「她平常下廚是做中餐居多還是西餐？」

「其實楊實根本不下廚，她習慣請廚娘來煮飯。」林蒼璿戳著盤中殘餘的沙拉菜葉，一點一點送入口中，「原本想找白禮隨便打發她就好，可是你也明白，那小子不太可靠。」

程瑜笑了笑：「需要我幫忙嗎？」

「要。」林蒼璿毫不猶豫點頭，忍不住綻放笑容，「拜託主廚跟我一起去挑好嗎？不會占用你太多時間的，結束之後我請你吃頓飯，我知道有間很好吃的餐廳，非常難預約。」

程瑜起身把主餐端到餐桌上，又立即轉身把湯爐的火給熄了：「哪間餐廳？說不定我吃過。」

「你鐵定沒吃過，我敢保證。」林蒼璿故作神祕，「給我一點機會，不然每次吃你的料理，我都不太好意思呢。」

「是嗎？」程瑜哈哈地笑，「看不太出來。」

他攪動奶白色的鍋湯，用淺碟嚐味道。暖湯顏色清清淡淡，嚐起來帶著樸實的豆香，但再嚐一口，就能體會到潛藏在內、濃厚香醇的奶甜與堅果香。

誤會往往來自於對彼此的不了解，就像林蒼璿說的，是別人不認識他，也沒嘗試過理解他。程瑜曾經覺得這人捉摸不定，現在卻認爲林蒼璿挺好相處，對方擅長社交，他們每次交流幾乎都是由林蒼璿引導，話題也不枯燥，很能抓住對話者的想法與喜好。

林蒼璿說：「我不是對每個人都這樣，總不能對朋友跟對伴侶的方式一樣。」

程瑜喝了口啤酒，點點頭，表示認同他的觀點。

當程瑜給了林蒼璿第三瓶啤酒時，才想起開車這件事。林蒼璿笑著接過，說今晚不開車。這頓飯持續了兩個小時，兩人閒話家常，林蒼璿說起白禮，和他討論餐廳工作的難處，以及種種瑣事。

沒有所謂的曖昧，沒有所謂的旖旎，再普通不過。

臨走前，他在玄關門口問林蒼璿：「搭計程車回去嗎？」

林蒼璿腳下是一雙嶄新的夾腳拖，溼衣服裝袋拎在手上：「嗯，明天一早再來開車走，反正我休假。」

雨已歇，夜晚寒氣重，剛走出門的林蒼璿被冷風一吹，抖個不停，程瑜回頭拿了件厚外套給他穿上。他們在樓下抽著飯後菸，等待計程車，林蒼璿還沒把去挑廚具的時間告訴程瑜。

林蒼璿抽掉嘴上的菸，縮著脖子：「之後用訊息聯絡吧。」

程瑜呼出一口煙：「嗯，好，不過平日忙工作，沒辦法隨時看手機，有事就留言吧，我會找時間看。」

計程車沒多久就抵達小小的巷弄，林蒼璿搭上車，按下車窗，揮手離開。

夜深人靜，大樓附近幾乎無人，程瑜一個人在前庭吞雲吐霧。

今天的晚餐過後，他對林蒼璿似乎有些改觀了。捻熄菸，他想著，抽完這包，就戒了吧。

程瑜拉緊大衣，離開前庭踏上樓梯，自始至終都沒有發現那個已經不屬於他的生活的人。

齊劭悄悄注視著他，悄悄離開。

Chapter 19

手機收到的訊息變多了。

程瑜打開置物櫃，拿出手機，螢幕上顯示有五十幾則通知。他一手接過劉軍秀遞來的木槿水果茶，一手滑著螢幕。

自從那天晚餐過後，林蒼璿每日總會傳來一、兩則短短的訊息，內容隨意不拘，多半是分享生活上的小趣味，或簡單的小事。例如今天在路上遇到一隻奇醜無比的貓、同事開會打瞌睡的照片，令程瑜不經意地被逗笑。

除了訊息以外，程瑜偶爾會在洗乾淨的空食盒內發現紙條，上面寫著對午餐菜色的心得，又或者只是寫了個「謝謝」，外加畫上笑臉火柴人。當回到家疲憊地收拾東西時，看見紙條總是特別療癒人心。

程瑜覺得自己彷彿多了一位新朋友，重新認識了林蒼璿這個人。此時，林蒼璿傳送了幾張對著穿衣鏡的自拍照，西裝筆挺，微昂著下巴，下面留言：「這樣穿好看嗎？」

實在挺自戀的。

程瑜喝了一口茶，忍不住笑了下。

他忽略林蒼璿的問題，只回覆一句：「時間你沒問題嗎？」

休息時間從三點開始，員工們或睡或坐，劉軍秀與其他人窩在餐桌邊，開心地嗑甜點主廚昨天試做的椰棗燕麥球。

「當然沒問題。」林蒼璿沒幾分鐘就回了話，「這是你珍貴的假日，縱有萬難也得排除。」

程瑜把手機收進後口袋，茶杯洗了掛在杯架上，向劉軍秀交代幾句話便離開餐廳。

十二月初，冷風刮人肌膚，程瑜跨上自己的檔車，飆出路口。

前幾天，林蒼璿把楊實的新房平面圖提供給程瑜，頂級豪宅內裝令人嘆爲觀止，L型頂級廚櫃與大型中島吧檯分爲熱炒與輕食區，餐廳旁的落地窗可以眺望陽明山景。

林蒼璿不想勞師動眾，所以程瑜選好廚具品牌及設備，寫成條列式，並附注符合人體工學的高度及材質等注意事項後，再傳給林蒼璿即可。

在這個一切取決於服務效率的時代，隔日一早，程瑜就得到廚具公司的回覆，包含廚具配置、立面尺寸、材質搭配等，統統設計得漂漂亮亮美輪美奐，連3D模擬圖都和照片一樣逼眞。

林蒼璿說，他已經把設計圖交給楊實過目，只要太太喜歡，任務便結束了，她一定會喜歡的。

結果不到兩小時，楊實本人親上火線，用林蒼璿的手機打給程瑜。楊實劈頭就問，程主廚用過類似的廚房嗎？接著從南門市場的滷菜一路講到西門圓環的涼麵，講了半天，只有一個重點，意思是要程瑜親自走一趟廚具公司，不然她不放心。

事實上，身爲百大企業之一的ＣＥＯ，楊實當然不是第一次買房子，用不著事必躬親，通常都是丟給室內設計師或祕書處理，況且她又不下廚，一點也不在乎廚房的功能性。

只是那天她恰恰好從Selly口中得知，幫忙挑廚具的原來是送便當的小帥哥，楊實嗅到玄機，二話不說手刀直奔林蒼璿的辦公室，雙手插腰站在自家下屬面前。

楊實上下打量林蒼璿，伸手比個「二」，意思是給他兩條路選。

若林蒼璿對程瑜沒興趣，那她就點頭表示廚具沒問題。

但假如他喜歡那個小帥哥，楊媽媽可不能袖手旁觀了，鐵定千方百計挑剔廚具，挑過再挑過，讓小帥哥陪著林蒼璿一次又一次折騰。

林蒼璿表情未變，微微張嘴，猶豫了三秒。

楊實嗤笑一聲，奪過林蒼璿的手機，直接找程瑜，甫接通就發揮菜市場阿桑的碎念功力，哎唷哎唷地直嚷自己有多擔心廚具出問題。

電話中的程瑜十分乖巧，認眞解釋，絲毫沒有不耐煩，畢竟他處理奧客處理出境界了，楊實這種嘮叨只是小意思。這個在電話中自稱老阿姨的ＣＥＯ，總讓程瑜想到自己的小阿姨，雖然出了名的刁鑽，其實人不壞。

程瑜跟林蒼璿約在離家近的一間廚具展示館，他把檔車停在店門口，摘下安全帽，順手整理亂翹的頭髮，林蒼璿正巧提著兩杯咖啡，從對街穿過路口。林蒼璿西裝筆挺，鐵灰色的西裝襯得膚白，外罩一件黑色厚呢大衣，一路小跑步，額上的髮都蓋在眼前。他滿臉愧疚，來到程瑜身旁時不斷說著抱歉，一邊把咖啡遞出：「來，喝點熱的暖一下身子。」

程瑜接過熱飲，暖意透過掌心湧入體內。

「我老闆既難搞又任性。」林蒼璿把前髮往後撥，嘆了口氣，「抱歉，還打擾你的休假，看來我得請你吃好多頓飯了。」

「請我吃我煮的飯嗎？」程瑜喝口燙熱的咖啡，燦爛一笑。

林蒼璿不好意思地跟著笑了，接著低下頭，顯得過意不去：「其實你沒必要順著楊實的意思，你只要告訴她你最近忙，還是隨便跟她說個聽來的經驗就好，不用這樣跑一趟。」

「不好吧，如果廚具出了什麼差錯，你也很難交代不是嗎？」程瑜再度喝了口咖啡，凍僵的雙手貼著杯身取暖，安慰著林蒼璿，「反正張太太不是一天到晚買房子，我賺到無限球票也不錯。」

「不行，球賽門票太廉價了。」林蒼璿的兩頰凍紅了，略添稚氣，「再加幾頓飯，今晚就帶你去吃好吃的。」

程瑜只是好心，並不會想討要這點人情，但他沒有拒絕被請客。他只是不想讓對方留下亟欲補償的芥蒂，而林蒼璿也明白這點，這正好遂了他的意。

林蒼璿抬手看錶，與廚具公司約定的時間已到。

廚具公司業務員的介紹冗長又無趣，林蒼璿聽得一知半解，只是左摸摸右看看，偶爾提幾句意見，或者在一旁偷偷拍照留念。

程瑜全神貫注地聆聽，整場發揮，甚至還討教最新設備的功能。好在對方業務專業度十足，絲毫不嫌煩，當廚具業務遇見餐廳主廚，簡直是一見如故，雙方聊得火熱無比。

所幸廚具業務是個女孩子，因此林蒼璿十分乖巧地耐心陪伴，只有在程瑜徵詢他意見時才開口。

當程瑜與林蒼璿踏出展示廳時，天色已黑。城市裡的月不明顯，小小枚，掛在高樓中間，像一顆孤單躺在海底的小珍珠貝，發著微微的銀光。

他們站在門外搓著手取暖，林蒼璿縮著脖子攏緊大衣，對程瑜說：「今晚要去的餐廳太遠，而且低溫凍得都能呵出寒氣了，坐我的車吧，開車比較舒適。」

程瑜搖頭拒絕，雖然他已經快凍死了——十個廚師九個怕冷，還有一個已冷死——仍是嘴硬地說：「沒關係，我騎車就好，這樣結束之後可以各自解散，送來送去太麻煩了。」

於是林蒼璿不再多說，硬要接送反而顯得強人所難。

餐廳位於寶藏巖附近，林蒼璿故作神祕，不願透露餐廳名稱，僅是發給程瑜一串看不出門道的地址，並眨著眼睛，說等會兒就知道了。

騎車穿梭過臺北喧鬧的街，程瑜的腦海裡轉著念頭。寶藏巖附近會有什麼難預約的餐廳？他絞盡腦汁，還是想不到。

回憶慢慢湧出，就像漏水的天花留下水跡，偶爾抬頭便會望見那不堪，即使選擇閉上眼，仍舊無法假裝過去不曾存在。

怎麼那麼恰好，林蒼璿選的地方都有回憶。

還是臺北太小了，怎麼走都走不出迴圈？

寒風不斷呼嘯過耳邊，程瑜決定忽略那團黑色鬱結。

騎機車的好處就是不受塞車困擾，程瑜抵達以後，把車停在一棵榕樹下，左右張望。周遭只有昏黃的燈與寶藍螢光的裝置藝術品，牆上畫著奇怪的塗鴉，靜謐無聲，並沒有類似餐廳的店家，他很好奇林蒼璿到底賣什麼關子。

趁等待的時間，程瑜照慣例殘害自己的味覺與肺部，他看著只剩兩根菸的菸盒，倒數與壞習慣說再見的時間。

嘴裡的菸剩半截還沒抽完，林蒼璿就到了。他的指間也夾著一根菸，嘴裡吐著白氣，帶著一絲慵懶說：「等很久嗎？」

林蒼璿是個好看的人，身材高䠷，穿上西裝更顯俊帥。那張容貌使他在商場上無往不利，輕輕一笑都足以牽動人心。

「沒有，菸才剛點。」程瑜捻熄菸，「要走了嗎？」

「冷嗎？」林蒼璿沒回答問題，不經意伸手替程瑜拈開肩上溼黏的落葉，「真佩服你在這種天氣還能騎車。」他從公事包中拿出兩個白兔牌暖暖包，撕開外袋，遞給程瑜，「記得上次讓你騎車載，媽呀，眞的冷死我，簡直像在北極搭雪橇。」

程瑜來不及反應，林蒼璿已經解下喀什米爾圍巾，不由分說繞在他脖子上。

「你戴著，車上有開暖氣根本不冷，別擔心。」林蒼璿拍拍程瑜的肩膀，繞至他身側，不著痕跡地輕摟程瑜的背，「餐廳在前面，就在巷子裡，你一定會喜歡。」

小巷的路燈昏黃得像七〇年代的舊電影，老眷村的水泥牆長著一塊又一塊黑漬。程瑜攢緊發熱的暖暖包，縮著脖子，不時聞到圍巾上幽微的雪松淡香，混著溼冷空氣鑽入肺部，令他有點難爲情。

兩人拾級而上，繞過綠苔橫生的紅磚牆，林蒼璿在一道斑駁的綠色木門前停下，從公事包內取出一張深藍色卡片，打開木門上的小窗，把卡片投了進去。

沒多久，一名綁著馬尾的女孩開門，笑著迎接兩人。女孩穿了件簡單的黑色連身洋裝，整個人與眷村的氛圍完全不同，倒像是高檔餐廳的侍應。

進入破舊的木門後，裡頭別有洞天，是一座小小的玻璃庭園，抬首可仰望星空，室內種滿鹿角蕨、鐵線蕨等蕨類，點綴著朦朧的燈光，空氣溼潤而溫熱，活像小型的熱帶叢林。

林蒼璿轉身朝程瑜一笑，眼神中是得意的喜悅，他邁步領路，手不知何時已扣著程瑜的袖口。

女孩穿過庭園，推開第二道玻璃門，紅磚牆、水泥地，牆上掛著一具帶角的鹿骨，室內空間不算小，刻意挑高的天花板垂吊著巴洛克式水晶燈，後方是整排的黑色酒架。

粗曠中帶著柔情的義大利民謠流瀉，餐廳內只有四組客人，有的人穿著T恤牛仔褲，像個學生，有的人和林蒼璿相同，一身西裝，優雅得如法國咖啡館內的客人。四組客人各自隔了一段距離，安排十分巧妙，不會互相干擾。

女孩引導他們來到角落的座位，林蒼璿拉開椅子，笑吟吟地邀請程瑜入座。

林蒼璿志得意滿地說：「怎樣？不錯吧，我可是從沒帶人來過呢。」

程瑜拉開圍巾：「你怎麼知道這個好地方的？」

「餐廳老闆是我的客戶，我是她的投資顧問。」林蒼璿脫下大衣，女孩順手接過，輕聲說幾句話後離開，「她前幾年嫁給一個法裔主廚，兩人攜手開了這家餐廳，一開始只邀請好朋友來，充當沙龍，最近才開始接待外客。」

女主人從餐廳後方轉出，年約四十出頭，一身透著肉色的束腰黑紗，紅唇濃豔、耳墜搖晃，風韻猶存，逐桌與客人握手寒暄。這間店的特色是打破西餐的冰冷印象，著重在主人與客人之間如親友般互動。

女主人站在餐廳中央，用溫柔的語調介紹今晚的餐點，馬尾女孩與一位年輕生澀的男子端著料理，一一上桌。女主人說著：「在這裡用餐不需拘束，我們舉杯，敬你們的愛人。」

語畢，女主人撫著吉他，偏低的沙啞聲線唱出異國曲調。談起開這間餐廳的原因，她回答是爲了完成自己與愛人的心願，說話時輕撚旁邊的乾燥花，綻著害臊的笑容。

一曲結束，客人們報以掌聲，她款款起身道謝，馬尾女孩又端出綴著大朵紅花的料理。某桌情侶與女主人開心閒聊，偶爾女主人也會親自送上菜餚，逐桌招呼客人。

以程瑜的標準來看，無論是擺盤或是味道，這家餐廳的水準都比他想像中還要高，甚至可達摘星標準。

「覺得怎樣？」林蒼璿嚐了一口曼加利札豬肩肉，用只有程瑜能聽見的音量低聲說，「之前都是一個人來，因爲我捨不得把這裡介紹給其他人。」

「這間店眞的很棒。」程瑜沉浸在分析食材及烹飪手法的樂趣當中，笑著回答，「難怪你不想告訴其他人。」

職業病一上身，還談什麼曖昧？林蒼璿朝著他一笑，心頭略感無奈。

「那你會帶其他人來這裡嗎？」林蒼璿好奇地問。

程瑜嘴裡含著食物，細細品嘗後回答：「不一定，看情況，可能會帶軍秀。」

「工作以外的人呢？」林蒼璿依舊在這問題上打轉，「嗯？」

程瑜沉默，猶豫著要不要把實話吐出口。

「不准帶邱泰湘來啊，先說好。」林蒼璿吃味地說，「這麼有情調的餐廳，帶他來太奇怪了。」

「我聽你的，不帶他來，好嗎？」這種小學生般的爭風吃醋，讓程瑜忍俊不禁，

「你帶我來就不奇怪嗎？」

林蒼璿支手撐頤，端詳著程瑜的臉，沉聲說：「因爲對我而言，你不是別人。」

女主人一首接著一首唱，有時是民謠，有時是流行樂。

晚餐即將進入尾聲，場中轉變成一場小型沙龍聚會，玻璃門打開，與玻璃庭園連通成一座花房咖啡廳。有的客人已經把甜點端到庭園，一面享用一面與馬尾女孩聊天，偶爾笑起來，笑聲不時傳來。

正當程瑜還在琢磨林蒼璿話中的意思時，女主人將甜點放到兩人面前，紅銅盤盛裝反轉蘋果塔，點綴著無花果與乾燥花。她靠著扶手半坐在林蒼璿身邊，軟蛇般的腰肢幾乎傾在他身上，右手勾著他的肩，親暱地附在耳邊，似笑非笑地問：「難得帶人來，不介紹給我認識嗎？」

林蒼璿簡單地介紹名字，然後說了一句：「我的朋友。」

女主人挑眉問：「好朋友？」

林蒼璿篤定地說：「是的，就是妳說的那樣。」

女主人勾起紅唇，對程瑜伸出手：「我叫姚麗麗，程瑜，你喜歡今晚的菜色嗎？」

「很棒，我很驚豔。」程瑜也伸手與她交握，將自己的心聲由衷地說出口。他不是個擅長花言巧語的人，這番短短的話已經是他的最高評價。

姚麗麗掩嘴吃吃地笑，像極了森林裡的神祕魔女：「除此之外，還有什麼心得嗎？」

程瑜被這突如其來的經典難題給問倒了。他苦思一陣，總算擠出一句：「如果把俄羅斯沙拉換成藜麥、費塔乳酪與炒青蔬，好像也不錯。」

姚麗麗笑得花枝亂顫，好一會才說：「程瑜，你眞可愛。」

第一次被人說可愛，程瑜有點難爲情，也不懂對方這話背後的意思。姚麗麗決定不再捉弄這個靦腆的男子，與林蒼璿寒暄了幾句，輕聲細語的，看得出是個頗有教養的女人，像一陣充滿花香的輕風，令人感到舒適。

林蒼璿拉著姚麗麗的手站起身，摟著肩順勢讓她坐回位子上，朝她輕佻地眨眼：「每次都讓妳招待，這次決定回報妳一次。」說完，他離開位子，跑去庭中與馬尾女孩交談。

程瑜與姚麗麗對望，雙方都是一副摸不著頭緒的模樣。姚麗麗試探地問：「蒼璿他其實不喜歡交際，應酬跟交際不同，我從沒看過他帶朋友來這裡。」

程瑜聳肩，隨意回答：「我的職業是主廚，所以他才帶我來。」

「是嗎？」姚麗麗再度勾起紅唇，微笑不語。

在玻璃庭園的林蒼璿取了一把高腳椅，馬尾女孩將剛才姚麗麗用過的木吉他遞給他。姚麗麗感興趣地說：「不會吧？今晚是吹什麼風呢，眞難得。」

她轉頭望著程瑜，程瑜的眼神直直落在庭中那人身上。林蒼璿背起吉他，前奏緩緩響起，同樣的旋律重複幾次，輕輕慢慢，彷彿有著說不清的無盡哀愁。

「總在閉上雙眼之後，才能看見你……」

歌聲響起，世界彷彿沉靜下來，只剩下吉他與林蒼璿的歌聲。他的歌喉猶如摻了醇厚酒液，容易醺醉，令人沉淪。所有人的目光都集中在歌者身上，林蒼璿輕唱著歌曲，垂著眼睫，狀似沉醉，偶爾抬起眼，目光總是落在程瑜身上，那個他最惦記的人。

直勾勾地，毫不掩飾地訴說。

也許在你的心中早就已經有人進去
或許你不曾接受真正的愛真誠的情
遺忘吧過去的事　不要再懷疑

（〈秘密〉詞、曲：張震嶽）

什麼是真正的愛真誠的情？程瑜從來沒有懂過，他曾經用盡了力氣，卻只換來疲憊與傷痕。過去的一切宛若討人厭的菸癮，當你寂寞時就會浮現。如果能說再見，是不是就能戒掉？

其實有個人一直想著他，就像這首歌唱的一樣，他卻始終不知道。

程瑜目不轉睛地注視林蒼璿，呼吸困難，而姚麗麗盯著他咯咯直笑。

一曲結束，餐廳內的人熱烈鼓掌，還有人吹著口哨，連餐廳的主廚也從廚房出來，探看這熱鬧的場面。姚麗麗一見愛人，立刻上前張臂擁抱，主廚是個高挑的金髮女性，同樣抹著紅唇，與姚麗麗熱情擁吻。

姚麗麗與她的妻，歷經風雨才走到現在，這間餐廳正是她們的心血結晶。

林蒼璿與金髮主廚握手寒暄，姚麗麗依偎在愛人身旁，笑得滿面通紅。程瑜一個人坐在位子上，遠遠望著玻璃庭園的喧鬧，林蒼璿臉上堆滿笑容回來，試圖與他交談，程瑜只是敷衍地回應。

「我要回去了。」程瑜拋下這句話，起身欲離去。

林蒼璿那雙清澈的眼似乎看透他的焦慮：「那你等等我，我跟麗麗打聲招呼就走，好嗎？」

程瑜應了聲，胸口和塞滿棉花一樣鬱悶滯礙。

姚麗麗是個知情知趣的人，猜出理由也不多留人，林蒼璿很快拉著程瑜從後門悄悄離場。

巷弄狹窄，寒風吹得程瑜頭痛，兩人走出餐廳後一路無話，林蒼璿默默抽出菸，點燃，一邊走一邊抽著。他遞去菸盒，示意程瑜，程瑜斷然拒絕。

程瑜的腳步越來越快，彷彿想擺脫一切。

「我先走了。」程瑜穿過林蒼璿身旁，下了階梯。

林蒼璿停步，佇立在黑暗的巷口，手上的菸火光微弱。

「程瑜。」林蒼璿喊他的名字，抽了口菸，「今天晚上，你開心嗎？」

程瑜在階梯下回望，對方呼出的煙縹渺如紗，像一層濾鏡隔在兩人之間。

「嗯。」程瑜低下頭，「先這樣。」

他跨出步伐，只想逃開。

在拐入轉角之前，程瑜轉頭看去，林蒼璿依然在原地，笑著目送他。

程瑜兜兜轉轉，花了點時間才找到自己的車，這地方有如迷宮一般。他跨上檔車，騎上快速道路，冷風很強，刮疼了他的眼睛，程瑜強迫自己冷靜下來。

有什麼事比前男友的曖昧對象追求自己更好笑？

太荒謬了。

程瑜只想慘笑，可是又笑不出來。

（未完待續）

後記　耽（美）美（食）小說作者的職業傷害

噹噹噹噹——歷時好幾個月，實體書總算出爐啦！（灑花）

當初寫下這部作品的契機其實很簡單，秉持著對美食的熱愛，我在二〇一八年的春天開始挑戰以主廚爲主角之一的耽美小說，但老實說，這眞不是個明智的選擇。

有人問我，除了喜歡食物以外，也同樣熱愛料理嗎？其實一點也不，事實上我是個連煎雞蛋都會失敗的廚房殺手。所以，爲求書中料理相關敘述的眞實度，裡面所提及的每道華麗美食，都參考了專業主廚的食譜，導致每當半夜寫小說、找資料的時候，我都會被螢幕上的美食誘惑得頭昏腦脹，餓到猛啃零食充飢，下場就是體重也節節攀升回不到過去，該說這是職業傷害嗎？（哭）

寫作的過程非常愉快，也因此認識了各種食材、烹飪手法與各國美食背後的小故事，某種程度而言就像是在寫研究所的論文一樣，面對自己喜歡的題目，在挖掘資料的過程中就會令人陷入狂熱。

我喜歡臺灣的食材，文中也藏有不少來自臺灣主廚的巧思，例如江振誠、陳嵐舒與陳子洋等人。但參考了這麼多資料以後，我還是不會煮飯哈哈哈！我想廚藝是要靠天分的，有些人生來就擁有好手藝，有些人則是廚藝破壞機，例如故事裡的邱泰湘，還有作者本人。（喂）

關於主角兩人，他們的個性完全相反，一個認眞踏實，一個聰明狡詐，人生經歷也完全相反。雖然目前看來程瑜一路苦難，但生命中若是沒有酸甜苦辣，也就不會被古今作家反覆吟誦。不過站在作者的立場，其實我比較同情聰明反被聰明所誤的林蒼璿，畢竟沒有什麼比試圖挽回自己的過錯還來得痛苦了。

我喜歡讓讀者們透過劇情的推演，看見主角兩人逐漸成長，把彼此的不同化爲互相彌補。天底下又能有什麼事情比找到相輔相成的夥伴更令人期盼呢？

劇情中有不少伏筆，現階段或許還不明朗，有興趣的讀者可以試著找找看文中的埋梗，之後我會在下冊的後記一一替各位解答。若是能讓大家從閱讀中得到驚喜，這就是我最開心的事了。

感謝編輯，辛苦她的認眞校稿以及對我的包容，讓得以這本書順利產出。

感謝各位讀者購買了我的第一本書，希望你們會喜歡。

程雪森

城邦原創 長期徵稿

題材

(1) 愛情：校園愛情、都會愛情、古代言情等，非羅曼史，八萬字以上，需完結。
(2) 奇幻／玄幻：八萬字以上，單本或系列作皆可；若是系列作，請至少完稿一集以上，並附上分集大綱。

如何投稿

電子檔格式投稿（請盡量選擇此形式投稿）

(1) 請寄至客服信箱service@popo.tw，信件標題寫明：【投稿城邦原創實體書出版／作品名稱／真實姓名】（例：投稿城邦原創實體書出版／愛情這件事／徐大仁）
(2) 稿件存成word檔，其他格式（網址連結、PDF檔、txt檔、直接貼文於信件中等）恕不受理；並請使用正確全形標點符號。
(3) 請附上真實姓名、性別、聯絡電話、email、POPO原創網會員帳號、作者簡介與出版經歷。
(4) 請加入POPO原創市集（www.popo.tw/index）申請成為作家會員，並將投稿作品公開放上該網站至少4萬字，若想全文公開也可以。

紙本投稿

(1) 投稿地址：10483台北市民生東路二段141號6樓
城邦原創實體出版部收
(2) 請以A4紙列印稿件，不收手寫稿件。
(3) 請附上真實姓名、性別、聯絡電話、email、POPO原創網會員帳號、作者簡介與出版經歷。
(4) 請自行留存底稿，恕不退稿。
(5) 請加入POPO原創市集（www.popo.tw/index）申請成為作家會員，並將投稿作品公開放上該網站至少4萬字，若想全文公開也可以。

審稿與回覆

(1) 收到稿件後，約需2-3個月審稿時間，請耐心等候通知。若通過審稿，編輯部將以email回覆並洽談合作事宜，如未過稿，恕不另行通知。
(2) 由於來稿眾多，若投稿未過，請恕無法一一說明原因或給予寫作建議。
(3) 若欲詢問審稿進度，請來信至投稿信箱，請勿透過電話、客服信箱、部落格、粉絲團詢問。

其他注意事項

(1) 請勿抄襲他人作品。
(2) 請確認投稿作品的實體與電子版權都在您的手上。
(3) 如果您的作品在敝公司的徵稿類型之外，仍然可以投稿，只是過稿機率相對較低。

國家圖書館出版品預行編目資料

主廚的菜單（上）／ 程雪森著. -- 初版. -- 臺北市；
城邦原創出版：家庭傳媒城邦分公司發行, 2019.06

面；　公分

ISBN 978-986-97554-7-4（上冊：平裝）

863.57　　108009431

主廚的菜單（上）

作　　者／程雪森
企畫選書／楊馥蔓
責任編輯／陳思涵

行銷業務／林政杰
總 編 輯／楊馥蔓
總 經 理／伍文翠
發 行 人／何飛鵬
法律顧問／元禾法律事務所　王子文律師
出　　版／城邦原創股份有限公司
台北市南港區昆陽街 16 號 4 樓
電話：(02) 2509-5506　傳真：(02) 2500-1933
E-mail：service@popo.tw
發　　行／英屬蓋曼群島商家庭傳媒股份有限公司城邦分公司
聯絡地址：台北市南港區昆陽街 16 號 8 樓
書虫客服服務專線：(02) 25007718．(02) 25007719
24小時傳真服務：(02) 25001990．(02) 25001991
服務時間：週一至週五09:30-12:00．13:30-17:00
郵撥帳號：19863813　戶名：書虫股份有限公司
讀者服務信箱 email：service@readingclub.com.tw
城邦讀書花園網址：www.cite.com.tw
香港發行所／城邦（香港）出版集團有限公司
地址：香港九龍土瓜灣土瓜灣道 86 號順聯工業大廈 6 樓 A 室
email：hkcite@biznetvigator.com
電話：(852)25086231　傳真：(852) 25789337
馬新發行所／城邦（馬新）出版集團 Cité(M)Sdn. Bhd.
41, Jalan Radin Anum, Bandar Baru Sri Petaling,
57000 Kuala Lumpur, Malaysia.
電話：(603) 90563833　傳真：(603) 90576622
email:services@cite.my

封面插畫／飄緹亞
封面設計／Gincy
印　　刷／漾格科技股份有限公司
電腦排版／陳瑜安
經 銷 商／聯合發行股份有限公司
客服專線：(02)2917-8022　傳真：(02)2911-0053

■ 2019 年 6 月初版
■ 2024 年 6 月初版 11.5 刷
Printed in Taiwan

定價／300元

ISBN　978-986-97554-7-4

城邦讀書花園
www.cite.com.tw

本書如有缺頁、倒裝，請來信至service@popo.tw，會有專人協助換書事宜，謝謝！